Die Welt braucht einen Bob!

Keine Katze im Keller

›Toms Burgerstop‹ war bis auf den letzten Tisch besetzt. Das war für einen Mittwochabend ungewöhnlich, aber Andrea genoss den Trubel, der um sie herum herrschte. Aus den Lautsprechern über ihrem Kopf dröhnte Westernmusik, und hinter der Theke waren die Köche in ihrem zischenden und brutzelnden Element. Andrea hatte sich den letzten Tisch am Fenster gesichert, der so winzig war, dass gerade mal ihr Teller, die Schale mit Süßkartoffel-Fritten und eine Flasche Fritz-Cola darauf Platz hatten. Für wen waren diese Nischen gedacht, für Zwerge? Permanent lief sie Gefahr, mit einer achtlosen Bewegung ihrer Oberweite die Cola von der Tischplatte zu fegen. Zwischen zwei Bissen sah sie sich dennoch immer wieder neugierig um. Vor allem ein etwas größerer Tisch in der Nähe der Eingangstür hatte es ihr heute angetan. Dort war eine Gruppe junger Männer lautstark dabei, sich zwischen Burgerbissen mit wilden Abenteuergeschichten zu übertrumpfen. Den einen von ihnen kannte sie doch, oder etwa nicht?

Sie musste zu offensichtlich gestarrt haben, denn auf einmal drehte er sich um und zwinkerte ihr zu. Und in genau dem Moment erkannte sie ihn. Er arbeitete im Supermarkt an der Ecke, und sie hatte schon seit einiger Zeit ein Auge auf ihn geworfen. Leider hatte sich zwischen Kaffeefiltern und Zahnpastatuben nie die Gelegenheit für einen Flirt ergeben. Offenbar hatte sie trotzdem einen bleibenden Eindruck bei ihm hinterlassen. Jetzt sagte er etwas zu einem seiner Kumpel und nickte in ihre Richtung. Es hatte sich also doch gelohnt, sich für die abendliche Exkursion aufzutakeln. Der Spaziergang entlang der Römerstraße beinhaltete zwar keine szenischen Höhepunkte, aber es ging immer geradeaus - perfekt zum Nachdenken. Und nachdenken musste sie im Moment eine Menge. Zum Beispiel darüber, wie lange sie es noch in der Anzeigenannahme der Rheinland-Nachrichten aushielte, ehe sie ihrer Vorgesetzten einen stumpfen Bleistift durchs Ohr rammen würde. Nach ihrem Germanistik-Studium hatte sie auf ein abwechslungsreiches Journalistenleben gehofft, aber da war sie in Bonn beileibe nicht die Einzige. Und die Leiterin der Abteilung, in der sie in der Zwischenzeit ihr Dasein fristete, war eine dumme Pute - so eine richtige Korinthenkackerin. Mit Gesundheitslatschen. Andererseits war das Gehalt ganz praktisch, um die Miete zu bezahlen. Und Jobs für Absolventen der philosophischen Fakultät waren in einer Universitätsstadt nun einmal dünn gesät.

Andrea schob alle unangenehmen Gedanken an Büro und Alltag energisch beiseite, genau wie die Schale mit den restlichen Fritten und den Teller mit dem halben Burger. Für das, was sie sich vom heutigen Abend erhoffte, war ein voller Magen nur hinderlich. Man musste jede Gelegenheit beim Schopf packen, das war ihr Motto. Sie wischte sich also die Hände mit einer Serviette ab, stand auf und griff nach ihrer Leoprint-Jacke. Dann ging sie zu dem Tisch mit den jungen Männern, baute sich vor dem Typen aus dem Supermarkt auf und stemmte die Hände in die üppigen Hüften. »Du bist süß«, stellte sie fest. »Und ich bin Andrea. Willst du mich nicht nach Hause begleiten?« Dazu warf sie kokett die roten Locken über die Schulter. Nichts ging über einen Überraschungsangriff.

Im ersten Moment froren dem auf diese Weise Überrumpelten die Gesichtszüge ein. Seine Kumpels quittierten ihr unorthodoxes Vorgehen mit lautem Gejohle.

Er grinste ein wenig verlegen, stand ebenfalls auf und reichte Andrea die Hand. »Ich bin Sandro. Wohnst du in der Nähe?«

»Komm doch mit und finde es raus«, lockte sie. Dann drehte sie sich um und verließ den Laden, ohne einen Blick über die Schulter zu werfen. Der Tellerrock mit den aufgedruckten Flamingos umschmeichelte bei jedem Schritt ihre sorgfältig rasierten Beine. Sie war sich beinahe sicher, dass er ihr folgen würde.

An der Ampel holte Sandro sie dann auch tatsächlich ein. »Du bist ziemlich direkt.«

»Stört dich das?« Andrea strahlte über das ganze Gesicht. Hoffentlich hatte das Fastfoodgelage nicht ihren Lippenstift verschmiert.

»Nein, ich bin nur ... überrascht.« Er passte seine Schritte ihrer Geschwindigkeit an. »Bist du nicht diejenige, die immer Martini kauft?«

Andrea strahlte. »Du hast mich tatsächlich bemerkt? Wie schmeichelhaft!«

»Na ja, du bist mir schon vorher aufgefallen.« Er lächelte schüchtern. Mit seiner abgewetzten Jacke und den zerrissenen Jeans sah er eher wie ein Student aus als wie ein Kassierer. Sein blondes Haar war verstrubbelt. Andrea war sich nicht sicher, wie alt er eigentlich war.

»Wolltest du schon immer Kassierer werden?«, fragte sie.

»Einzelhandelskaufmann«, korrigierte er. »War das Erste, was ich nach der Schule gefunden habe. Ist aber eigentlich ganz cool. Und was machst du?«

»Ich arbeite bei der Zeitung.« Mehr wollte sie zu diesem Trauerspiel von einem Job nicht sagen.

»Oh. Interessant.«

Die Unterhaltung schleppte sich ja ganz schön. Sie bogen um die Ecke, quetschten sich an den auf dem Bürgersteig geparkten Autos vorbei und erreichten das Haus, in dem Andrea seit Studientagen im Erdgeschoss wohnte. Sie drehte sich zu Sandro um und lächelte ihn an. »Warte bitte einen Moment hier, ich muss noch kurz alle verdächtigen Spuren beseitigen.«

Sie schloss erst die Haus-, dann die Wohnungstür auf, warf ihre Tasche auf das Beistelltischchen im Flur und sah sich prüfend um. Was für ein Glück, alles wirkte ganz passabel. Dabei hatte sie heute Abend gar nicht mit Besuch gerechnet. Aber man musste allzeit bereit sein, das hatte ihr Großvater immer gesagt. Ein letzter Blick in den Spiegel – Frisur und Make-up saßen, allen Widrigkeiten zum Trotz. Sie war ein wenig blass, aber das war normal. Insgesamt also - durchaus präsentabel.

Zufrieden kehrte sie nach draußen zurück, wo Sandro

an der Gartenmauer lehnte. »Alles prima. Kannst reinkommen. Möchtest du was trinken? Martini vielleicht?«

Er folgte ihr bereitwillig. »Das Zeug ist eklig. Hast du ein Kölsch?«

»Klar.« Andrea ging in die Küche und holte zwei Flaschen Reissdorf vom Balkon. Sie schnippte die Kronkorken in die Spüle. Wer mochte denn bitte keinen Martini?

Sandro hatte selbst den Weg ins Wohnzimmer gefunden und sah sich ihre DVD-Sammlung an. »Du stehst auf Superhelden, was?« Er wies auf ein Foto, das mehrere junge Leute in bunten Kostümen zeigte, maskiert, und mit Capes.

»Das war ein Besuch auf der Comic-Convention mit meiner alten Clique«, antwortete Andrea. Es wurde höchste Zeit, das Abendprogramm zu starten. Mit ihrem Nerd-Hobby konnte sie bei Sandro bestimmt nicht punkten. Kokett legte sie den Kopf schief und fragte: »Möchtest du dir nicht mein Schlafzimmer anschauen?«

Sandros Adamsapfel hüpfte nervös, als er einen großen Schluck aus seiner Flasche nahm. »Ähm, gerne.« Er folgte ihr.

Rasch kickte Andrea die Socken von gestern unter das Bett und streifte ihre Pumps ab. Dann drehte sie sich zu Sandro um und berührte sein Gesicht sanft mit beiden Händen. Sie wollte ihn von ihren Bücherregalen ablenken, in denen nicht nur Comics, sondern auch etliche Klassiker der deutschen Literatur standen, die sie für ihr Studium gelesen hatte. Nicht, dass er sich nachher von ihrem Intellekt eingeschüchtert fühlte! Stattdessen zog sie ihn zu sich herunter, drückte ihre Lippen sanft auf seine und wartete. Er reagierte wie erhofft - ein wenig überenthusiastisch vielleicht, und eine Spur zu feucht. Andrea neigte den Kopf, um zu verhindern, dass seine Zähne gegen ihre schlugen. Wenigstens wusste er, wie er seine Zunge einsetzen musste. Das konnte noch eine richtig nette Nacht werden. Sie spürte seinen Händen nach, die von ihren Schultern aus Richtung Po mäanderten, als sie plötzlich ein merkwürdiges Poltern hörte. Es klang, als komme es ganz aus der Nähe.

Sandro ließ sich nicht ablenken. Er presste sein Becken gegen ihre Hüfte. Sie konnte deutlich fühlen, dass er ganz bei der Sache war. Energisch schob sie die störenden Gedanken beiseite und versuchte, sich wieder auf den Kuss zu konzentrieren. Er wirkte etwas unsicher, und das machte ihn für Andrea noch attraktiver. Also hatte er mit spontanen Abenteuern nicht so viel Erfahrung. Trotzdem war er nicht schüchtern. Während seine Finger sich an der Rückseite ihres Rockes hinunter arbeiteten, drängte er sie langsam Richtung Bett.

Es polterte erneut. Kam das etwa aus dem Keller? Dann konnten es nur die Kisten mit Betharis altem Kram sein. Bei ihrem Auszug hatte Andreas ehemalige Mitbewohnerin im gemeinsamen Kellerabteil, das direkt unter der Wohnung lag, alles auf den Kopf gestellt – Kistenstapel auseinandergerissen, Boxen umgekippt, sämtliches Werkzeug auf dem Fußboden verteilt. Und als Andrea geschimpft hatte, hatte Bethari nur auf ihre typische, entwaffnende Art gelächelt und versprochen: »Nächste Woche ich räume auf. Ganz sicher!« Das war jetzt allerdings schon zwei Monate her.

Natürlich hatte sich Andrea geweigert, den Keller selbst wieder in Ordnung zu bringen. Schließlich war das nicht ihre Baustelle. Bethari war ihre letzte Mitbewohnerin gewesen, da war sie ganz sicher. Und sie würde die glorreiche Phase der Unabhängigkeit nicht damit beginnen, hinter jemand anderem herzuräumen. Zum ersten Mal in ihrem Leben wohnte sie ganz alleine – weder bei ihren Eltern noch im Studentenwohnheim noch in einer WG. Seitdem Bethari ihre Masterarbeit abgegeben, eine Dachgeschosswohnung in der Innenstadt bezogen und sich auf Stellensuche gemacht hatte, schmiedete Andrea wilde Pläne. Sie wollte ihren Kleiderschrank erweitern und einen größeren Schminktisch mit professioneller Rundum-Beleuchtung kaufen. Nach ihrer jüngsten Gehaltserhöhung konnte sie sich die Miete für die zwei Zimmer im Erdgeschoss mit Winzbalkon nach Norden endlich allein leisten – und um ehrlich zu sein, war sie es leid, auf andere Rücksicht nehmen zu müssen. An den meisten Abenden genoss sie beispielsweise ihr frisch dekoriertes Wohnzimmer. Es war fast perfekt. Nur die Couch musste noch einmal umgetauscht werden. Das Möbelhaus hatte natürlich das spiegelverkehrte Modell geliefert. Um in der Zeit bis zum Umtausch die Polster zu schonen, hatte sie Handtücher auf dem Möbelstück ausgebreitet, damit sie wenigstens irgendwo sitzen konnte. Aber ansonsten war alles endlich so, wie sie es sich schon seit Langem gewünscht hatte.

Konzentrier dich, rief sie sich im Stillen zur Ordnung, so eine Gelegenheit kommt so schnell nicht wieder! Mit zittrigen Fingern nestelte sie an den Knöpfen von Sandros Hemd.

Als sich der Lärm jedoch einen Augenblick später zum dritten Mal wiederholte, wurde sie unruhig. Rupert, der Nachbarskater, hatte sich schon mehrfach in ausweglose Situationen gebracht. Wenn er es mit seiner flauschigen Wampe nicht aus dem Kellerfenster schaffte, legte er am Ende noch alles in Trümmer. Dann würde Bethari garantiert nicht mehr aufräumen.

Bedauernd schob sie Sandro von sich. »Wir sollten das nicht tun.«

Verwirrung machte sich auf seinem Gesicht breit. »Aber das war doch deine Idee.«

»Ich … ich glaube, die Nachbarskatze ist im Keller eingesperrt, ich muss nachschauen. Es tut mir leid.«

Der Ausdruck auf Sandros Gesicht schlug in ein weniger angenehmes Gefühl um, das Andrea lieber nicht näher analysieren wollte. Sie versuchte es mit einem entschuldigenden Lächeln. »Es tut mir so leid, es ist nur … es passt gerade wirklich nicht. Vielleicht bei einer anderen Gelegenheit?«

»Sicher.« Sandro griff nach seiner Jacke und war schon im Treppenhaus.

Andrea nahm den Kellerschlüssel vom Haken und folgte Sandro schnell. Sie wollte sich wenigstens ordentlich verabschieden. Aber er war schon durch die Haustür und winkte nur im Weggehen über die Schulter.

»Also, dann, bis demnächst?« Andrea bemerkte, dass sie es als Frage formuliert hatte, und ärgerte sich über sich selbst.

Sandro drehte sich nicht einmal um. »Mal gucken.

Ciao!«

Andrea wartete pflichtschuldigst, bis Sandro um die Ecke verschwunden war. Dann umklammerte sie den Kellerschlüssel mit der rechten Hand und drehte sich zur Kellertür. Als sie die Klinke herunterdrückte, schwang die Tür mit knarzenden Angeln auf.

Andreas Nervosität kam nicht von ungefähr. In den letzten Monaten hatte es eine Reihe von Einbrüchen im Viertel gegeben.

Verdammt, warum hatte sie Sandro eigentlich nicht gebeten, mit ihr zusammen nachzusehen? Die guten Ideen kamen ihr natürlich immer mir Verspätung. Er hätte ihr Held sein können!

Zu spät, zu spät. Vorsichtig tastete sie nach dem Lichtschalter. Die Glühbirne über ihrem Kopf erwachte flackernd zum Leben. Angespannt lauschte sie auf weitere verdächtige Geräusche. Kein Maunzen, kein verzweifeltes Scharren ließ darauf schließen, dass sich irgendein lebendiges und vielleicht sogar liebenswertes Wesen in ihrem Kellerabteil aufhielt. Dabei hatte das Rumpeln doch so nah geklungen! Vielleicht war wirklich nur eine von Betharis der Schwerkraft trotzenden Stapelkonstruktionen letztendlich doch den Gesetzen der Physik zum Opfer gefallen. Wenn die sich hier noch einmal blicken ließe …

An der Tür zu ihrem Kellerabteil bemerkte Andrea einen merkwürdigen Geruch. Sie zögerte, den Schlüssel auf halbem Weg zum Schloss. Was war das? Ein Gasleck vielleicht? Nein, im Haus gab es nichts, das mit Gas betrieben wurde. Es roch irgendwie metallisch, und nach

Regen. Oh Gott, vielleicht war ein Wasserrohr geplatzt!

Entschlossen drückte sie erst die Klinke herunter, dann die Tür auf und platt an die Wand. Den Griff zum Lichtschalter konnte sie sich sparen – kein Leuchtmittel hielt hier unten mehr als ein paar Tage. Verschiedene Elektriker hatten sich die Fassung unter der Decke sowie Leitungen und Schalter angeschaut und einvernehmlich erklärt, ein technischer Defekt liege nicht vor. Und der Baumarkt weigerte sich inzwischen, die kaputten Lampen alle paar Wochen kostenlos zu ersetzen. So war das eben in alten Häusern. Also verließ Andrea sich auf den schwachen Lichtschein der flackernden Lampe im Flur und auf ihren Tastsinn. Viel Interessantes gab es hier unten sowieso nicht. Die Karnevalskostüme der letzten Jahre, Ordner mit Uni-Unterlagen, von denen sie sich schon längst hätte trennen sollen, und das Werkzeug ihres Exfreundes. Das würde sie nie wieder herausrücken, auch wenn sie bei der Hälfte der Teile nicht einmal wusste, wofür man sie benutzte.

Mitten im Raum stand eine instabile Installation aus Kartons aufgetürmt. Bethari hatte, so schien es, sorgfältig um sie herum geräumt, anstatt die Kisten ordentlich an der Wand entlang aufzustapeln. Einige von ihnen waren offenbar ins Rutschen gekommen. Das erklärte das Rumpeln, das Andrea gehört hatte. Trotzdem zog sie sich nicht direkt zurück. Warum waren die Kisten umgefallen? Von Rupert war keine Spur zu entdecken. Andrea trat einen Schritt vor und sah sich um. In den dunklen Ecken war alles still. Trotzdem fühlte sie sich merkwürdig exponiert. »Miez, miez, miez!«, lockte sie.

Oben auf der unwahrscheinlichen Kisten-Kunst thronte ein merkwürdiges Ding – es erinnerte entfernt an einen Flummi mit lauter dicken Gummischnüren, die in alle Richtungen abstanden. So etwas hatte Andrea seit ihrer Kindheit nicht mehr besessen. Wie war das hierhergekommen?

Die oberste Kiste geriet ins Wanken. Eine kleine Staubwolke stieg auf. Das Ding auf der Spitze des Kartonmassivs rutschte mit und flog durch die Luft, als hätte man es mit einem Katapult abgefeuert.

Instinktiv streckte Andrea die Hand aus und griff zu. Sie erwischte einen dieser merkwürdigen Fäden. Das gummiartige Objekt pendelte in der abgestandenen Luft auf und ab. Was zum Teufel war das? Bei näherer Betrachtung sah es aus wie ein verunfallter Gummioktopus, leuchtend violett, und es bewegte sich. Boah, war das eklig.

Andrea hörte ein Knistern, und dann schnarrte der Gummiball: »Ich komme im Frieden!«

Sie schrie.

Das Ding schrie.

Sie ließ es fallen, als habe sie sich verbrannt. Dann starrte sie die sich windende Tentakelmasse auf dem staubigen Kellerboden fassungslos an. Was war hier los?

Wenn die Vermieterin das Vieh sieht, schoss es ihr durch den Kopf, muss ich den Kammerjäger bezahlen. Und das neue Haus. Wer zieht schon in ein Gebäude, in dem es Monster gibt? Höchstens die Studenten aus der Japanologie.

Neben der Tür lag ein alter Eimer. Den schnappte sie

sich und stülpte ihn über das Ding.

»Hey!«, protestierte es. »Was soll das?« Seine Stimme klang dumpf.

Damit es nicht entkommen konnte, setzte Andrea sich auf den Eimer. Das Plastik ächzte unter ihrem Gewicht. Und was jetzt? Sie konnte schließlich nicht die ganze Nacht hier unten bleiben.

Warte mal, das Ding konnte doch reden. »Bist du friedlich?«

Keine Antwort.

»Hör mal, ich will dir nichts tun. Aber du musst ruhig bleiben.«

Wieder nichts.

Hatte sie es vielleicht verletzt? Vorsichtig rutschte Andrea vom Eimer, ging auf die Knie und hob ihn auf einer Seite einen winzigen Spalt weit an.

Oh, der arme Kerl. Im schwachen Licht der Lampe, die im Flur baumelte, sah er ganz verängstigt aus. Er kauerte im Zentrum seines improvisierten Gefängnisses und zitterte leicht. Andrea konnte sich nicht vorstellen, dass von so einem winzigen Wesen eine nennenswerte Gefahr ausging. »Ich hole dich da jetzt raus, und dann gehen wir nach oben und unterhalten uns. Okay?«

Das Wesen sagte immer noch nichts, und Andrea kam sich ein wenig albern vor. Vielleicht hatte sie sich das alles nur eingebildet. Morgen früh würde sie über diese Sache lachen. Wenn Bethari das wüsste! Aber das Ding wirkte, als würde es zustimmen. Also drehte sie den Eimer um, griff mit spitzen Fingern nach einem der Tentakel und ließ das Wesen hineinplumpsen.

Sorgfältig schloss sie die Tür ihres Kellerabteils wieder hinter sich ab, ging die Treppe hinauf und machte das Licht aus. Dann zog sie sich in ihre Wohnung zurück und drehte den Schlüssel im Schloss zweimal um. Sicher ist sicher. Im Wohnzimmer schaltete sie den Fernseher an – eine Übersprungshandlung, damit an diesem verdrehten Abend wenigstens ein bisschen Normalität einkehrte. Gerade explodierte etwas auf dem Bildschirm. Wie beruhigend.

Sie schüttete das Ding aus dem Eimer auf die Handtücher, die das Sofapolster schützten. Das etwa faustgroße Wesen saß vor ihr und rührte sich nicht. Seine violette Haut schimmerte feucht im Licht der Straßenlaterne, die direkt vor dem Wohnzimmerfenster stand. Als es seine Tentakel bewegte, bemerkte Andrea, dass sie auf einer Seite mit orangefarbenen Saugnäpfen besetzt waren. Sie zog die Vorhänge zu und schaltete das Deckenlicht an. Dann setzte sie sich vorsichtig ans andere Ende der Couch. »Also. Wer bist du und warum bist du hier?«

»Ich bin auf einer Mission« schnarrte das Ding und reckte einen Tentakel in die Höhe, als wolle es sich damit umsehen.

Logisch. »Und wie heißt du?«

Als Antwort erhielt sie ein Geräusch, irgendwo zwischen Rückkopplung am Gitarrenverstärker und Kurzschluss.

Sie war nicht sicher, ob der menschliche Körper so etwas reproduzieren konnte. »Kannst du das bitte wiederholen?«

Beim zweiten Mal verursachte das Geräusch ihr beinahe körperliche Schmerzen.

So ging das nicht. »Ich nenne dich einfach … Bob.« Sie spürte ein leises Pochen hinter der Stirn. Eigentlich sollte sie schon längst im Bett sein. Stattdessen saß sie hier und redete mit diesem … Ding.

»Babb?«, machte es.

»Bob«, wiederholte sie.

»Baaob«, gurrte es. »Boob. Bob?«

Gut genug. Bob lernte ziemlich schnell. »Prima, genau so. Und was machst du hier?«

»Ich … frosche.«

Sie brauchte einen Moment, um ihn zu verstehen. »Du meinst, du forschst?«

»Forrr-sche. Genau.« Der emporgereckte Tentakel drehte sich einmal im Kreis. Fasziniert bemerkte Andrea, dass sich an seiner Spitze zwei winzige schwarze Knopfaugen befanden. Das Ding – Bob – sah aus wie eine Figur aus einem der Comics, die ihr Bruder früher gelesen hatte. Nicht die coolen mit Superhelden und Capes. Die anderen, für die sich nur abgedrehte Spinner interessierten. Für so einen Blödsinn hatte Andrea noch nie etwas übriggehabt. Und jetzt hatte sie das da auf der Couch sitzen. Blieb nur die Frage, was sie mit Bob machen sollte. Das Seminar für Biologie an der Uni anrufen? Oder lieber die Polizei? RTL vielleicht?

Jemand klopfte an die Wohnungstür.

Bob stieß einen spitzen Schrei aus und machte einen Satz vom Sofa. Schnell wie der Blitz war er unter dem Teppich verschwunden. Nur ein zitternder Haufen Teppichfransen verriet, wo er sich versteckte.

Auch Andrea war zusammengezuckt. Wer konnte das denn um diese Uhrzeit noch sein? Vielleicht war es das Beste, wenn sie so tat, als sei sie nicht da. Andererseits, im Flur brannte noch Licht. Das konnte man im Treppenhaus durch die Milchglasscheibe in der Wohnungstür natürlich sehen. Verdammt, wie oft hatten ihre Eltern ihr gesagt, sie solle nicht immer alle Lampen brennen lassen? Das hatte sie jetzt davon.

Sie stand auf und zog Bob unter dem Teppich hervor. »Da kannst du nicht bleiben. Nachher tritt noch jemand auf dich drauf!« Behutsam setzte sie ihn auf das Regal zwischen all die bunten Staubfänger, die ihre Freunde ihr über die Jahre geschenkt hatten. »Wenn jemand reinkommt, musst du unbedingt stillsitzen, verstehst du mich?«

Bob zitterte. Sein emporgereckter Tentakel bewegte sich ruckartig vor und zurück. Mit etwas gutem Willen konnte man das für ein Nicken halten.

Andrea hoffte, dass Nicken bei diesen Wesen das gleiche bedeutete wie bei Menschen.

Noch einmal wurde geklopft, diesmal energischer. »Sind Sie da, Frau Aster?«

Auch das noch, die Vermieterin! »Einen Moment!« rief Andrea und zog eine der Topfpflanzen so weit vor, dass sie Bob zur Hälfte verbarg. Über die Linie, die der Blumentopf in der Staubschicht hinterlassen hatte, wischte sie rasch mit der bloßen Hand. Dann lief sie in den Flur, drehte den Schlüssel im Schloss und öffnete die Haustür.

Frau Müller-Westerwald war in ihrer Jugend wahrscheinlich eine attraktive Frau gewesen. Das war allerdings so lange her, dass sich höchstens noch Schneewittchens Zwerge daran erinnerten. Jetzt trug sie Lockenwickler in ihrem ergrauten Haar, einen geblümten Morgenmantel um ihren mageren Leib geschlungen und eine qualmende Zigarette in der linken Hand. Als sie den Glimmstängel an die Lippen führte, bewegten sich die blauen Adern unter der gesprenkelten Haut wie Regenwürmer. »Frau Aster, haben Sie etwa eben Sachen in Ihren Keller geräumt?«

»Natürlich nicht«, beteuerte Andrea, »ich weiß doch, dass ab acht Uhr im Treppenhaus Ruhe zu herrschen hat.« Sie lächelte. »Außerdem muss ich morgen früh ins Büro.«

Frau Müller-Westerwald machte trotzdem keine Anstalten, wieder zu gehen. Andrea spürte, wie ihre Handflächen feucht wurden. Was Bob wohl gerade anstellte?

Die Vermieterin reckte den Hals und versuchte, an Andrea vorbeizuschauen. »Dann frage ich mich aber, wo der Lärm gerade hergekommen ist. Haben Sie etwa Besuch?«

»Ich … hatte gerade noch den Fernseher laufen. Vielleicht war es das, was Sie gehört haben«, stammelte Andrea. Und als das immer noch nicht reichte, um Frau Müller-Westerwald zu beruhigen, beschloss sie, aufs Ganze zu gehen: »Möchten Sie vielleicht reinkommen?«

Wie erhofft lehnte die ältere Dame ab. Sie betonte immer wieder energisch, wie sehr sie die Privatsphäre ihrer Mieter respektierte. »Nein, danke. Ich weiß ja, Sie müssen morgen früh raus. Aber schauen Sie bitte, dass

Sie Ihren Keller aufräumen. Wahrscheinlich ist da etwas umgefallen. Von dem Lärm hätte ich beinahe einen Herzinfarkt bekommen! Gute Nacht!«

Wenn die alte Schabracke eines Tages tatsächlich einen Herzinfarkt bekam, dann wahrscheinlich eher wegen der vielen Zigaretten. Da half nicht einmal mehr die tägliche Flasche Rotwein. Andrea wartete eine Anstandssekunde, dann drückte sie die Tür ins Schloss, drehte den Schlüssel und lehnte den Rücken gegen die Scheibe. Ihr Herz raste. Das war gerade noch einmal gutgegangen.

Sie beeilte sich, ins Wohnzimmer zurückzugehen. Hoffentlich hatte dieser winzige Außerirdische sich nicht erschreckt! Aber was war das? Hinter der Topfpflanze auf dem Regal prangte nur noch ein Schleimfleck.

Bob war verschwunden.

Konnte an diesem Abend nicht eine einzige Sache langweilig und vorhersehbar verlaufen? Sie sah sich um und bemerkte einen feuchten Fleck auf dem Boden, direkt neben dem Sofa. Ächzend ließ sie sich auf alle Viere sinken. »Komm wieder raus!«, lockte sie mit bemüht freundlicher Stimme, »sie ist fort!« Sie beugte sich vor und versuchte, einen Blick unter das Sofa zu werfen. Dabei stieß sie mit dem Hintern gegen den Couchtisch. Autsch! Was für ein Tag …

Als sie den Kopf drehte, sah sie auf der anderen Seite des Raumes einen einzelnen Tentakel mit zwei schwarzen Knopfaugen hinter dem Fuß der Stehlampe hervorlugen.

»Ist das Ungeheuer verschwunden?«

»Was für ein Ungeheuer?« Andrea brauchte einen Moment, um zu begreifen. »Das war meine Vermieterin. Die ist nur ein wenig neugierig.«

»Aber diese faltige Haut! Und die Haare! Passiert das mit allen Menschen, wenn sie … neugierig werden?« Vorsichtig hopste Bob über den Fußboden auf Andrea zu und ließ sich von ihr aufheben.

Andrea wusste nicht genau, wie sie ihn halten sollte, also ließ sie ihn auf ihrer Handfläche sitzen. »Das ist nicht neugierig, sondern alt.«

Bob schüttelte sich. »Alt werden sieht schrecklich aus. Und sie ist auch viel schmaler als du!«

Na danke. Hatte dieser außerirdische Bengel sie gerade als fett bezeichnet? Andrea beschloss, den Hinweis auf ihr Gewicht zu ignorieren. »Sowas kann passieren, wenn man lange lebt.«

»Eine Strafe also.«

»Nein – wobei, vielleicht doch.« Andrea dachte darüber nach. So hatte sie das noch nie betrachtet.

Sie setzte ihren Gast vorsichtig auf dem Couchtisch ab. »Manche Leute sehen im Alter besser aus als andere. Aber im Wesentlichen passiert so etwas mit allen Menschen, die alt werden.«

»Hast du davor Angst?«, fragte Bob neugierig.

»Das ist noch eine Ewigkeit hin«, wiegelte Andrea ab. »Ich habe mindestens dreißig weitere gute Jahre vor mir.«

»Was ist ein Jahr?«

Andrea kramte in ihrem Gedächtnis. Wie erklärte man so etwas jemandem, der dafür gar keinen Bezugsrahmen hatte? »Weißt du, was die Sonne ist?«

»Natürlich«, Bob plusterte sich auf. »Wir haben drei davon.«

Das wäre ein gefundenes Fressen für die Sonnencreme-Industrie. »Nun, die Erde hat nur eine Sonne. Und die Zeit, die sie braucht, bis sie die Sonne einmal umrundet hat - das nennt man ein Jahr.«

»Das heißt, du reist noch dreißig Mal um die Sonne, und dann -«, der Rest ging in unverständlichem Gepiepse unter.

»Warte, ich verstehe kein Wort!« Andrea kniff die Augen zusammen. Die Frequenz bereitete ihr Kopfschmerzen.

Bob riss sich zusammen. »Entschuldigung. Ich habe etwas für dich.« Er wühlte in seinen Falten und förderte ein winziges schwarzes Objekt zu Tage.

Andrea beugte sich vor. »Was ist das?« Das Ding sah aus wie ein Plastikfischchen von einem billigen Brettspiel.

»Das lässt dich verstehen, was ich sage. Es kann über ein Dutzend interstellarer Sprachen und Hunderte von Dialekten.« Bob streckte das Fischchen auf einem Tentakel aus, damit sie es besser sehen konnte.

Vorsichtig nahm sie es zwischen zwei Finger und hielt es in die Höhe. »Was für Batterien braucht das?«

»Es ist mechanisch und lädt sich selbst auf, wenn du dich bewegst.«

In Sachen umweltfreundlicher Technologie konnten sie von diesen Außerirdischen noch etwas lernen. »Cool. Und wie benutze ich es?«

»Du steckst es dir ins Ohr, und ...«

Was sollte sie damit machen? Angewidert ließ Andrea das Teil auf den Tisch fallen. War sie etwa in einem britischen Science-Fiction-Roman gelandet? Oder, schoss es ihr durch den Kopf, vielleicht hatten die Außerirdischen sich bei dieser Erfindung von Douglas Adams inspirieren lassen. Damit wären sie in Erdliteratur schon ziemlich bewandert. Auf jeden Fall stand fest, dass es keine gute Idee war, sich außerirdische Technologie ins Ohr zu stecken.

»Sei vorsichtig, die sind empfindlich!«, quiekte Bob. Er wuselte zu dem Dolmetsch-Gerät hinüber und inspizierte es sorgfältig. »Nochmal Glück gehabt.«

»Ich steck mir das garantiert nicht ins Ohr!«, protestierte Andrea.

Bob schien von ihrer Weigerung verwirrt. »Aber stell dir doch nur vor, was du damit alles erfahren könntest!«

»Wie viele Außerirdische treffe ich denn hier? Du sprichst schließlich Deutsch.«

»Aber wie viele andere Sprachen verstehst du?«, konterte Bob. »Es kann fast alle menschlichen Dialekte!«

Das klang jetzt doch verlockend. Sie hatte immer schon wissen wollen, was die Horden von Austauschstudenten auf den Bonner Straßen den ganzen Tag so erzählten. Abgesehen von Englisch und ein bisschen Latein hatte Andrea es nie geschafft, sich irgendwelche Fremdsprachen in den Kopf zu hämmern. Dafür war sie in Kunst ein Ass gewesen.

Mit spitzen Fingern hob sie das Gerät auf und steckte es sich ins linke Ohr. Es kitzelte ein wenig, vibrierte kurz und schien dann zu verschwinden.

Bob hopste ihren Arm hinauf und wuselte weiter auf ihre Schulter. »Ich schalte es dir nur schnell ein, ja?«

Ein Schauer lief Andrea über den Rücken, als sie die leicht feuchten Tentakel an ihrer Ohrmuschel spürte. Kurz fühlte es sich an, als habe sie hartnäckiges Wasser im Ohr, dann knackte es und alles schien wieder beim Alten.

»Und merkst du was?«, fragte Bob.

»Was sollte ich merken?«

»Ich spreche gerade in meiner Sprache.«

Andrea stutzte. Es war ihr wirklich nicht aufgefallen. Das Dolmetsch-Fischchen schien zu funktionieren. Oder Bob machte sich über sie lustig. »Danke. Nehme ich an. Willst du eigentlich was trinken?«

Der Außerirdische musterte sie misstrauisch. »Trinken? Was ist das?«

Da fingen die Probleme schon an. Wie erklärte man das Prinzip des Trinkens? »Also … kannst du dehydrieren?«

»Das habe ich noch nie versucht.«

»Bei Menschen passiert das ziemlich schnell, darum schütten wir uns Flüssigkeit in den Mund.«

Bob machte einen kleinen Satz. »Ich kann es ja mal versuchen.«

Andrea holte ein kleines Glas Wasser aus der Küche und stellte es vor ihrem ungewöhnlichen Gast auf den Tisch.

Bob hopste in die Höhe und landete wacklig auf dem Rand des Glases. Es wackelte. Vorsichtig neigte er einen Tentakel – der war etwas dicker als die anderen – zur

Wasseroberfläche hinunter.

Andrea hörte ein Schmatzen. Sie verspürte beinahe wissenschaftliche Neugier. Würde er sich auflösen? Oder vielleicht vermehren, wie die glibberigen Monster aus diesem Horrorfilm, den sie als Kind so gerne geguckt hatte?

Das Ergebnis war enttäuschend langweilig.

Bob richtete sich auf und kringelte seine Tentakelspitzen. »Kann man machen. Ist gar nicht schlecht. Trinken also. Was muss ich sonst über deine Welt wissen?«

Andrea ging hinüber zum Regal und fuhr mit dem Blick über die Buchrücken.

Ah, das war es!

Sie zog an einem großen, bunten Hardcover-Einband. Das Buch hatte sie von ihrer Tante bekommen, als sie eingeschult wurde. Auf dem Cover hatte jemand die Welt gemalt, stark vereinfacht, umgeben von mindestens einem Dutzend exotischer Tiere im Kindergartenstil. Sie wischte über das Bild und trug das Buch hinüber zum Tisch. »Hier, damit kann ich dir ein wenig über die Welt erzählen.« Sie schlug das Buch am Anfang auf. »Du kannst selber umblättern.« Hoffentlich hinterließ er keine Flecken auf den Seiten. Sie holte sich noch ein Bier aus der Küche und setzte sich wieder aufs Sofa. »Oh, warte, möchtest du eigentlich etwas essen?«

»Ich glaube nicht, dass du etwas hast, das ich mag.«

»Was isst du denn normalerweise?«

»Oh, alles Mögliche … bestimmte Blätter von Pflanzen, die hier nicht wachsen. Und Schleim.«

»Schleim?«

Bob beugte sich über das aufgeschlagene Buch. »Würde zu lange dauern, das zu erklären.«

»Und wie wolltest du dich hier ernähren?«

Bob schwieg.

Mit einem Seufzer erhob Andrea sich erneut. »Komm mit, wir werfen einen Blick in den Kühlschrank. Ich kann dich ja schlecht hungern lassen.«

Er wedelte abwehrend mit den Tentakeln. »Keine Sorge, ich finde schon etwas.«

»Wie willst du das machen - Mülltonnen durchwühlen?«

Das verwirrte Bob. »Was sind Mülltonnen?«

»Vergiss es.« Andrea hob ihn einfach hoch und trug ihn Richtung Küche. Sie schaltete das Licht ein und durchquerte den Raum, um den Kühlschrank zu öffnen.

Als sie sich vorbeugte, quiekte Bob entsetzt auf. »Was machst du mit mir?« Er machte einen Satz und landete auf dem Boden. An den Spitzen seiner Tentakel bildeten sich kleine Schaumwölkchen.

»Was soll das?«, fragte Andrea verwirrt. »Das ist nur ein Kühlschrank!«

»Das ist eine Todesmaschine!« Bob bebte vor Erregung.

»Ist es nicht«, widersprach Andrea. »In so etwas bewahren wir unsere Vorräte auf, damit sie nicht so schnell schlecht werden.«

Bob wich ein paar Hopser zurück. Er traute dem Kühlschrank offensichtlich nicht. »Was bedeutet ›schlecht werden‹?«

Andrea überlegte. »Bakterien und Pilze können Lebensmittel so verändern, dass Menschen sie nicht mehr essen können, ohne krank zu werden. Und die meisten Bakterien vertragen keine Kälte.«

»Also steckt ihr sie in diese Maschinen? Das ist grausam!«

»Na ja, irgendwas müssen wir ja machen, sonst verhungern wir.«

Vorsichtig wuselte Bob ein paar Schritte auf Andrea zu. »Ich verstehe. Ihr bekämpft eine andere Spezies, um eure eigenen Überlebenschancen zu verbessern.«

»Das sind nur Bakterien!« Wieso hatte er solches Mitleid mit Einzellern? »Lass uns das Thema wechseln. Was isst du normalerweise? Du sagtest Schleim - was für Schleim ist das?«

»Eine Körperausscheidung bestimmter Tentakelfamilien«, erklärte Bob. »Er kann frisch gegessen werden oder fermentiert - warum bist du auf einmal so blass?«

Andrea schluckte heftig und dachte nach. »Käse könnte funktionieren.«

»Kääzö«, probierte Bob das Wort. An der auffälligen Aussprache bemerkte Andrea, dass er nicht seine eigene Sprache benutzte.

»Käse, genau. Der wird aus Milch gemacht, die kommt von Tieren. Man kann sie verarbeiten, dann wird die fest und ändert ihren Geschmack. Ich glaube, das ist ein wenig wie Fermentation.« Sie beugte sich vor und nahm mehrere Päckchen aus dem Kühlschrank. »Hier, riech da mal dran, vielleicht magst du was davon?«

Misstrauisch schnupperte Bob an den verschiedenen Käsesorten - Gouda, Feta (light), Parmesan. Was er roch, schien ihm nicht unangenehm zu sein. Aufgeregt wurde er jedoch erst, als er sich einer handlichen Rolle näherte, die fest in Zellophan eingeschweißt war. »Was ist das? Das riecht köstlich!«

Innerlich schüttelte Andrea sich. Natürlich, wenn sie schon Besuch von einem Außerirdischen bekam, musste das so ein kleiner Perverser sein. »Das ist Harzer Roller, den habe ich eigentlich für meinen Vater gekauft. Aber wenn du den probieren magst …«

Bob machte einen aufgeregten Hopser. »Ja, bitte!«

Vorsichtig öffnete Andrea die Verpackung. Sofort verbreitete das Aroma sich im ganzen Raum. So ein Mist! Und sie hatte auch noch vergessen, die Küchentür zu schließen! Hoffentlich bekam sie den Gestank aus den Polstern, das war ja widerlich! Sie nahm Brettchen und Messer von der Anrichte und schnitt eine dünne Scheibe Käse ab. Dann wusch sie sich die Hände.

Bob beäugte den Käse unterdessen von allen Seiten. Der Geruch schien ihn nicht zu stören. Mit einem Tentakel stupste er die unappetitliche Masse an, stocherte dann vorsichtig im Rand. Schließlich brach er ein kleines Stück ab und führte es zu seiner Körpermitte. Fasziniert beobachtete Andrea, wie sich ein winziger rosafarbener Schlund öffnete. Spitze Zähnchen glitzerten hinter dünnen Lippen, und eine rote Zunge wackelte aufgeregt hin und her. Auf verstörende Art wirkte sie wie ein weiterer, winziger Tentakel. Im nächsten Moment fiel das Käsebröckchen in den Schlund.

Bob kaute, schluckte und begann vor Aufregung zu zwitschern. »So etwas Deliziöses habe ich seit einer

Ewigkeit nicht mehr gegessen! Du musst mir unbedingt das begnadete Wesen vorstellen, dass diese Gaumenfreude herstellt!«

»Sicher, morgen«, antwortete Andrea. Ein Blick auf die Uhr hatte sie daran erinnert, dass sie in weniger als sechs Stunden wieder aufstehen musste, wenn sie es rechtzeitig ins Büro schaffen wollte. »Aber jetzt lass uns schlafen gehen, ich bin hundemüde.«

Einige Stunden zuvor

Die Absichten des Großen Tentakels blieben gewöhnlichen Sterblichen verborgen. Nur auserwählte Priester erhielten Einblick in die alten Mysterien. Zu bestimmten Zeiten jedoch, wenn der siebte Mond hinter den purpurnen Bergen aufging, versammelten sich die R'nazoo auf dem großen Platz und warteten auf die Offenbarungen der Priester. Diese waren selten geworden, seit der letzte Mond seine Ringe verloren hatte.

Deswegen herrschte vor dem Tempel an diesem besonderen Tag auch eine Volksfest-Atmosphäre. Es gab Karussells, Tentakelball-Wettbewerbe und Multiwurf-Stände. Alle R'nazoo waren auf den Tentakeln und die Kleineren mussten sich in Acht nehmen, um nicht von den Ausgewachsenen – oder besser gesagt, den Größeren, denn ausgewachsen ist ein R'nazoo nie – plattgedrückt zu werden. Gesangsquartetts schmetterten aktuelle Hits. Niemand arbeitete heute. Außer den Schaustellern und Schleimverkäufern natürlich. Die machten das Geschäft ihres Lebens.

Die meisten Prophezeiungen, die in der aktuellen Expansionsphase verkündet worden waren, betrafen Trivialitäten des alltäglichen Lebens - wer sich mit wem paaren sollte oder welche Minen erschöpft waren. Diesmal jedoch standen die Chancen gut, dass es eine Sensation geben würde. Xhi'lao hatte sämtliches Leuchtgestein der letzten Saison darauf gewettet. Und Xhi'lao war bekannt dafür, seinen Lohn nicht leichtsinnig aufs Spiel zu setzen. Nicht, dass er deswegen wohlhabender gewesen wäre als die anderen Mitglieder seines Clans. Am Ende jeder Saison schütteten sie den Reichtum, den sie mit ihrer Tentakel Arbeit in den Seufzerbergen geschürft hatten, auf einen großen Haufen. Der Hauptwedel nahm sich seinen Teil zuerst. Danach kamen die erfahrensten Minenarbeiter an die Reihe, die bereits ihre eigenen kleinen Trupps anführten. Für die Jüngeren, zu denen Xhi'lao gehörte, blieb am Ende höchstens ein Beutelchen Leuchtstaub übrig, um sich gelegentlich in den Vierteln bei den Portal-Häfen einen erotischen Tentakeltanz zu kaufen. Aber das war ein Vergnügen, das Xhi'lao sich nur selten gönnte, denn er hatte seine Aufmerksamkeit auf ein anderes Ziel gerichtet.

Seit drei Sonnenaufgängen reckten immer mehr Neugierige ihre Tentakel aus der wogenden Masse gen Himmel. So schnell konnten die Snackschleimverkäufer gar nicht nachlegen, wie die hungrige Meute ihnen die Delikatesse aus den Saugnäpfen riss. Ab und zu kauerte einer der Verkäufer sich verstohlen in eine Nische, und kurz darauf ertönte der Werberuf: »Schleim! Frischer Schleim! Frischer geht's nicht!« Produktion und Verkauf waren fest in der Hand weniger Clans, die ihre Rezepte eifersüchtig hüteten. Exakt aufeinander abgestimmte Nährstoffe in sorgfältig berechneten Mengen waren nötig, um mit Hilfe spezieller Drüsen Schleim mit genau dem erwünschten Geschmack zu produzieren. Auch die

Konsistenz musste stimmen. Vielleicht spielte Genetik eine Rolle - diese Theorie wurde von den alteingesessenen Snackschleim-Imperien vehement verteidigt, von der Konkurrenz hingegen natürlich ins Reich der Fantasie verwiesen.

Xhi'lao drängte sich neben Bao'bhat und schnupperte. Er kannte ihren Geruch gut genug, um zu bemerken, wie aufgeregt sie war – ein Hauch von Salz und Sturmmeer-Algen schwebte über ihrer zarten rosa Haut. Falls er seine Wette gewinnen sollte, das hatte er ihr versprochen, würde er ihr den langersehnten glänzenden Saugnapf-Stülper kaufen. Mit diesem Geschenk wäre ihre Verbindung endlich offiziell. Und dann würden sie … Schon beim Gedanken daran wurde er vor Aufregung ganz glitschig.

Und deswegen waren sie zusammen mit den Ersten schon vor Tagen zum Tempel gekommen. Die wachsende Menge der Neugierigen schob sie hierhin und dorthin über den großen Platz. Endlich erreichten sie ein schattiges Fleckchen, das sich zu verteidigen lohnte. Xhi'lao fauchte ein paar Mal laut und hob drohend seine Tentakel, bis die anderen begriffen, dass mit ihm und Bao'bhat nicht zu scherzen war.

Alle paar Augenblicke blinzelte er dorthin, wo der siebte Mond jeden Moment in seiner ganzen Glorie erscheinen würde. Dämmerung senkte sich über den Platz. Bestimmt war es schon fast so weit. Insgeheim betete er, dass er sich mit dieser Wette nicht zu einer Dummheit hatte hinreißen lassen. Schließlich näherte sich Bao'bhats erste fruchtbare Phase und wenn sie ihre Beziehung nicht mit Geschenken besiegelten, konnte er sie genauso gut in Suh-Blätter eingewickelt in die Hängematte des Hauptwedels legen. Der würde es großmütig auf sich nehmen, die Gelege aller ungebundenen Weibchen zu befruchten, um die Population zu bewahren. Normalerweise war Xhi'lao der Erste, der über solche Traditionen witzelte, aber in diesem speziellen Fall wollte ihm partout kein Tentakelklopfer einfallen, den er zum Besten geben könnte. Allein von dem Gedanken wurde ihm schlecht.

Wie auf ein geheimes Kommando erstarb das Stimmengewirr auf dem Platz. Es war unheimlich, von so vielen R'nazoo nicht ein einziges Geräusch zu hören. In Zeitlupe öffneten sich die gigantischen Pforten des Tempels. Xhi'lao starrte in einen pechschwarzen Schlund. Wenn jetzt einer der Hohepriester aus dem Dunkel auftauchte, war er gerettet. Seine Tentakel verkrampften sich zu einer wirren Masse. Bloß kein Novize, bloß kein Novize …

Xhi'lao fühlte ein Ziehen in seiner Körpermitte. Er sah zu Bao'bhat hinüber. Vergessen tropfte der Schleim am Stiel auf ihre zarten grünen Saugnäpfe.

Da! Eine Gestalt wuselte aus dem Schatten hinaus ins Licht, das die obersten Stufen der Treppe vor dem Tempel gleißen ließ. Xhi'laos Hauptmagen zog sich vor Nervosität zusammen. Dann sah er die reich mit Leuchtgestein verzierte Krone, und seine Angst schlug in Erleichterung um.

»Ihr Gläubigen, die ihr euch heute hier versammelt habt!«, intonierte der Hohepriester. »Hört die Offenbarung des Großen Tentakels!«

Wie eine gewaltige Welle auf dem Sturmmeer brandeten die R'nazoo Richtung Tempel. Xhi'lao spürte, wie er von Bao'bhat weggerissen wurde. Er griff nach ihrem Zeigetentakel und presste seine Saugnäpfe fest gegen ihre. Der Unterdruck würde sie zusammenhalten.

Vor dem Tempel fuhr der Priester mit kräftiger Stimme fort: »Es ist an der Zeit, zu neuen Ufern aufzubrechen!« Er zeigte gen Himmel, wo die Monde zu tanzen schienen. »Der Große Tentakel weist uns den Weg! Unser Späher wird mutig voranschreiten, ohne Furcht, und sein Name lautet -«

Die Ankündigung fiel in die Menge wie ein Fels.

Xhi'lao dachte, er hätte sich verhört. Auf einen Schlag wichen alle um ihn herum zurück. Er sah hilfesuchend zu Bao'bhat hinüber, aber sie starrte ihn nur verzückt an. »Ich habe es immer gewusst! Du wirst Großes vollbringen!«, hauchte sie. »Mein Held!«

Der Schleim auf Xhi'laos Haut wurde vor Panik ganz schaumig. »Ich - das muss - aber warum?«

Eine Gasse hatte sich gebildet, von den Tempelstufen bis hin zu Xhi'lao, die der Priester würdevoll entlang schritt. Links und rechts von ihm reckten sich wogende Tentakel in die Höhe. Eine Prozession von Würdenträgern folgte ihm. Es schien eine Ewigkeit zu dauern, bis die Gruppe Xhi'lao erreicht hatte. Wie in Zeitlupe nahm dieser alles wahr - den tropfenden Schleim am Stiel, fest umklammert vom Tentakel seiner Freundin, ihre glänzenden schwarzen Augen, die Bewunderung auf den Gesichtern der anderen R'nazoo. Der Protest blieb ihm im

Schnabel stecken.

»Komm mit uns, Auserwählter«, proklamierte der Priester. »Wir werden dir die geheimen Pläne des Großen Tentakels enthüllen!«

Xhi'lao schluckte. Es war eine große Auszeichnung, zum Späher für eine intergalaktische Mission ernannt zu werden. Wie wurde er diese Ehre nur wieder los?

»Keine Angst, o Auserwählter«, salbaderte der Hohepriester und drückte zwei reich geschmückte Saugnäpfe auf Xhi'laos Zeigetentakel. »Folge mir. Ich werde dich in alles einweihen, was du wissen musst.«

Auf Bao'bhats Gesicht breitete sich Begeisterung aus. »Geh, Geliebter!«, rief sie. »Ich werde auf dich warten bis zu deiner ruhmreichen Rückkehr!«

Na, das konnte ja heiter werden.

Die nächsten Stunden waren überfrachtet mit Instruktionen, Lob und verwirrenden Einblicken in die Aktivitäten, die hinter den Tempeltüren stattfanden. Während er instruiert wurde, wuselten zwei Sprachlehrer um ihn herum und trichterten ihm die wichtigsten Lektionen ein. Mit Entsetzen begriff Xhi'lao, dass es sofort losgehen würde. Ihm blieb nicht einmal Zeit, sich von seinem Clan zu verabschieden oder seinen mageren Reichtum an Leuchtgestein an einem sicheren Ort zu verstecken.

Eine absurd große Gruppe von wichtigen R'nazoo brachte ihn zu dem Portal, das für seinen Auftrag vorbereitet worden war. Es hing mitten in einem kargen Raum unter der Erde in der Luft, wie ein magischer Spiegel. Er bemerkte, dass die Würdenträger einen überaus vernünftigen Sicherheitsabstand zu dem Portal einhielten.

»Gute Reise, o Auserwählter!«, riefen sie mehr oder weniger im Chor.

Das Auserwählt-Sein ging Xhi'lao jetzt schon auf den Geist. »Halt, wartet, ich muss noch –« Weiter kam er nicht, denn der Hohepriester versetzte ihm einen derben Schubs. Er taumelte durch die wirbelnde Scheibe. Es gab ein Geräusch, als würde alle Farbe aus der Realität gesaugt. Die Luft roch nach schmelzendem Leuchtgestein.

Xhi'lao fühlte sich, als würden seine Eingeweide nach außen gestülpt. Die Reise dauerte nur wenige Augenblicke und endete unsanft auf einem Haufen muffig riechender seltsamer Objekte. Er schmeckte etwas Saures in seinem Schnabel. Die Luft kribbelte in seinen Nüstern. Diese Welt gefiel ihm jetzt schon nicht!

Im schwächer werdenden Licht des pulsierenden Portals gewann er einen ersten Eindruck von seiner Umgebung. Wo war er hier gelandet? Was, wenn die Koordinaten falsch gewesen waren? Vielleicht hatte sich der Steueroffizier vertan? Wenn er hier elendig starb, wer würde sich um Bao'bhat kümmern?

Reiß dich zusammen! Wie sie es ihm geraten hatten, ging er in Verteidigungsstellung – alle Tentakel weit von sich gestreckt. Aber nichts geschah. Der erwartete Angriff blieb aus.

Xhi'lao unterdrückte die Panik und sah sich vorsichtig um. Er schien in einer Art Höhle gelandet zu sein oder vielleicht in einer verlassenen Behausung. Es gab nur winzige Fenster direkt unter der Decke. Sie waren vergittert. Das Arsenal merkwürdiger Gegenstände, das an der Wand aufgereiht hing, sah furchteinflößend aus.

Vielleicht befand er sich in einer Folterkammer. Diesen Menschen war alles zuzutrauen, davor hatten die anderen R'nazoo ihn eindringlich gewarnt.

Xhi'lao konnte immer noch nicht fassen, dass ausgerechnet er für diese Mission ausgesucht worden war. Dabei sei das doch ganz logisch, hatte der Hauptwedel ihm erklärt: »Du bist eben nichts Besonderes. Wenn dir etwas passiert, ist das keine Katastrophe. Dann schicken wir einfach den Nächsten. Die Menschheit kann euch nicht alle erwischen.«

Xhi'lao atmete durch – erst vorsichtig, dann nahm er einen zweiten, tieferen Atemzug. Seine Lungen lösten sich nicht auf. Immerhin, mit der Theorie über den Sauerstoff hatten sie wohl richtiggelegen. Schwerfällig sortierte er seine Tentakel und versuchte, sich aufzurichten.

Ein Beben zitterte durch seinen Körper. Erst langsam, dann mit aufwallendem Getöse kam der Haufen, auf dem er gelandet war, ins Rutschen. Xhi'lao zuckte zusammen. Mehr von diesem komischen feinen Zeug wirbelte auf und verschlechterte die Sicht. Im letzten Moment saugte er sich an einer Art Box fest. Der Fußboden sah solide aus, aber wer wusste das schon so genau? Vielleicht war er ätzend, oder glühend heiß – wobei, den herabstürzenden Dingern schien nichts zu geschehen. Im Schimmer des Portals lagen sie einfach nur so da. Eine Box hatte sich geöffnet, und ihr Inhalt war auf dem Boden verstreut. Xhi'lao konnte nicht erkennen, um was es sich im Detail handelte. Einige Teile glitzerten. Interessant. Waren das vielleicht menschliche Kultgegenstände?

Apropos menschlich, warum war hier eigentlich niemand? Das Licht über seinem Haupttentakel wurde schwächer – jeden Moment würde sich das Portal deaktivieren. Er musste jetzt eine Entscheidung treffen. War das hier nun die richtige Welt oder nicht?

PLOP!

Das Leuchten verschwand. Nur für das geübte Auge blieb eine durchsichtige Scheibe mitten in der Luft sichtbar, wie dünn gesponnener Süßschleim. Höchstens ein Fachmann konnte das Portal von dieser Seite aus wieder in Betrieb nehmen. Sein Zögern hatte Xhi'lao die Entscheidung abgenommen. Fürs Erste war er hier gefangen.

Ganz in der Nähe polterte etwas. Alarmiert sah Xhi'lao sich um. Ob sie ihn erwartet hatten? Alles, was er jemals über die Menschen gehört hatte, raste durch sein Gehirn. Sie galten als gewissenlose Jäger, grausame Gegner, unglaublich hässlich. Vor Angst wurde seine Haut ganz trocken.

Ein Teil der Wand schwang quietschend zurück. Eine Tür! Er duckte sich. Ein breiter Lichtstreifen quoll ins Verlies, eingedämmt von einer gigantischen, merkwürdig verformten Silhouette. Da war sie, die erste Begegnung mit dem Feind!

Xhi'lao kauerte ganz still.

»Miez, miez, miez!« Die Stimme des Menschen kratzte über Xhi'laos Nerven. Was war das, ein Geheimcode? Er geriet in Panik, katapultierte sich aus dem Berg von Gerümpel auf den Feind. Er würde seine berüchtigten Kampfkunsttechniken anwenden und –

Ein plumper Appendix schoss hervor und pflückte ihn aus der Luft.

»Hey!«

Xhi'lao hing reglos vor der Fraß-Öffnung des Feindes. Wie entwürdigend! Er fühlte sich hin und her gewendet und gedreht. Ab und zu erhaschte er einen Blick auf die merkwürdige Kommunikationsoberfläche - wie hatte der Informationsoffizier das genannt? GESICHT. Genau. Das war der Körperteil, mit dem Menschen aßen, sprachen und einander ihre Zuneigung ausdrückten. Wie sie sich … nun ja, erleichterten, darüber war sich Xhi'lao noch nicht im Klaren. Merkwürdige Wesen. Sie hatten Zähne und Klauen an unterschiedlichen Gliedmaßen, das wusste er, und im Moment galt seine erste Sorge der Frage, ob irgendeines dieser gefährlichen Körperteile sich ihm näherte.

Der Augenblick zog sich hin. Seltsam, dieser Mensch schien gar nicht angriffslustig. War das am Ende nur ein Omega-Exemplar? Xhi'lao fühlte den Blick der Kreatur über sich gleiten. Zeit, die einstudierte Rede zu halten. Er räusperte sich. In der ungewohnten Erdatmosphäre klang es wie das Rattern von Leuchtkieseln, die den Berg hinunterrollten. »Ich komme im Frieden!«, verkündete er.

Der Mensch schrie.

Xhi'lao schrie.

Es klang beinahe harmonisch.

Der Mensch ließ los, und Xhi'lao plumpste auf den Boden.

Alte Freunde, neue Sorgen

Ein muffiger Luftzug streifte Andreas Gesicht. Träge hob sie den Kopf und sah, dass Bernd drüben am Fenster seinen Ventilator eingeschaltet hatte. Das Ding schaffte es leider höchstens, die abgestandene Luft ein wenig durchzurühren. Der Mai war dieses Jahr unangenehm warm. Und Fenster aufmachen ging nicht, solange die von den Stadtwerken draußen auf der Straße mit dem Presslufthammer zugange waren. Eigentlich hätte die Baustelle bereits im März aufgehoben werden sollen. Aber wie das nun einmal war … An dem Tag, an dem in Bonn nicht gebaut wurde, ging die Welt unter, soviel war sicher.

Andrea nahm den nächsten Zettel aus der Ablage und versuchte, das Gekritzel der Neuen zu entziffern. Zum Glück war heute ein ruhiger Tag, denn alles, was Svetlana machte, würde sie gegenlesen müssen. »Du als ehemalige Germanistik-Studentin kannst das doch bestimmt besonders gut«, hatte ihre Chefin Corinna zuckersüß gesagt und der Russin den Schreibtisch direkt neben dem von Andrea zugewiesen. So lud sie alle Aufgaben, die sonst keiner wollte, bei ihr ab. Und irgendwie schaffte Corinna es dabei immer, »Germanistik-Studentin« so zu sagen, als sei es ein Schimpfwort.

Noch vierzig Minuten bis Feierabend. Alles, was Andrea wollte, waren ein kaltes Kölsch auf ihrem Balkon und ein gutes Buch. Und vielleicht einen Geistesblitz, was sie mit dem Außerirdischen in ihrer Wohnung machen sollte. Unauffällig sah sie sich um und streifte dann ihre Ballerinas von den Füßen. Unter dem Tisch würde das wahrscheinlich keinem auffallen. Sie wusste, dass Corinna so etwas nicht gerne sah. »Ihr werdet nur dann wie Profis behandelt, wenn ihr euch auch wie Profis benehmt.« Einer ihrer Leitsprüche, vorgetragen in bester Mutti-Manier. Und barfuß zu arbeiten galt in der Mutti-Corinna-Welt nicht als besonders professionell. Immerhin, der Mief hier drinnen konnte dadurch auch nicht schlimmer werden. Ab wann wäre es angebracht, Amnesty International über die Zustände in diesem Büro zu informieren?

Das Telefon klingelte. Andrea hob den Hörer ab und lauschte den weitschweifigen Erklärungen eines älteren Herren, der die Nähmaschine seiner Frau verkaufen wollte. Das Gerät sei schon sehr alt, aber voll funktionstüchtig, und es habe dieses tolle Programm, mit dem man Borten verzieren könne, und seine Frau habe nun einmal Gicht in den Fingern bekommen und –

»Ich fasse das ein wenig für Sie zusammen, damit es nicht so teuer wird, in Ordnung?«, unterbrach Andrea seinen Redefluss. Aus dem Augenwinkel sah sie neben dem Computerbildschirm das Display ihres Handys aufleuchten. Das Gerät war stumm geschaltet, aber es vibrierte aufgeregt. Ein weiterer Dorn in Corinnas Auge: Privatgespräche am Arbeitsplatz. Andrea nahm alle notwendigen Daten des Verkäufers auf und tippte dann entgegen allen Vorschriften direkt in die digitale Eingabemaske: MULTIFUNKTIONSNÄHMASCHINE, gebraucht, VHB 80 Euro.

Wieder leuchtete das Handy-Display. Andrea griff nach dem vibrierenden Gerät und stutzte: ZUHAUSE. Warum wurde sie von ihrem eigenen Festnetz-Anschluss aus angerufen? Hatte Bob etwa schon herausgefunden, wie Telefone funktionierten? Sie warf einen kurzen Blick über die Schulter. Corinna war auf der anderen Seite des Raumes beschäftigt und die Neue brütete mit gerunzelter Stirn und einem Kugelschreiber zwischen den perlweißen Zähnen über einer Formulierung. Nervös griff Andrea nach ihrem Samsung und drehte sich so zur Wand, dass ihre Chefin sie nicht sehen konnte. »Hallo?«

»Andrea, Schönheit!«, gellte es aus dem Lautsprecher.

Sie brauchte einen Moment, um die Stimme zuzuordnen. »Sven? Was machst du in meiner Wohnung?«

»Ich habe dich vermisst!« Er klang, als freue er sich über eine gelungene Überraschung.

»Und deswegen brichst du in meine Wohnung ein?«, flüsterte Andrea aufgebracht. Sven, ihr schwuler bester Freund saß wahrscheinlich gerade in ihrem Wohnzimmer auf der neuen Couch, mit tadelloser Frisur und den Füßen auf dem frisch geputzten Tisch – oder, und bei dem Gedanken wurde ihr schlagartig kalt, vielleicht stöberte er in ihren Sachen und würde jeden Moment ihren außerirdischen Gast entdecken! Bitte, Bob, flehte sie im Stillen, kriech ganz hinten ins Regal und sei still!

»Du solltest dir ein neues Versteck für deinen Notfallschlüssel ausdenken«, fuhr Sven fort. »Das Schloss von deinem Briefkasten ist kaputt.«

»Heute Morgen war es noch in Ordnung!«, protestierte Andrea.

»Gut, vielleicht war ich etwas unsanft«, gab er zu. »Aber dafür habe ich Bier mitgebracht!«

Besser als nichts. »Wissen deine Eltern, dass du in Bonn bist?«, fragte sie.

Er schnaubte »Verrate denen bloß nichts!«

Hatte sie auch nicht vor. Er musste selbst wissen, was er tat. Aber sie konnte Sven schlecht allein mit Bob in ihrer Wohnung lassen. Was sollte sie nur machen? Sie kam hier frühestens in einer halben Stunde raus, und dann würde es noch einmal mindestens genauso lange dauern, bis sie zu Hause war! Nervös pikste sie mit ihrem Kugelschreiber Löcher in den Rand einer alten Haftnotiz. »Wie wäre es, wenn wir uns im Copa Cabana treffen?« Das lag direkt hier um die Ecke. Er müsste sofort losfahren, und Bob wäre sicher.

»Ich bin pleite«, wandte Sven ein.

Wann war er das eigentlich nicht? »Komm schon, ich lad dich ein. Die machen großartige Steaks!« Je schneller sie ihn aus ihrer Wohnung gelockt bekam, desto besser.

Aber Steaks interessierten Sven diesmal nicht. »Ich bin jetzt Vegetarier.«

Auch das noch. »Salat?«, bot Andrea verzweifelt an. »Oder Cocktails?«

Das wirkte. »Prima, ich setz mich direkt in den Bus.«

Huch? Sven hasste den öffentlichen Personennahverkehr mit einer Inbrunst, die schon an Dummheit grenzte. »Was hast du mit deinem Auto gemacht?«

»Erzähle ich dir später. Übrigens, eine coole Oktopus-Puppe hast du da. Hat dein Bruder die gemacht?«

Andreas Herz setzte einen Schlag aus. »Das … war ein Werbegeschenk. Und jetzt beeil dich, sonst verpasst du den Bus!« Bis sie Feierabend hatte, müsste Sven es gerade eben hierherschaffen.

»Mach ich! Oh, und ich bring den Oktopus mit, damit erschrecken wir die Leute!«

Was? Nein! »Warte, ich …«

Aber Sven hatte schon aufgelegt. Andrea starrte auf ihr Display. Was sollte sie nur machen? Am besten rief sie Sven sofort zurück und redete ihm das aus. Hoffentlich verhielt Bob sich klug, oder wenigstens unauffällig. Sie gab den Code ein, um die Bildschirmsperre aufzuheben, als sie hinter sich eine strenge Stimme hörte. »Sie wissen, dass ich Sie dafür abmahnen könnte.«

Auch das noch! Andrea zwang sich ein Lächeln ins Gesicht und drehte sich um. »Corinna, ich habe Sie gar nicht kommen hören!«

»Das liegt daran, dass Sie abgelenkt waren. Sie wissen doch, wie die Regeln lauten. So geben Sie ein ganz schlechtes Vorbild für Svetlana ab.«

Svetlana? Ach ja, die Neue. Andrea wusste nicht, was sie dazu sagen sollte, also hielt sie den Mund. Alle rundum sitzenden Kollegen waren verdächtig in ihre Arbeit vertieft.

»Sie brauchen sich gar nicht den Kopf zu zerbrechen, ich will Ihre Erklärungen nicht hören«, fuhr Corinna fort. »Sorgen Sie nur dafür, dass das nicht wieder vorkommt. Ihren Tadel können Sie sich morgen früh schriftlich abholen.« Nach einem letzten strengen Blick drehte Corinna sich um und marschierte zu ihrem Büro am Ende des Raumes zurück. Ihr langer brauner Rock bauschte sich beim Gehen auf wie eine Glocke.

Diese dämlichen Tadel! Andrea widerstand der Versuchung, ihr Handy auf den Schreibtisch zu donnern. Sie hatte bereits einmal den Touchscreen erneuern lassen, das war ein teures Vergnügen gewesen. Wenigstens hatte sie keine Abmahnung kassiert. Sie warf einen Blick auf die Uhr und begann damit, ihre Sachen einzupacken. Mittagspause hatte sie auch nicht gemacht. Wenigstens würde sich ihr Salat im Kühlschrank noch bis morgen halten – wenn nicht einer von den Geiern aus der Buchhaltung ihn vorher entdeckte. Sie fegte Schlüssel, Handy und Lippenstift in ihre Handtasche, meldete sich am System ab und verließ pünktlich um fünf als Erste das Büro. Diesem Laden konnte sie nicht schnell genug den Rücken kehren.

Das Copa Cabana hatte gerade erst geöffnet, als sie eintraf. Sie war der erste Gast und die Kellner hantierten noch mit ihren Tabletts und den Serviettenstapeln. Ein paar Minuten Ruhe konnte sie gut gebrauchen. Genug Zeit, sich Sorgen zu machen. Ob Sven Bob tatsächlich mitbringen würde? Und war Bob clever genug, sich ruhig zu verhalten? Das konnte einfach nicht gutgehen. Aber was sollte sie machen? Zur Beruhigung bestellte sie einen Mojito und sah durch das Fenster auf die Straße. Die meisten Leute hasteten mit gesenkten Köpfen die Bürgersteige entlang, ohne zweiten Blick auf die kleine Parklandschaft gegenüber vom Bahnhof. Der

Himmel hatte sich zugezogen, aber es war noch genauso stickig und warm wie vorhin im Büro. Andrea saugte an ihrem Strohhalm.

Schließlich tauchte Svens blonder Schopf im Eingang auf – überraschend pünktlich, er musste sich wirklich beeilt haben. Er grinste über das ganze Gesicht, winkte und steuerte direkt auf Andreas Tisch zu.

Andrea begrüßte ihren Kumpel und ließ sich wieder in ihren Stuhl fallen. Sie fühlte sich bereits ein wenig beschwipst. Die Mischung aus Wetter, Alkohol und Aufregung bekam ihr wohl nicht so gut. »Was gibt's?«

»Ich hatte Sehnsucht nach dir«, erklärte Sven, ließ seinen Rucksack fallen und streckte die Beine unter dem Tisch aus.

Andrea verpasste seinen Füßen einen Tritt. »Mach dich gefälligst nicht so breit!«

Ein Kellner näherte sich dem Tisch. »Darf ich Ihnen etwas bringen?«

Andrea lächelte ihn an. »Die Speisekarte, bitte.«

Währenddessen kramte Sven in seiner Tasche. Nach kurzem Suchen ließ er Bob einfach auf den Tisch plumpsen. Es gab ein Geräusch wie bei einem nassen Schwamm.

Andrea sog scharf die Luft ein. Aber Bob verdrehte nur leicht die Augen am Ende seines Haupttentakels und blieb brav liegen. Wenigstens einer, der tat, was er sollte. Sie widerstand der Versuchung, ihn zu schnappen und schnell in ihrer Handtasche in Sicherheit zu bringen.

Wie durch Zauberhand füllte sich die Cocktailbar unterdessen. Andrea sah, wie sich die Tür öffnete und eine Gruppe genervt aussehender Anzugträger auf einen der Tische am Fenster zustürzte. Da hatten wohl noch andere Leute einen beschissenen Arbeitstag gehabt. Sie drehte sich um und beobachtete nervös, wie Sven Bobs Tentakel in verschiedene Posen verdrehte. Dieser Idiot! Es war nur eine Frage der Zeit, bis Bob der Geduldsfaden riss. Sie hob den Ellbogen und warf wie zufällig ihren Cocktail um. Das Glas rollte über den Tisch und kam auf der Kante zur Ruhe. Der lange Löffel fiel klirrend zu Boden. »Upps, ich Trampelchen! Sven, magst du nicht eben schnell nach vorne gehen und mir noch einen Mojito holen?«

Sven verdrehte die Augen, erhob sich dann aber und schob sich durch das schnell wachsende, feuchtfröhliche Publikum Richtung Tresen.

Bob machte einen kleinen Satz der Empörung. »Dieser Grobian!«

»Sei ruhig!«, zischte Andrea und sah sich rasch um. Zum Glück war ihr winziger Tisch hinter einer Wand aus Grünpflanzen wenigstens halbwegs vor neugierigen Blicken geschützt. Von den Leuten, die auf der Straße an ihrem Fenster vorbeigingen, würde niemand auf sie achten. Sie sah durch die Blätter Richtung Bar – sehr gut, es gab inzwischen viel zu tun. Sven würde einen Moment warten müssen. Der Laden war ziemlich gut besucht für einen Donnerstag! »Sven darf unter keinen Umständen wissen, dass du lebst!«

»Der kann froh sein, dass das hier eine Under-Cover-Mission ist! Sonst würde ich dem einen Haken verpassen, dass er Sterne sieht!«

»Rote Zwerge?« fragte Andrea.

Bob war verwirrt. »Was?«

Für einen Außerirdischen wusste der erstaunlich wenig über Astronomie. »Egal. Sei, bitte, bitte, bitte, um Himmels Willen ruhig! Du darfst dich keinen Zentimeter bewegen, und Geräusche machen erst recht nicht!«

Bob rollte die Tentakel ein und schmollte.

Durch die Topfpflanzen sah Andrea Sven mit zwei vollen Gläsern auf den Tisch zu steuern. Sein sorgfältig gestyltes blondes Haar leuchtete im Licht der Neonreklamen. »Reiß dich zusammen, ich regle das irgendwie!«

Ein beschlagenes Glas voller Eiswürfel, Limettenscheiben und Minze tauchte vor ihrem Gesicht auf. »Hier! Ein paar Servietten habe ich auch mitgebracht, du hast dich bestimmt vollgekleckert.« Sven ließ sich wieder auf seinen Stuhl fallen und streckte die Hand aus, um nach Bob zu greifen.

»Warte!« Andreas Gedanken überschlugen sich. »Du solltest nicht mit dem Oktopus spielen.«

»Wieso, ist der krebserregend?«

»Ich hoffe nicht!« Sie zwang sich zu einem Lachen. »Aber das ist ein Spielzeug von einer … nun ja, einer Erwachsenenseite.«

Als Sven begriff, weiteten sich seine Augen. Er wischte sich die Hand an der Hose ab. »So ein Teil habe ich ja noch nie gesehen! Hättest du mir das nicht vorher sagen können?«

»Woher soll ich denn wissen, dass du auftauchst und mein Zeug durchwühlst?« Andrea tat empört, aber innerlich war sie erleichtert. Die unmittelbare Gefahr war gebannt. Sie nahm sich ein paar Servietten und begann, den klebrigen Drink von der Tischplatte zu wischen. Jetzt musste sie nur noch Svens Pläne durchkreuzen. Wahrscheinlich baute er darauf, bei ihr übernachten zu dürfen. Das hatte er in der Vergangenheit schon öfter gemacht, wenn er keine Lust auf seine Familie hatte. Normalerweise war das auch kein Problem, aber ausgerechnet jetzt … Sie beschloss, direkt zum Angriff überzugehen. »Sag mal, wo pennst du diesmal eigentlich?«

»Bei dir, habe ich mir gedacht.«

Hatte sie es doch gewusst. »Warum nicht zuhause?«

»Bloß nicht! Die nerven nur wieder: Such dir einen Job! Mach etwas aus deinem Leben! Hör auf, deine Tante um Geld anzubetteln! Das tue ich mir nicht an.«

Das wäre ja auch zu schön gewesen. »Und was ist mit Henning?«

»Was soll mit dem sein?«

»Hat der nicht ein Gästebett über?«

Sven zog die Stirn kraus. »Mit dem rede ich nicht mehr.«

Andrea sah ein winziges Zucken aus dem Augenwinkel. Bob schien die Geduld zu verlieren. »Was ist das denn jetzt für ein Kinderkram? Ihr könntet mal wieder die ganze Nacht zocken!«

»Nee, kein Bock. Der hat sie doch nicht mehr alle. Abgesehen davon, wir beide haben uns doch auch schon seit Monaten nicht mehr in Ruhe unterhalten!«

»Aber … aber ich muss morgen früh raus!« Puh, das war die Lösung. »Siehst du? Du kannst nicht bei mir schlafen!«

»Ist schon klar, du hast Besseres vor.« Sven zog einen verächtlichen Flunsch. »Seit du einen richtigen Job hast, bist du voll die Spießerin geworden!«

»Ach, halt doch die Klappe«, schimpfte Andrea und griff nach ihrem Cocktailglas.

Sven stand auf und schlüpfte in seine Jacke. »Wenn ich hier nicht mehr erwünscht bin, gehe ich eben.«

Okay, jetzt übertrieb er es aber. »Sei doch nicht so ein Kindskopf! Ich habe nur gesagt, dass du nicht bei mir schlafen kannst!«

»Lieber wohne ich unter der Brücke, als mir hier weiter dein selbstzufriedenes Gesicht anzusehen!« Sven rempelte einen Kellner an, riss die Tür auf und verließ das Lokal Richtung Bahnhof.

Dem schien die Arbeitslosigkeit nicht zu bekommen. Wenigstens liefen sie im Moment nicht Gefahr, dass er Bobs Geheimnis entdecken könnte. Andrea leerte ihr Glas und griff nach dem zweiten Mojito. Wäre doch schade, den verkommen zu lassen.

Es wurde spät.

Schließlich war nur noch schmelzendes Eis in den Gläsern, und das Kondenswasser malte einander überlappende Kreise auf der Tischplatte. Zu den ursprünglichen zwei Cocktails, die Sven bei seinem empörten Abgang zurückgelassen hatte, hatten sich noch einige weitere Gläser gesellt und inzwischen hatte Andrea Mühe, Bob direkt anzusehen. Ihre Augäpfel taten einfach, was sie wollten.

»Ich sag dir, das ist ein ganz verwöhnter Bengel!«, erklärte sie zum wiederholten Mal. So war der doch früher nicht gewesen! Während des Studiums - gut, während der kurzen Zeit, ehe er das Studium geschmissen hatte - war Sven einer der entspanntesten Menschen gewesen, die sie jemals kennengelernt hatte.

»Noch einen Mojito?«, fragte der Kellner im Vorbeigehen. Die Bar hatte sich geleert - kein Wunder, an einem Werktag um halb ein Uhr morgens - aber Feierabend war deswegen noch lange nicht.

Andrea schüttelte den Kopf. »Ich glaube, das waren – das waren schon ein paar Mojitos zu viel.« Ihre Zunge war schwerfällig geworden. »Bring mir mal einen Zombie.«

Der Kellner sah nicht überzeugt aus, hielt aber den Mund.

Bob hatte Andreas Monolog geduldig zugehört. Er war ja so ein putziger, warmherziger kleiner Außerirdischer! Von so viel Freundlichkeit und Güte ging ihr schier das Herz über. Sie spürte, wie ihr Tränen in die Augen stiegen. Schniefend beugte sie sich über den Tisch, um ihm die Tentakel zu tätscheln.

»Hey, was ist mit dir?«, fragte Bob besorgt. »Bist du defekt?«

»Du bist so … so witzig! Und gut!« Andrea kümmerte es nicht, dass ihre Wimperntusche verschmierte. Sie sah erstaunt, wie Bobs Haut dunkler wurde. Was bedeutete das nur?

»Hätte ich doch nur die Gebrauchsanleitung gelesen. Andrea, nicht weinen!«, flehte Bob. »Ich weiß doch gar nicht, wo bei euch Menschenfrauen die Dichtungen sind!«

Andrea kicherte. »Kleiner Komiker!« Sie wischte sich durchs Gesicht und verschmierte ihr Make-up noch weiter.

»Hast du aufgehört?«, fragte Bob irritiert. »Ich wusste gar nicht, dass der menschliche Körper auf Sprachkommandos hört!«

Das war zu viel. Andrea konnte nicht länger an sich halten. Ihr war egal, dass die verbliebenen Kunden ihr über die Topfpflanzen hinweg merkwürdige Blicke zuwarfen, während sie vor Lachen mit dem Oberkörper über die Tischplatte rollte. Warum war Bob so witzig?

Der Kellner brachte ihren Zombie in einem hohen Becher, der an die steinernen Köpfe auf den Osterinseln erinnerte. Mit einer schwungvollen Geste entzündete er den Rum in der kleinen Passionsfrucht-Schale. Eine bläuliche Flamme schoss in die Höhe. Bob quiekte erschrocken und machte einen Satz nach hinten.

Andrea fühlte sich schlagartig nüchtern. Was sollte sie dem Kellner sagen? Dass er einer ihrer alkohol-induzierten Halluzinationen aufgesessen war?

Aber der junge Mann lachte nur. »Das ist eine großartige Bauchredner-Nummer, die Sie da haben. Ist der Oktopus magnetisch?«

»Das ist kein Oktopus, das ist … ach, egal.« Vor lauter Erleichterung darüber, nicht aufgeflogen zu sein, hätte Andrea sich beinahe trotzdem verraten. Um von der Situation abzulenken, schubste sie den brennenden Rum in den Cocktail. Die Flamme erlosch, und ein scharfer Dunst stieg auf. Sie nahm einen großen Schluck.

Ein älterer Herr in einem sandfarbenen Anzug trat zu

ihr an den Tisch. Er lächelte auf sie hinab. »Ich habe Ihre kleine Nummer gesehen. Sehr beeindruckend. Im Fernsehen würde sich das gut machen. Ich bin Roger Marx, Produzent von ›Von Traum zu Top‹. Warum melden Sie sich nicht einmal bei mir? Unsere nächste Staffel beginnt in Kürze.«

Verwirrt nahm Andrea die Visitenkarte entgegen. ›Von Traum zu Top‹ war Deutschlands beliebteste Castingshow. Wieso meinte er, dass sie … »Danke«, stammelte sie, kippte verwirrt ihren Cocktail hinunter und erhob sich auf unsicheren Beinen. »Ich glaube, ich muss mal dringend zahlen.«

Komiker und andere Probleme

»Wie Sie wissen, erwarte ich von meinen Mitarbeitern höchste Perfektion! Es geht nicht, dass Sie andauernd mit Verspätung auftauchen wie so ein It-Girl, das zu Sozialstunden verdonnert wurde und uns mit seiner Anwesenheit beehrt!«

Andrea hatte Mühe, ihre Augen offen zu halten. Sie sah Corinna an und bemühte sich, betreten auszusehen. Ihr Kopf fühlte sich zu schwer für ihren Hals an. Warum nur hatte sie gestern gedacht, es sei eine gute Idee, sich noch zu betrinken, nachdem Sven abgehauen war? »Es tut mir leid«, brachte sie heraus. »Kommt nicht wieder vor.«

»Das will ich auch gehofft haben, denn ansonsten werde ich Sie schriftlich abmahnen müssen. Hier ist übrigens noch der Tadel von gestern. Bitte unterschreiben Sie.« Corinna hielt Andrea einen Zettel unter die Nase, der sie stark an die Blauen Briefe aus der Schule erinnerte. Sie hasste diese Zettel. Von denen gab es in ihrer Akte bestimmt schon eine ganze Menge.

Corinna wartete, bis Andrea mit ungeschickten Fingern den Kugelschreiber aufgehoben und ihre Unterschrift an die dafür vorgesehene Stelle gesetzt hatte. Dann wandte sie sich wieder den Unterlagen auf ihrem Schreibtisch zu. Andrea zog die Tür von außen ins

Schloss und schlich zu ihrem Schreibtisch zurück. Von wegen »andauernd« - es war Monate her, seit sie das letzte Mal zu spät auf der Arbeit erschienen war! Zum Glück war der Tag beinahe vorbei, viel länger würde sie diesen Blödsinn heute nicht mehr ertragen.

»Alles okay?«, fragte Cornelius vom Nachbartisch.

»Klar, die hat bloß wieder einen Stock im Hintern«, antwortete Andrea und ließ sich auf ihren Drehstuhl fallen. Dabei schrammte sie mit dem Knie an ihrem Rollcontainer lang und spürte ein vertrautes Rupfen an ihrer Strumpfhose - Laufmaschenalarm! Heute ging aber auch alles schief. Sie griff nach ihrer Handtasche und begann, nach dem Fläschchen mit klarem Nagellack zu suchen, das sie für genau solche Fälle dabei hatte. Vorsichtig trug sie die unangenehm riechende Flüssigkeit auf.

»Ein paar von uns wollten noch gemeinsam eine Kleinigkeit essen gehen, um die Neue willkommen zu heißen. Kommst du mit?«, fragte Cornelius, der die Aktion mit mildem Unverständnis beobachtet hatte.

»Nee, danke. Ich glaube, ich gehe nach Hause und lege mich früh hin.« Andrea hatte keine Lust darauf, dabei zu sitzen, während die männlichen Kollegen fast schon übereinander kletterten, um bei Svetlana Eindruck zu schinden.

»Wie du meinst«, sagte Cornelius und drehte sich wieder zu seinem Bildschirm um. Er wirkte nicht so, als sei er besonders traurig über ihre Absage.

So war das immer, wenn eine halbwegs attraktive Kollegin bei ihnen anfing. In ihrer ersten Woche hier im

Büro hatte Andrea sich noch geschmeichelt gefühlt wegen all der Aufmerksamkeit, aber schnell war sie ihr lästig geworden. Nach einigen Einladungen, die sie höflich ausgeschlagen hatte, hatte sie den Ruf einer »Eisprinzessin« verpasst bekommen. Konnte ihr nur recht sein. Sie war zwar generell einem Abenteuer - oder mehreren - nicht abgeneigt, aber von Romanzen am Arbeitsplatz hielt sie gar nichts. Das konnte nur böse enden. Einige Kollegen hatten das irgendwie persönlich genommen. Tja, und dann hatte sich das Gerücht verbreitet, dass sie in der Casual-Dating-App Swypr ein überaus aktives Profil angelegt habe. Seitdem hieß sie im Kollegenkreis nur noch »Andrea die Lüsterne«. Das war nicht ganz so cool wie »Katharina die Große«, aber schon auch irgendwie beeindruckend.

Ein schneller Blick auf die Uhr - endlich war es Zeit, wieder nach Hause zu fahren. Andrea hatte den Bus genommen, nachdem sie sich heute Morgen nur mit Mühe aus dem Bett gequält hatte. Das bedeutete jetzt natürlich auch, dass sie mit den öffentlichen Verkehrsmitteln wieder nach Hause fahren musste, umzingelt von Fremden, die höchstwahrscheinlich ebenfalls ganze Alien-Horden in ihren Kleiderschränken beherbergten. Einkaufen musste sie auch noch, denn im Kühlschrank herrschte gähnende Leere. Hoffentlich begegnete sie nicht Sandro! Sie ärgerte sich immer noch darüber, dass der Mittwochabend komplett anders verlaufen war, als sie gehofft hatte.

Schließlich entschied sie sich für einen Umweg und kaufte in einem anderen Supermarkt ein. Natürlich dauerte es länger als sonst, die Sachen zu finden, die sie brauchte, und für die Kassiererin stellte das Wechselgeld eine beinahe unüberwindliche Hürde dar. Andrea spürte, wie die Kopfschmerzen stärker wurden. Sie wollte nur noch auf ihrem Sofa versacken, natürlich auf der Handtuch-Wiese, und warten, bis es spät genug war, ins Bett zu gehen. Zum Glück hatte sie ans Abendessen gedacht - eine Tüte gesalzener Erdnüsse enthielt mindestens so viele Nährstoffe wie eine Pizza, nicht wahr? Sie stopfte ihre Einkäufe in die Plastiktüten, verließ den Laden und sah gerade noch, wie ihr die Straßenbahn vor der Nase davonfuhr. Und in diesem Moment setzte der Regen ein.

Vor der Haustür war der ätzende Tag immer noch nicht vorbei. Der Nachbar von oben hatte mal wieder vergessen, die schwarzen Tonnen von der Straße reinzuholen. Schwer bepackt mit ihren Einkäufen quetschte sich Andrea zwischen ihnen und den Briefkästen hindurch. Sie stellte ihre Tüten vor der Haustür ab, damit der Regen den Eierkarton nicht noch weiter durchweichen konnte, und zog die Tonnen zurück an die Hauswand. Scheißtag! Und das Schloss der Haustür klemmte natürlich auch.

Als Andrea den widerspenstigen Mechanismus endlich bezwungen hatte, knallte die Tür mit scheppernden Buntglasscheiben gegen die Wand im Flur. Die Wohnungstür hingegen ließ sich nur schwer aufschieben, denn irgendwas blockierte sie von innen. Andrea presste ihren Rücken gegen das verzogene Holz und bemühte sich, die Einkäufe nicht fallen zu lassen.

Offenbar war auf mysteriöse Weise die Garderobe von

der Wand gefallen - das war das Hindernis hinter der Tür - und Bob hatte wohl beschlossen, sicherheitshalber im Flur nichts mehr anzufassen. Stattdessen hatte er Tastatur und Maus ausgiebig vollgeschleimt. Das schloss Andrea zumindest aus dem Anblick, der sich ihr bot, nachdem sie über das Jackengewirr gestiegen war. Aus den Lautsprechern schepperte Gelächter, passend zum Video auf dem Bildschirm. Andrea reckte den Hals, um mehr erkennen zu können.

Bob hatte Youtube entdeckt.

Sie ließ die Tüten auf den Küchentisch plumpsen und stapfte ins Wohnzimmer. Ihr tentakeliger Mitbewohner rollte vergnügt in einer Schleimlache auf der Schreibtischplatte umher. Ab und zu hielt er einen Moment inne, wies mit seinem Zeigetentakel auf den Bildschirm und hüpfte ein wenig auf und ab. Dann rollte er wieder zur Seite. Was guckte er bloß, dass er sich so köstlich amüsierte? Sie trat näher an den Schreibtisch.

Ah. Offenbar Ausschnitte aus der Großen Comedy-Gala. Andrea beugte sich vor und schaltete den Bildschirm aus.

»Hey, was soll das?« Bob drehte sich zu ihr um und wedelte verständnislos mit seinem Zeigetentakel.

»Was ist mit meiner Garderobe passiert?« Andrea griff an den linken Lautsprecher, um auch den Ton abzuschalten.

Bob machte einen Satz und positionierte sich, als wolle er die Box mit seinem Leben verteidigen. »Stopp! Das ist wichtig!«

»Du hast meine Garderobe zerstört.«

»Aber das gibt dir nicht das Recht, den Computer auszuschalten!«

Andrea bückte sich unter den Tisch und griff nach dem dicken schwarzen Kabel. Als sie daran zog, wurde es endlich still im Raum. »Das ist immer noch mein Computer.«

Irgendwo hatte sie diesen Satz schon mal gehört. Mist, sie verwandelte sich in ihren Vater!

Bob war empört. »Hey! Das Video finde ich niemals wieder! Du bist gemein!« Vor Aufregung nahm seine Haut einen satten Auberginenton an.

Andrea atmete einmal tief durch. Und noch einmal. »Was ist mit meiner Garderobe passiert und warum hast du das Chaos nicht wenigstens beiseite geräumt? So können wir nicht zusammenwohnen.« Wenn er noch einmal motzte, würde sie ihm den Hals - warte, er hatte ja gar keinen Hals. Aber ihm einen Knoten in die Tentakel machen konnte sie durchaus.

Bob trat den taktischen Rückzug an. »Ich wollte ja aufräumen, ehrlich! Aber als ich alle deine Mäntel an den Haken gehängt hatte, muss eine der Schrauben nachgegeben haben … und dann habe ich diese Videos gefunden und war abgelenkt.« Er schaffte es, einigermaßen zerknirscht auszusehen.

Besser wurde dieser Tag offenbar nicht. Andrea drehte sich um und verließ das Wohnzimmer, ehe sie etwas Dummes tun konnte. Hinter sich hörte sie Geräusche, als ließe jemand einen nassen Flummi auf den Boden titschen, und schloss daraus, dass Bob ihr folgte. Höchste Zeit, die Lebensmittel wegzuräumen. Das Eis war wahrscheinlich schon hinüber.

»Wann gehen wir das nächste Mal ins Copa Cabana?«, fragte Bob und hüpfte mit einem beeindruckenden Satz auf die Anrichte. Er entdeckte die Packung mit dem Harzer Roller ganz oben in der Tüte, riss sie an sich und zerrte an der Plastiklasche. »Hab ich einen Hunger!«

»Gar nicht, da kann ich mich nie wieder sehen lassen!« Allein beim Gedanken daran, wie sie sich benommen hatte, nachdem Sven gegangen war, spürte Andrea ihre Wangen glühen. Und dann Bobs Beinahe-Entdeckung – nein, der Laden war ab sofort tabu. Für immer.

»Aber die Leute haben gelacht! Wie in dem Video!«

»Die waren alle genau so betrunken wie ich.«

»Und dann lacht man über Leute? Alkohol ist eine gute Sache. Und ich war wirklich zum Tentakel-Klopfen!« Bob war nur undeutlich zu verstehen, denn er stopfte sich eine ganze Scheibe Käse auf einmal in den Mund. Der Gestank war ekelerregend.

Andrea griff nach Milch und Butter und ging hinüber zum Kühlschrank. »Betrunkene finden alles witzig. Und Menschen klopfen sich auf die Schenkel, wenn etwas witzig ist. Wir haben keine Tentakel, erinnerst du dich?« Sie verstaute die Butter im Gemüsefach.

Bob wedelte aufgeregt mit den käseverklebten Tentakeln. »Aber du verstehst nicht - ich war ein Star! Wie ein Witze-Priester!« Achtlos fegte er die leere Verpackung von der Anrichte. »Das war grandios. So etwas habe ich noch nie gesehen!«

Andrea hielt mitten in der Bewegung inne. »Warte mal. Heißt das etwa, ihr habt keine Komiker auf deinem

Planeten?«

»Was sind Komiker?«

»Das sind diese Leute, über die andere Leute lachen. Die verdienen ihr Geld damit, witzig zu sein. Einige sind richtig berühmt und treten im Fernsehen auf. So wie die Leute in dem Video von vorhin.«

Bob blieb der Schnabel offenstehen und Andrea hatte einen hervorragenden Blick auf halb zerkauten Harzer Roller. »Du scherzt.«

»Keineswegs. Menschen lachen wirklich gern. Ist das bei euch etwa nicht so?«

»Lachen gilt als Charakterschwäche.« Bob schüttelte sich vor Empörung. »Einmal haben sie mich sogar zu unserem Mediziner geschickt. Ich sei zu komisch.«

»Wirklich? Das ist ja traurig.« Andrea überlegte. »Komm, ich zeig dir was.« Sie schnappte Bob und trug ihn ins Wohnzimmer. Dort schaltete sie den Computer wieder ein, rief den Browser auf und begann, Wörter in die Suchleiste zu tippen.

Kurze Zeit später kugelte Bob sich kichernd vor der Tastatur. »Und das … das ist erlaubt?«, japste er.

»Das ist nicht nur erlaubt – die besten werden mit Preisen ausgezeichnet«, bestätigte Andrea. Es fühlte sich gut an, Bob mit solchen Neuheiten vertraut zu machen. Sie war sozusagen eine Botschafterin der guten Laune – halt, direkt zurück. So etwas sagten höchstens die Moderatoren im Musikantenstadel. Aber Bob war zu putzig, wenn er sich freute!

Aufgeregt hüpfte er auf die Maus und klickte das nächste Video an. »Guck mal, die ist noch dicker als du! Wer ist das? Und warum trägt die rosa? Ist das ein Kampfanzug?«

»Das ist Cindy«, erklärte Andrea mit zusammengebissenen Zähnen. »Eine von Deutschlands bekanntesten Comedians.«

»Hast du sie auch gewählt?«

Das brachte Andrea aus dem Konzept. »Was – nein, Comedians werden nicht gewählt. Sie treten erst in kleinen Locations auf, und wenn genug Leute sie lustig finden, kriegen sie danach immer größere Veranstaltungsorte.«

»Das klingt ziemlich umständlich. Warum stellen sie sich nicht einfach vor, und der Lustigste wird zum Anführer gemacht?«

Andrea verzog das Gesicht. Schlimmer als die gegenwärtige Regierung wäre so ein Konzept allerdings auch nicht. »So etwas gibt es auch, aber nicht nur für Comedians. Nennt sich Castingshow und ist ein riesiger Schwindel. Erinnerst du dich an den Mann, der gestern an unseren Tisch gekommen ist? Der macht so eine Show.«

»Kannst du mir das zeigen?«, fragte Bob.

Eine kurze Internet-Suche förderte das Gewünschte zutage, und in der nächsten Stunde quälten sie sich durch verschiedene Ausschnitte von »Shooting Star«, »KunstKarriereKampf« und »Nur einer kann es schaffen«. Für die Gesangsnummern interessierte Bob sich kein Stück, aber die Varieté- und Lachnummmern ließen ihn dicht vor dem Bildschirm kleben. »Und warum sitzen ausgerechnet diese Menschen in der Jury?«

»Die meisten sind selbst bekannte Stars«, erklärte

Andrea. »Die werden dafür bezahlt, sich diesen ganzen Blödsinn anzusehen. Dieser komische Typ im Copa Cabana gehört zu den wirklich wichtigen Leuten, der ist einer der Produzenten. Seine Karte muss hier irgendwo liegen, die können wir bei Ebay verkaufen. Aber jetzt ist gut, ich muss ins Bett. Morgen steht mir ein weiterer ätzender Tag in der Tretmühle bevor.« Sie hob Bob hoch, fuhr den Computer herunter und trug den sich windenden kleinen Kerl Richtung Schlafzimmer. »Komm, du kannst dir morgen den ganzen Tag weiter Unsinn anschauen, während ich das Geld für deinen Käse verdiene.«

Bob riss den Schnabel zu einem winzigen Gähnen auf. »Klingt gut.«

Natürlich gefiel ihm diese Arbeitseinteilung. Hätte sie sich ja denken können.

Auf Kollisionskurs

Der nächste Vormittag zog sich in die Länge wie warmer Kaugummi, ohne besondere Ereignisse. Corinna ließ sich die meiste Zeit über nicht blicken. Dafür stellte Svetlana so lange Fragen zum genauen Ablauf innerhalb der Abteilung, bis Andrea ihr am liebsten die Lippen zusammengetackert hätte. Sie gab sich trotzdem Mühe, alles so gut wie möglich zu erklären, denn je schneller die andere alles lernte, desto eher hätte sie wieder ihre Ruhe. Zwischendurch klingelte immer wieder das Telefon, denn die Bonner Bürger wollten Briefmarkensammlungen, handbemalte Teller und alte Radkappen verkaufen. Andrea notierte jedes Anliegen gewissenhaft und fragte sich im Stillen, wann diese Gegenstände das nächste Mal in den Kleinanzeigenspalten auftauchen würden. An manchen Tagen fühlte sie sich wie das Opfer einer gigantischen Verschwörung, bei der Leute absichtlich Gegenstände kauften und wiederverkauften, damit sie nicht einmal fünf Minuten Ruhe hatte.

Wenigstens etwas Gutes hielt der Tag für sie bereit. Während sie geistesabwesend aus dem Bürofenster sah, bemerkte sie auf einem Balkon auf der anderen Straßenseite einen professionellen Fensterreiniger, der hingebungsvoll seiner Aufgabe nachging. Sein weißes T-Shirt klebte an seinem muskulösen Rücken, und sogar durch die verschmierten Scheiben konnte man sehen, wie kräftig seine Arme waren. Andrea überlegte: Wie könnte sie Corinna dazu bringen, diese Firma zu engagieren, damit die hier putzen kamen? Ein ordentliches Gebäude machte auf Kunden und Mitarbeiter doch gleich einen ganz anderen Eindruck …

Sie bemerkte, dass Cornelius seinem Tischnachbarn auffällig zuzwinkerte. »Guck mal, Andrea die Lüsterne schlägt wieder zu!« Beide Männer schauten zu ihr herüber und grinsten.

Kopfschüttelnd beugte Andrea sich wieder über ihre Arbeit. Nicht einmal die wenigen Minuten netter Aussicht waren ihr also vergönnt. Es wurde höchste Zeit, mal wieder mit ihrer alten Clique durch die Clubs zu ziehen. Konnte doch nicht angehen, dass sie am Schreibtisch versauerte und von jedem halbwegs ansehnlichen Männerkörper aus der Fassung gebracht wurde. Sonst wurde aus ihrem Spitznamen noch ein Witz. Andrea wollte unter keinen Umständen, dass ihr Liebesleben Gegenstand des Bürospotts wurde.

Als endlich der Feierabend kam, taumelte sie wie betäubt durch die Tür in die schwüle Hitze, die sich auf dem Gehsteig ballte, Richtung Auto. Sie freute sich auf ihr Sofa. Ach, verdammt, sie hatte immer noch nicht den endgültigen Abholtermin mit der Spedition vereinbart! Ein Blick auf die Uhr ließ sie noch nervöser werden. Sie hasste es, Bob so lange alleine zu lassen. Dieser Tag war echt für die Tonne.

In ihrer Straße waren alle Parkplätze belegt, also kurvte Andrea so lange umher, bis sie zwei Blöcke entfernt eine Lücke fand, die ganze zwanzig Zentimeter länger war als ihr Auto. Sie kurbelte und fluchte, immer mit einem Zeh auf der Bremse, bis ihr Auto einigermaßen von der Fahrbahn geräumt war. Darüber hatte die Dämmerung eingesetzt. Vorsichtig öffnete Andrea die Fahrertür und warf einen Blick über die Schulter. Sie stieg aus, streckte sich und beugte sich noch einmal vor, um nach ihrer Tasche zu greifen. Im nächsten Augenblick brachte sie sich mit einem gewaltigen Satz auf die Motorhaube in Sicherheit. Ein Hupkonzert ertönte. Ein weißer Audi kam nur wenige Zentimeter von der geöffneten Tür entfernt zum Stehen. Andrea zeigte dem Fahrer eine obszöne Geste, um die er sich nicht scherte. Dann rutschte sie mit klopfendem Herzen von der Motorhaube. Der Inhalt ihrer Handtasche hatte sich auf dem Gehsteig verteilt und einige Teile waren sogar unter das Auto gerollt. Ächzend sammelte Andrea alles wieder auf. Dieses Arschloch! Je schneller sie nach Hause kam, desto besser. Ihre Kopfschmerzen ließen nicht nach. Sie nahm die Abkürzung über den verlassenen Spielplatz und erreichte endlich ihre Haustür. Beinahe hätte sie nicht mehr daran geglaubt. Der Feierabend konnte beginnen.

Oder doch nicht.

In der Küche herrschte das reinste Chaos. Bob kam ihr an der Wohnungstür entgegen, aufgeregt mit den Tentakeln wedelnd. »Da bist du ja! Wo warst du? Ich muss dringend in den Keller!«

Andrea stellte ihre Handtasche neben der Tür ab und hängte ihren Mantel auf einen Bügel. »Ich freue mich auch, dich zu sehen. Was ist denn so dringend?«

»Ich muss … recherchieren!«

»Und das kann nicht warten? Du könntest mir beim Aufräumen helfen.« Sie wies auf den Tisch. »Das sind schließlich nicht meine Käseverpackungen!«

»Ähm, später vielleicht.« Bob hüpfte über ihre Füße und war schon auf halbem Weg die Treppe hinunter. »Ich habe ein wichtiges Projekt!«

Andrea schluckte alles, was ihr dazu einfiel, direkt wieder hinunter. Wenn sie plötzlich Schimpfwörter durchs Treppenhaus brüllte, fing ihre Vermieterin nachher noch an, sich zu wundern. Stattdessen schlüpfte sie aus ihren Schuhen in ihre ausgetretenen Plüschpantoffeln und machte sich ans Aufräumen. Wie konnte so ein kleiner Außerirdischer nur so eine Sauerei anrichten? Leere Gläser standen auf dem Boden, mit verräterischen Tentakelabdrücken auf der Innenseite und einem klebrigen Bodensatz. Daneben lagen Chips-Krümel, nicht näher identifizierbare blaue Fussel und ein Kamm. Der musste sich heute ganz schön ausgetobt haben. Da war fürs Aufräumen keine Zeit mehr gewesen. Gehörte offenbar nicht zu seinem Rechercheprojekt. Andrea öffnete den Geschirrspüler, warf einen Blick auf die sauberen Teller und knallte die Tür wieder zu. Dieser faule Sack! Wenn er da unten wenigstens aufräumen würde! Andrea hob die leeren Gläser auf. Dann wischte sie über die Anrichte und feuerte den nassen Lappen in die Spüle. Auf seinem Flug streifte er einen Stapel aufgerissener Käseverpackungen, änderte seine Flugbahn minimal und riss die Spülmittelflasche um. Die Kappe war nicht richtig festgeschraubt und die grüne Flüssigkeit ergoss sich über mehrere angeknabberte Scheiben Harzer Käse, die neben der Spüle vor sich hin stanken.

Was zu viel war, war zu viel. Andrea stürmte in den Hausflur hinaus, nahm die Kurve zu schnell und spürte ihre Füße unter sich wegrutschen. Sie verfehlte die oberste Stufe und prellte sich den Ellbogen an der Wand. Die nächsten beiden Stufen glitschten unter ihren Füßen davon und in Gedanken sah sie sich bereits mit dem Kopf voran durch die Buntglasscheibe in der Haustür segeln. Nur ein beherzter Griff nach dem Geländer rettete sie im letzten Moment vor dem Fall. Ein Riss klaffte im Ärmel ihrer Bluse. Als sie sich am Geländer hochzog, schoss glühender Schmerz durch ihren Ellbogen. Was für ein beschissener Tag! Am liebsten wäre sie walkürengleich die nächste Treppe hinunter in den Keller gestürmt. Stattdessen nahm sie vorsichtig eine Stufe nach der anderen. Ihre Laune besserte sich durch diese erzwungene Verzögerung allerdings nicht – eher im Gegenteil.

Zuerst fiel ihr auf, dass es hier unten viel heller war als sonst. Obwohl wegen der Abenddämmerung nur ein winziger Lichtstrahl durch die Haustür über die Treppe in den Keller fiel, konnte sie deutlich erkennen, dass seit Langem niemand die Spinnweben unter der Decke entfernt hatte. Und die ominöse Lichtquelle befand sich offenbar in ihrem eigenen Kellerabteil. Bob hatte mal wieder die Tür nicht ordentlich hinter sich ins Schloss gezogen – was, wenn ihn jemand entdeckte?

Mit einem Knacken aktivierte sich der interdimensionale Dolmetscher in Andreas Ohr. Sie zuckte zusammen. Ob das wieder so eine Fehlfunktion war? Gestern Abend hatte das Ding versucht, die Waschmaschine zu verdolmetschen.

»... Armee durch das Portal zu schicken, lohnt noch nicht«, hörte sie Bob schnarren.

»Wie lang müssen wir denn noch warten?«, dröhnte ein militärischer Bass, unterlegt von statischem Rauschen.

»Ich muss noch etwas vorbereiten, um, nun ja, um den Übertritt gefahrlos zu gestalten.«

»Was soll uns auf diesem jämmerlichen Planeten denn gefährlich werden?«

»Wie soll ich sagen ... das Portal ist in einem sehr kleinen Raum. Mehr als drei bewaffnete Krieger können sich hier nicht gleichzeitig aufhalten und die Türen – das sind die Schließmechanismen zwischen dem Portal und der Außenwelt - sind kompliziert«, tschilpte Bob. »Ich verspreche, in Kürze werde ich das Problem gelöst haben.«

Das war die Höhe! Lautlos zog Andrea sich zurück und schlich rückwärts die Kellertreppe hinauf, bis sie mit dem Hintern an die hölzerne Tür stieß. Sie drückte sie weit auf, ohne hindurchzugehen, und ließ sie dann mit einem ordentlichen Rums wieder gegen den Rahmen fallen.

Die Stimmen im Keller verstummten. Das helle Licht erlosch.

Andrea wartete einen Moment, dann stampfte sie die Betonstufen wieder hinunter und näherte sich der halb geöffneten Tür zu ihrem Kellerabteil. Als sie den winzigen Raum betrat, sah sie Bob unschuldig auf einem Stapel zerfledderter NEON-Magazine sitzen. Die zuoberst liegende Ausgabe hatte er aufgeblättert und schien in einen Artikel über die Bartmode des Jahres 2008 und ihre psychologischen Aussagen bezüglich der Bartträger vertieft. Seine Saugnäpfe hatten feuchte Kreise auf dem Papier hinterlassen. Außer ihm war niemand zu sehen. Dieser Mistkerl!

»Bist du mit deiner Recherche fertig?«, fragte Andrea betont freundlich.

Bob wackelte zustimmend mit seinem Zeige-Tentakel. Die Blätter raschelten, als er am Zeitschriftenstapel hinunter auf den Boden glitt. »Genug geforscht für heute. Haben wir noch Käse?« Am Fehlen des Knackens in ihrem Ohr merkte Andrea, dass er jetzt ihre Sprache sprach.

»Natürlich.« Sie zwang sich zu einem Lächeln. »Komm, ich trage dich in die Küche rauf.«

»Das ist aber nett von dir. Diese Treppe ist wirklich eine Zumutung.« Bob hüpfte in ihre ausgestreckte Hand. Er fühlte sich etwas wärmer an als üblich, und auch etwas feuchter. Hoffentlich kam das davon, dass er sich schämte. Andrea schäumte innerlich, aber sie bemühte sich, gute Miene zum bösen Spiel zu machen - vorerst.

Sie trug Bob die Treppe hinauf. Stufen, Kellertür, mehr Stufen, Wohnung. Bloß die Tür nicht wieder knallen lassen, sonst rief der ganze Lärm noch Frau Müller-Westerwald auf den Plan.

Sobald sie in der Sicherheit der eigenen vier Wände waren, zwitscherte Bob los über die aufregenden Dinge, die er in Andreas Zeitschriftensammlung über die Menschen gelernt hatte. Andrea hörte nur mit halbem Ohr zu und trug ihn weiter in Richtung Küche – vorbei an der klebrigen Spüle, dem stinkenden Käse und dem Küchentisch, auf dem noch die Krümel der letzten Mahlzeit lagen. Dann öffnete sie das Gefrierfach.

»... und ich habe zuerst gedacht, das seien nur Luftballons, aber - HALT, WAS MACHST DU?« kreischte Bob. Verzweifelt stemmte er sich mit sämtlichen Tentakeln gegen das weiße Plastik.

»Dich kaltstellen!«, fauchte Andrea. »Du hast bestimmt geglaubt, mich reinlegen zu können, was?«

»Das – das – ein Mistverständnis!« Bob fing an, weißen Schaum zu produzieren. Er wurde unheimlich glitschig und zappelte so wild, dass er Andrea aus den Händen rutschte und auf den Boden plumpste.

Andrea hob den behausschuhten Fuß, doch Bob war zu schnell. Er schlitterte über den Küchenfußboden unter das Regal mit den Kochbüchern.

Dort saß er nun, ein zitterndes Häufchen Elend mit einer lächerlichen, weißen Schleimkrone, und blubberte unverständliches Zeug.

Andrea knallte das Gefrierfach zu und verschränkte die Arme vor der Brust. »Auf die Erklärung bin ich mal gespannt.«

»Das war gemein!«, zwitscherte Bob empört. »Du hättest mich verletzen können!«

»Ich bin gemein? Was ist mit deinen Plänen, eine Armee von Außerirdischen auf die Erde loszulassen? Du brauchst es gar nicht zu leugnen«, schnitt sie ihm das

Wort ab, »ich habe alles gehört!«

»Du verstehst das nicht – halt, lass mich ausreden!« Bob zuckte zurück, als Andrea einen Schritt auf das Regal zu machte. Er räusperte sich und reckte seinen Zeigetentakel vor. »Seit Tagen versuche ich, den Hauptwedel hinzuhalten!«

Andrea schnaufte. Das konnte er seiner glitschigen Großmutter erzählen. »Wer bist du, der Retter der Menschheit?«

»Wenn du es so sagen willst – ja.« Bob holte tief Luft. »Es ist wahr, ich habe dich am Anfang angelogen. Meine Mission ist es, die Menschheit auszuspionieren. Ich soll einen Weg finden, möglichst viele von euch mittels Alphawellenmodulation unter unsere Kontrolle zu bringen.«

»Aber warum?«

»Die Bevölkerung auf meinem Planeten wächst zu schnell. Wir sterben ohne die Erde. Unserer ist beinahe aufgebraucht.«

»Und was ist mit uns?«

»Ich …« Bob sah betreten zur Seite. »Ich weiß es nicht, aber es kann nichts Gutes sein. Und sofort nachdem ich wusste, wie die Menschen sind, wollte ich die Invasion gar nicht mehr vorbereiten. Aber mir gehen langsam die Ausreden aus!«

»Und warum hast du mir nichts davon erzählt?«

»Was hättest du dann gemacht?« Bob sah sie anklagend an. »Mir Fragen gestellt? Oder doch eher versucht, mich auszuschalten?«

»Niemals!«, protestierte Andrea.

»Vielleicht hättest du sogar versucht, mich ins Gefrierfach zu stecken!«

»Hätte ich ...« Nicht, wollte Andrea sagen, ließ es aber lieber bleiben. »Na gut, es tut mir leid. Denke ich. Und jetzt?«

Bob zuckte mit den Tentakeln. »Ich weiß es nicht. Der Hauptwedel erwartet bald eine Antwort. Und wenn ich keine Lösung anbiete, kann ich meine Verlobung vergessen.«

Andreas Gedanken überschlugen sich. »Aber denk doch nur, was alles verloren geht, wenn ihr die Menschheit unterjocht! Das Fernsehprogramm, der Käse! Die Comedy! Warte, du bist verlobt?«

»Vielleicht erlauben wir uns ein paar Sklaven für die Übergangszeit«, murmelte Bob.

»Für Fernsehen und Käse wird das vielleicht reichen, aber mit der Komik ist es dann vorbei.«

»Wieso das?«

»Traurige Menschen lachen nicht.«

Bob sah nachdenklich aus und wackelte mit seinen Saugnäpfen. »Das wäre wirklich schade. Ich würde es vermissen, Leute über meine Witze lachen zu hören.«

»Und dabei hast du noch gar nicht erlebt, wie berauschend ein richtiges Publikum sein kann!«, sprudelte es aus ihr hervor.

»Was meinst du damit?«, fragte Bob.

»Komm mit!«, rief Andrea und lief hinüber ins Wohnzimmer. Sie kramte in der Tasche, die sie gestern dabeigehabt hatte. Irgendwo hier musste doch ... da war sie! Die Visitenkarte von dem schmierigen Typen aus dem Copa Cabana, der Bob für eine Bauchrednerpuppe gehalten hatte. Roger Marx. Was für ein bescheuerter Name. Egal. Sie würde Bob in eine Castingshow bringen, dann würde er einsehen müssen, dass er die Menschheit brauchte – als Publikum für seine Witze! So eine Nummer war bestimmt noch nie dagewesen. Sie schaltete den Computer ein und trommelte ungeduldig auf der Tastatur herum, bis der Anmelde-Bildschirm erstrahlte. Dann gab sie ihr Passwort ein und rief den Browser auf.

Bob hüpfte neben ihr auf den Schreibtisch. Die Schaumkrone war getrocknet und begann, sich in winzige Flöckchen aufzulösen, die sich unappetitlich auf der Tischplatte verteilten. »Was machst du da? Rufst du die Typen von Cobra 11?«

»Ich muss nur schnell etwas kontrollieren«, murmelte Andrea und tippte Begriffe in die Suchleiste ein. Hoffentlich war ihnen noch niemand zuvorgekommen! Sie mussten eine einzigartige Nummer auf die Beine stellen, mit der Bob das Publikum begeistern konnte. Dann musste er die Erde einfach verschonen, oder etwa nicht? Jemanden zu finden, für den man sich zum Horst machen konnte, war Gold wert! »Erinnerst du dich an die Castingshows, die ich dir gestern gezeigt habe? Einige der Gewinner sind richtige Berühmtheiten geworden!« Gut, vielleicht nicht berühmt-berühmt, aber bestimmt konnte man ihre Auftritte im Internet finden. In Windeseile rief sie Shows von den zaubernden Pudeln und dem Typen mit dem orangefarbenen Papageien, der Shakespeare rezitierte, auf. »Hier, so etwas könnte dir auch passieren!«

Bob war wie hypnotisiert. Seine Knopfäuglein huschten über die Mengen an begeisterten Zuschauern, die sich über die Hundenummer freuten und im Takt zu Zirkusmusik vom Band klatschten. »Meinst du?«

»Sicher!« Andrea bemühte sich, enthusiastisch zu klingen. Schlechter als das konnte Bob gar nicht sein. Sie musste nur einen Weg finden, ihn ins Fernsehen zu bringen.

Dienstbesprechung

Das Portal waberte. Die Ränder waren gelblich und ausgefressen. Es war so hell, dass Xhi'lao seine Umgebung klar und deutlich erkennen konnte. Die Kartons lagen noch genauso wie bei seiner Ankunft. In diesem Keller gab es offensichtlich keine Aufräum-Drohnen.

Er hatte sich alles gemerkt, was ihm Andrea in den letzten Tagen erklärt hatte, aber für viele Dinge fehlte ihm noch der Bezugsrahmen. Blieb nur zu hoffen, dass er die fehlenden Informationen schnell finden würde. Und dass die anderen R'nazoo ihm glauben würden, wenn er sagte, dass er mehr Zeit brauchte. Dieser Spionage-Auftrag war viel schwieriger, als man ihn hatte glauben machen wollen. Und diese verlockende Idee mit der Castingshow erst ... was, wenn er tatsächlich ein Witzepriester werden konnte?

Xhi'lao war mehr als nur ein wenig nervös. Schließlich war dies seine erste Mission - was, wenn er nicht schnell genug Ergebnisse liefern konnte? Was, wenn die anderen ihn für unfähig hielten? Oder wenn sie seinem Clan erzählten, dass er ein Feigling war? Was würde Bao'bhat von ihm denken? Ob sie wirklich auf ihn warten würde?

Andrea war vorhin wieder ins Büro gefahren. Das musste ein riesiger Ort sein, denn dort versammelten sich fast alle Menschen regelmäßig zwischen neun und fünf. Sie hatte ihm einen Film eingeschaltet, dessen Inhalt sich ihm nicht erschloss. Diese Menschen schrien einander an, liefen voreinander weg und weinten dann in ihre Kissen, während sie Eis aßen. So sollte Fortpflanzung funktionieren? Kein Wunder, dass er noch nirgends junge Erdlinge gesehen hatte!

Aus Neugierde hüpfte er auf diesem komischen Ding herum, mit dem Andrea die Technik dirigiert hatte. In rascher Reihenfolge änderten sich die Szenen auf dem Fernsehbildschirm. Ein länglicher Knopf ließ die Geräusche ohrenbetäubend anschwellen, der links daneben machte diese Entwicklung wieder rückgängig. Andere Knopfdrücke konnte man damit allerdings nicht ungeschehen machen. Xhi'lao hopste noch ein paar Mal auf und ab, ehe er das Interesse am Fernseher verlor und seine Entdeckungstour fortsetzte.

Selbstverständlich hatte Andrea ihm eingebläut, sich von den Fenstern fernzuhalten, und die Wohnungstür hinter sich abgeschlossen. Glücklicherweise war er sehr geschickt mit seinen Tentakeln. Die Sicherheitsvorkehrungen der Menschen waren ein Witz. Es war ein Wunder, dass sie nicht schon viel eher kolonialisiert worden waren.

Im Flur wäre er beinahe von dieser schrecklichen Person aus dem ersten Stock, die an seinem ersten Abend an der Tür geläutet hatte, gesehen worden. Nur ein beherzter Satz bis unter die Decke hatte ihn gerettet. Dort hatte er zwischen merkwürdigen Fäden und Netzen gehangen, bis sie wieder in ihrer Wohnung verschwunden war. Und dann hatte er ewig gebraucht, um dieses blöde Portal zum Laufen zu bringen. Am liebsten hätte er ihm einen Tritt versetzt. Leider funktionierte das bei interdimensionaler Technik nicht. Jetzt musste es aber jeden Moment so weit sein. Xhi'lao hoffte, dass er die Zeit richtig berechnet hatte. Und da war auch schon das Knistern, das den Beginn des Gesprächs ankündigte.

Glück gehabt!

Die Ränder des Portals blitzten grünlich, das Bild klarte auf. Der Raum roch nach warmem Käse.

Der Hauptwedel war nicht alleine. Er wurde von zwei Grüntentakeln flankiert - Mitgliedern der Elitetruppe, die jede Kolonialisierung einleitetn. Sie sammelten und bewerteten alle Informationen über potenzielle Ziele, ehe eine Invasion gestartet wurde. Nur die Stärksten und Grausamsten wurden dieser Einheit zugeteilt. Xhi'lao hatte immer ein wenig Angst vor ihnen gehabt.

Er räusperte sich, warf noch einen letzten Blick auf die geschlossene Tür, die zum Kellerflur führte – den Fehler würde er nicht noch einmal machen! - und fing an zu berichten. In einer gigantischen Wortflut erzählte er alles, was ihm in den Sinn kam: Von den ritualistischen Fernseh-Ausstrahlungen, für die alle Menschen gleichzeitig einschalteten, und den sogenannten »Nachrichtensprechern«, denen die meisten Menschen zu huldigen schienen wie Göttern. Von den unterschiedlichen Pantheonen ARD, ZDF und RTL 2, von Berichten aus den Leben reicher und schöner Menschen, die in dem mystischen Land »Hollywood« lebten und dort unglaubliche Abenteuer erlebten. Die Sache mit den Castingshows sparte er tunlichst aus.

Stattdessen sprach er über das Internet, in dem nicht ganz so schöne Menschen die digitale Youtube-Kolonie gegründet hatten und ihr Balzverhalten in Form von Kommentarlawinen austrugen. »Es scheint, als sei es eine viel geehrte Tradition, das übliche Fortpflanzungsverhalten mit der Mutter des Gesprächspartners zu erwähnen. Das muss eine besondere Art der Ehrerbietung sein.«

»Aber wie bringt uns das weiter?«, fragte der linke Grüntentakel. Er hatte eine hässliche, pulsierende Warze direkt neben seinem rechten Auge. »Können wir eines dieser Medien nutzen, um unseren Alphawellenmodulator einzusetzen?«

»Ich bin nicht sicher«, gab Xhi'lao zu. »Es sollte möglich sein, die Youtube-Kolonie zu infiltrieren, aber dort gibt es so viele unterschiedliche Clans, dass man wahrscheinlich pro Clan nur einen winzigen Teil der Menschheit erreicht.«

»Und dieses … Vielsehen?«

»Fernsehen«, korrigierte Xhi'lao und fühlte sich tatsächlich ein wenig wie ein Wissenschaftler. »Die Menschin, die ich studiere, hat mir erklärt, dass nur ein sehr geringer Teil aller Leute es jemals schafft, ins Fernsehen zu kommen. Es scheint eine sehr beliebte Karriere-Wahl zu sein.«

Der Hauptwedel ballte seinen Zeigetentakel in grimmiger Entschlossenheit. »Wir müssen unbedingt in dieses Vielsehen.«

Xhi'lao erschreckte sich selbst, indem er den Hauptwedel zum zweiten Mal korrigierte. »Das heißt Fernsehen. Und ich denke, das wird nicht funktionieren.«

»Willst du etwa sagen, dass du deine Mission nicht erfüllen kannst?«

Sie durften auf keinen Fall Verdacht schöpfen! Bob verknotete vor Aufregung seine rückseitigen Tentakel. Hoffentlich sah das niemand. »Ich denke, wir sollten uns … wir sollten uns ein anderes Medium aussuchen. Das Internet ist vielversprechend. Aber ich werde weiter meine Augen offenhalten.«

»Das raten wir dir.« Der linke Grüntentakel griff nach etwas, was außerhalb des Bildes lag, und die Verbindung brach ab.

Bob sah sich ein letztes Mal um, huschte durch die Tür und hopste die Stufen hinauf. Vielleicht sollte er sich noch ein paar Videos anschauen, um mehr über diese merkwürdigen Youtube-Gemeinschaften herauszufinden. Der Hauptwedel hatte recht, das hier war eine wunderbare Gelegenheit – falls er sich dazu entschloss, die Sache mit der Invasion durchzuziehen. Andrea würde erst wiederkommen, wenn dieser armselige einzelne Sonnenplanet schon tief am Himmel stand. Er drückte die Wohnungstür einen Spalt weit auf, quetschte sich hindurch und wuselte ins Wohnzimmer, wo er es sich auf dem Schreibtisch direkt vor dem Computerbildschirm bequem machte.

Coitus Interruptus

Da war er! Andrea duckte sich hinter das Regal mit den Fertigsaucen. Sei nicht albern, schalt sie sich selbst. Schließlich kannst du nicht für den Rest deines Lebens quer durch die Stadt fahren, wenn dir Brot oder Eier ausgehen. Ist doch auch nichts dabei. Du lädst ihn einfach auf ein zweites Date ein.

Und was, wenn er nach dem Debakel neulich keine Lust mehr hat? Dann weißt du wenigstens direkt Bescheid und kannst die Sache abhaken. Sie atmete einmal tief durch, straffte die Schultern und setzte ihr strahlendstes Lächeln auf. Dann schlenderte sie mit ihrem Korb wie zufällig auf das Joghurt-Regal zu, vor dem Sandro sich gerade über eine Ladung frische Ware beugte.

»Hey!«, brachte sie heraus. Es klang weniger selbstsicher, als sie gehofft hatte, und bei Weitem nicht so eloquent.

Sandro richtete sich auf, drehte sich um – und lächelte. Er hielt einen Karton mit Obstquark in den Händen, und sein blondes Haar fiel ihm widerspenstig in die Stirn. Die erste Hürde war genommen. »Andrea, was für eine Überraschung!«

»Nicht direkt. Schließlich wohne ich ja um die Ecke. Ich brauchte … Joghurt!«, improvisierte sie und beugte sich an ihm vorbei ins Regal. Wahllos griff sie nach einigen bunten Bechern, warf sie in ihren Einkaufskorb und redete dann schnell weiter, ehe sie der Mut verlassen konnte: »Hättest du Bock auf einen zweiten Versuch?«

Sandro zögerte. »Ich weiß nicht …«

»Wann hast du heute frei?«, hakte Andrea direkt nach. Am besten machten sie direkt Nägel mit Köpfen, ehe sie der Mut verließ.

»In zwanzig Minuten komme ich raus«, murmelte er.

»Das trifft sich doch hervorragend!«, zwitscherte Andrea. »Wie wäre es mit einem Feierabend-Bier?« Du klingst verzweifelt, hielt eine innere Stimme ihr vor, aber sie wischte die kleine Besserwisserin mit einem Kopfschütteln beiseite. »Ich könnte dir das Kostüm für die Comic-Convention zeigen, an dem ich gerade arbeite!«, rutschte es ihr heraus, ehe sie sich zurückhalten konnte. Das war jetzt nicht unbedingt die Nummer, um einen jungen Mann aus dem nächsten Supermarkt zu verführen. Aber nun stand es im Raum.

»Macht ihr wieder so eine Aktion wie auf dem komischen Foto?«

Ausgerechnet das hatte er sich also gemerkt.

»Sowas in der Art.«

»Dann gucke ich mir das mal an.« Sandro nahm die letzten paar Becher Quark aus dem Karton und stellte sie ins Kühlregal zu den anderen. »Einige von diesen Superheldinnen sind ziemlich heiß.«

»Dann wirst du mein Kostüm lieben!« Andrea zwinkerte ihm zu, machte auf dem Absatz kehrt und eilte Richtung Kasse. Die restlichen Einkäufe waren vergessen. Sie musste dringend noch ein wenig aufräumen. Beinahe wäre sie ohne EC-Karte aus dem Laden gestürmt. Die Kassiererin hielt ihr das Stück Plastik hin und lächelte. »Die jungen Leute haben den Kopf immer voll wichtiger Sachen.«

Andrea bedankte sich, wünschte ihr einen schönen Abend und beeilte sich, nach Hause zu kommen. Man konnte nie wissen, was der außerirdische Mitbewohner als Nächstes anstellte. Letzte Nacht etwa hatte Bob sich im Badezimmer auf ihrem Vorrat an Watte zusammengerollt und als Andrea ihn heute Morgen fand, hatte er ausgesehen wie ein Weltraum-Schaf.

Der Gedanke ließ sie immer noch grinsen. Bob war komplett panisch geworden und hatte geglaubt, die Watte wolle ihn angreifen. Um ihn zu beruhigen, hatte sie ihn sorgfältig von sämtlichen Fusseln befreit - und war natürlich beinahe zu spät zur Arbeit gekommen. Das war nicht ganz so lustig gewesen. Und wahrscheinlich lag das vollgeschleimte Watte-Schlachtfeld immer noch auf dem Küchentisch, mitsamt Pinzette.

»Bob?«, rief sie, sobald die Wohnungstür ins Schloss gefallen war. »Los, versteck dich! Wir kriegen Besuch!«

Bob sprang vom Sofa und kam in den Flur gehoppelt. »Besuch? Was ist ein Besuch?«

»Jemand Fremdes. Jemand, der dich nicht unbedingt sehen soll. Mach schon, in deine Kiste mit dir!«

»Warum kommt der Besuch?« Bob bewegte sich keinen Millimeter.

Andrea verdrehte die Augen. »Weil ich ihn eingeladen habe.«

»Warum lädst du jemanden ein, vor dem ich mich verstecken soll?«

»Weil er süß ist. Und jetzt husch, sonst hole ich das Paket-Klebeband!«

»Du kannst mich nicht festkleben«, krakeelte Bob, »der Schleim verhindert, dass der Kleber auf meiner Haut haftet. Ich habe es selbst ausprobiert – willst du sehen?«

Böses ahnend folgte Andrea ihm ins Wohnzimmer. Tatsächlich, der Tesafilm-Halter neben dem Computer-Monitor war leer. Dafür baumelte ein abstraktes Kunstwerk aus durchsichtigem Klebeband von der Tischkannte.

»Dich kann man auch keine fünf Minuten alleine lassen«, schimpfte Andrea und fummelte das ruinierte Klebeband von der Tischplatte ab.

»Wenigstens war ich den ganzen Tag über artig!«, protestierte Bob. »Aber weißt du das zu schätzen? Natürlich nicht.«

»Entschuldigung. Ich will nicht streiten«, ruderte Andrea zurück. Sandro musste jeden Moment hier auftauchen. »Bitte, verzieh dich in deine Kiste und lass uns ein wenig Privatsphäre.«

Bob murmelte etwas, das der Dolmetscher-Fisch in ihrem Ohr nicht entschlüsseln konnte, und verschwand im Schlafzimmer. Andrea zerknüllte das Klebeband und ging in die Küche. Dort wischte sie die zerfledderte Watte in eine kleine Plastiktüte, die sie im Müll versenkte. Dann folgte sie ihrem Mitbewohner ins Schlafzimmer. Vorsichtig hob sie ihn in seine Kiste. »Verflixt, ist die so klein? Gestern sah das noch nicht so eng aus.«

Es klingelte.

»Keinen Mucks, bitte!«, flehte Andrea. Sie lächelte und riss die Tür auf.

Sandro lehnte in der Eingangstür. »Ich hatte irgendwie erwartet, dass du mich in voller Montur empfängst.«

»Wie bitte? Ach, das Kostüm!« Andrea lachte. »So weit ist es leider noch nicht. Aber man kann schon gut erkennen, wie es einmal aussehen soll. Komm rein! Magst du ein Bier?«

»Immer.«

Andrea holte zwei Flaschen vom Balkon und gestikulierte Richtung Wohnzimmer. »Das Kostüm steht neben dem Schreibtisch.«

»Krass, du hast eine Schneiderpuppe?«

Das überraschte sie. »Woher kennst du sowas?«

»Meine Mutter hat immer genäht. Die hatte ein ganzes Zimmer voll mit so Kram.«

Andrea reichte ihm eine Flasche und stieß mit ihm an. »Cheers. Du nähst wohl nicht?«

»Keine Zeit. Ich bin lieber draußen unterwegs, Basketball spielen oder so. Und wann trägst du dieses Kostüm?«

»Bei der Comic-Convention in drei Monaten.«

»Das ist noch ganz schön weit weg. Hast du einen Auftritt geplant oder so?«

»Noch nichts Richtiges.« Andrea beschloss, schnell das Thema zu wechseln. Ein offizieller Bühnenauftritt im Superheldenkostüm war eine Sache. Einfach so aus Spaß in buntem Spandex herumzulaufen, wie es alle taten, löste jedoch wahrscheinlich sogar beim gutmütigsten Zaungast Stirnrunzeln aus. Andrea trat dicht an Sandro heran und gab ihrer Stimme einen verführerischen Klang: »Aber du bist bestimmt nicht nur hier, um meine Schneiderpuppe zu bewundern.«

Wenige Minuten später waren sie auf dem Weg ins Schlafzimmer - eng umschlungen und nicht wirklich koordiniert. Andrea stieß sich die Schulter am Türrahmen, aber sie bemerkte es kaum. Diesmal wirkte Sandro selbstsicherer, und seine Kusstechnik konnte sich wirklich sehen lassen. An den Oberarmen unter ihren Fingern spürte sie nur zu deutlich, wie sportlich er war.

Aus dem Augenwinkel sah sie etwas auf dem Regal winken. Überrascht ließ Andrea einen Schritt aus, geriet ins Taumeln und musste sich an Sandro festklammern, um nicht auf dem Hintern zu landen.

Er stoppte. »Alles okay?«

»Sicher, nicht aufhören«, keuchte Andrea und streifte seine Oberlippe mit ihrer Zunge. Dabei drehte sie ihn geschickt so, dass sie wieder einen Blick aufs Regal werfen konnte.

Ein paar Tentakel ragten über den Rand der Kiste und wedelten neugierig. Sie sah Bobs schwarze Knopfaugen an der Spitze seines Zeigetentakels glitzern.

Versteck dich, signalisierte sie ihm mit den Augen, aber in nonverbaler Menschenkommunikation war er noch nicht so gut, denn er blieb genau da, wo er war. Genervt schloss Andrea die Augen, aber ihre Gedanken waren überall verstreut - nur nicht da, wo sie gerade hätten sein sollen. Sandro schmeckte nach Bier und Minze, und ein wenig nach Rauch. Sie mochte keine Raucher, und seine Finger auf ihrer bloßen Haut waren merkwürdig feucht und kalt. War er etwa nervös?

Abrupt schob er sie eine Armlänge von sich. »Du bist komisch, weißt du das?«

Das hatte ihr in so einer Situation noch keiner gesagt. »Wie meinst du das?«

»Erst wirfst du dich mir so an den Hals, und dann bist du in Gedanken überall, nur nicht hier. Das ist mir zu dumm.« Sandro lächelte entschuldigend. »Ich mache so etwas eigentlich nicht, aus genau diesem Grund. Du weißt ja, wo du mich findest, falls du jemals zu einer Entscheidung kommst. Oder falls du mehr Joghurt brauchst.« Das sollte wahrscheinlich ein Scherz sein, aber es klang nicht lustig, und Andrea sah ihm verwirrt nach, während er nach seinen Sachen griff und die Wohnung verließ. Gleich darauf knallte auch die Haustür Das würde wieder einen Aushang von der Vermieterin geben.

Verdammt.

Andrea kehrte ins Wohnzimmer zurück. Ihre Wangen brannten. Sie setzte die Bierflasche an und leerte sie in einem Zug. Jetzt, da die Chance vertan war, breitete sich Bedauern in ihrer Magengrube aus. Und ein Hauch von Scham. In den nächsten Wochen würde sie weiter in der Innenstadt einkaufen müssen. Sie stellte die Flasche in die Küche.

»Hey, was war das?«, tschilpte Bob hinter ihr. Sie hörte, wie er aus dem Regal auf den Boden plumpste.

Beim Blick auf die neue Couch fiel ihr ein, dass sie

das Date auch einfach im Wohnzimmer hätten fortsetzen können. Ganz ohne neugierigen extraterrestrischen Spanner. Eine Decke und ein paar zusätzliche Handtücher, und den Polstern wäre nichts passiert. Mist!

»So schnell geht das mit der Paarung bei euch also?«, fragte Bob hinter ihr.

»Ach, halt den Schnabel!« Andrea ging auf den Balkon, um sich noch ein Bier zu holen. Mehr konnte sie vom heutigen Abend nicht erwarten.

Rupert, der dicke Nachbarskater, saß auf dem Geländer und musterte sie aus verständnislosen gelben Augen. Er maunzte kläglich.

»Bist du wieder nicht rechtzeitig nach Hause gekommen?«, fragte Andrea und bückte sich nach dem Bierkasten.

Sofort saß der Kater auf ihrem Rücken.

Empört richtete sie sich auf. Der Schlingel sprang auf die Fensterbank. Dann drehte er sich zu ihr um und maunzte noch einmal.

»Ich verstehe schon, du hast das Abendessen verpasst.« Für solche Fälle hatte sie immer ein paar kleine Dosen Katzenfutter im Regal stehen. Die Nachbarn fütterten Rupert nämlich nur zu bestimmten Zeiten. Wenn er zu spät heimkam, ging er leer aus. Und damit er dann nicht die ganze Nacht weinend ums Haus strich … so teuer war Katzenfutter schließlich auch nicht.

»Heute musst du draußen warten«, erklärte Andrea, ehe sie die Balkontür hinter sich zuzog.

Bob musterte den Kater misstrauisch durch die Glasscheibe. »Was ist das für ein Ding?«

Andrea stellte die Bierflasche auf der Anrichte ab und holte eine Untertasse aus dem Schrank. »Eine Hauskatze. Oder eher ein Hauskater.«

»Ist er gefährlich?«

»Nein – wobei, für dich vielleicht schon«, schränkte Andrea ein, während sie den glibberigen Inhalt einer Dose auf den winzigen Teller ploppen ließ. »Katzen jagen kleine Tiere wie Mäuse, Frösche und Vögel. Halte dich also lieber von ihm fern.«

Bob zuckte leicht vor und zurück, während er durch die Glastür starrte. »Der sieht bösartig aus. Wir sollten ihn vertreiben.«

»Nichts da, Rupert wird nicht vertrieben.« Andrea machte einen großen Schritt über Bob hinweg, zwängte sich durch die einen Spalt weit geöffnete Tür und stellte Rupert das Futter auf der anderen Seite des Balkons auf den Boden.

Sofort begann der Kater, zufrieden zu schmatzen. Für Andrea hatte er keinen zweiten Blick übrig.

Sie ging neben ihm in die Hocke und streichelte sein schmutzig-graues Fell. Durch die Fensterscheibe konnte sie Bob mit den Tentakeln wedeln sehen. Er wirkte aufgeregt. Andrea seufzte, stemmte sich wieder in die Höhe und kehrte in die Wohnung zurück. »Was ist?«

»Ich hatte Angst um dich!«

Das brachte sie zum Lachen. »Ich bin doch viel größer als Rupert! Was soll mir schon passieren?« Sie öffnete die Bierflasche und ging hinüber ins Wohnzimmer, in dem immer noch die Deckenlampe brannte. Vielleicht lief etwas Gutes im Fernsehen und lenkte sie von dem

Abenteuer ab, das sie sich selbst verdorben hatte.

Bob hopste neben sie. »Und jetzt erzähl mir alles über diesen jungen Mann.«

»Lass gut sein«, wiegelte Andrea ab und ließ sich in die Sofakissen zurückfallen. Sie griff nach der Fernbedienung. Ein Privatsender zeigte »Die dümmsten Getränkeverkäufer Deutschlands« - ein weiterer Tiefpunkt der nationalen Medienlandschaft. Sie schaltete den Ton aus, um das Gelaber der C-Prominenz auf dem Bildschirm nicht mit anhören zu müssen, aber die bunten Bilder hatten einen beruhigenden Effekt.

Bob hatte große Mühe, sich nicht von der Sendung ablenken zu lassen. Er mochte diese Serien als Teil seines »Forschungsprogrammes«, aber jetzt saß er auf dem Handtuch, das Andrea für ihn ausgebreitet hatte, und hatte einen Tentakel mitfühlend auf Andreas Knie gelegt. Die Berührung erinnerte sie auf verstörende Weise an Sandros kalte Finger vorhin. Schade, mit dem würde sie jetzt wohl nie etwas anfangen. Dabei war er so süß!

»Aber warum hast du ihn weggeschickt?«

»Ich ... war nicht mehr in Stimmung.«

»Stimmung?«

»Du weißt schon ...« Warte, wusste er? »Wie funktioniert das überhaupt bei euch?«

»Du meinst, mit der Paarung?«

Das klang so klinisch. Andererseits ... »Ja, genau. Oder pflanzt ihr euch über Sporen fort?«

»Nein, nein«, beruhigte Bob sie, »wir paaren uns. Ich habe doch sogar eine Verlobte – hatte ich dir von der noch nicht erzählt? Ein ganz wunderbares Weibchen, mit perfekten kleinen runden Saugnäpfen und herrlich seidigem Schleim!«

Andrea schluckte. Hoffentlich würden solche Dinge nie in ihrer Personenbeschreibung auftauchen. »Doch, hast du. Wie heißt sie eigentlich?«

»Bao'bhat.« Bob sprach den Namen mit spürbarer Emotion aus.

Andrea versuchte gar nicht erst, das Buchstabenchaos zu reproduzieren. »Warum hast du sie nicht mitgebracht?«

»Weibchen können keine Forschungsreisenden sein. Sie bleiben zuhause und kümmern sich um die Suh-Blatt-Plantagen.«

Soviel zum Thema Gleichberechtigung unter Außerirdischen. »Und wie … produziert ihr diesen Nachwuchs?« Andrea war sich nicht sicher, ob sie das tatsächlich wissen wollte, aber andererseits … wann hätte sie schon die Gelegenheit, soviel über eine außerirdische Spezies zu lernen? Ihre Erfahrung mit Tentakeln beschränkte sich auf eine alkoholgetränkte Nacht im Studentenwohnheim, in der sie mit ein paar Mitbewohnerinnen einen ›ganz tollen japanischen Film‹ geguckt hatte, angeblich ›wegen der Story‹. Bis zu dem Moment hatte Andrea nicht gewusst, was in japanischen Köpfen vor sich ging. Den Comiczeichnern im Land der aufgehenden Sonne zufolge passten erstaunlich viele Tentakel in die verschiedenen menschlichen Körperöffnungen. Und jeder Mann, dem sie von dieser verstörenden Erfahrung erzählt hatte, schien enttäuscht, dass dieser exotische Filmgenuss nicht in eine wilde Orgie ausgeufert war. Tja, so war das Studentenleben heutzutage. Viele Hausarbeiten. Keine Zeit für erotische Experimente.

Bob überlegte einen Moment. Waren Außerirdische vielleicht ähnlich verschämt, wenn es um ihr Sexualleben ging, wie die meisten Menschen? Er räusperte sich. »Sobald der Hauptwedel seine Zustimmung zu unserer Verbindung gibt, pressen wir unsere Kloaken aneinander.«

Oh, sie waren also nicht verschämt. Andrea versuchte verzweifelt, sich diese Beschreibung nicht bildlich vorzustellen. »Einfach so? Ohne Vorspiel?«

Damit hatte sie Bob endgültig abgehängt. »Was ist Vorspiel?«

»Also … hmm … wenn man sich wirklich viel Zeit füreinander nimmt und das Zusammensein so richtig genießt.«

»So wie ihr vorhin?«

»Nicht direkt …« Es war zum Verzweifeln. Wie erklärte man so etwas? »Ich war nicht in Stimmung und –«

Bob zeigte sich von dem Gespräch nicht beeindruckt. »Also, in der Zeit hätten wir schon ein halbes Dutzend Eier befruchtet.«

Ach so. »Ich nehme an, ihr seid kein besonders romantisches Volk?«

»Was bedeutet romantisch? Sowas wie Vorspiel?«

»Ich … das ist so …« Andrea gab auf. »Ich such dir mal was raus. Zur Recherche.«

»Ihr Menschen habt komische Konzepte. Dass ihr die nicht einmal selber erklären könnt.«

»Das ist eben nicht so einfach!« Andrea war frustriert.

»Romantik ist für die meisten Menschen so selbstverständlich, dass man da nie drüber redet!«

»Ja, so etwas haben wir auch. Wir nennen das ›schändliche Geheimnisse‹.« Bob wedelte mit seinen Tentakeln.

»Das kennen wir auch«, wehrte Andrea ab, »aber das hat nichts mit Fortpflanzung oder Romantik zu tun.«

»Und mit Stimmung?«

Immerhin das hatte er sich gemerkt. »Bevor ich morgen zur Arbeit gehe, stelle ich dir einen Film an, vielleicht verstehst du das dann besser.« Bestimmt gab es auf Netflix irgendeine blöde Schnulze, mit der sie ihn aufklären konnte. Jetzt wollte sie nur in Ruhe ihr Bier trinken und der verpassten Gelegenheit hinterherweinen.

Bob saß neben ihr auf dem Sofa und schien von innen heraus zu pulsieren. Irgendwie wirkte er größer als sonst. Andrea schielte wiederholt zu ihm hinüber, aber er sagte kein Wort. Dafür lenkte sein Gezappel sie von der Filmauswahl ab, so würde das nie etwas werden. »Was ist?«, fragte sie schließlich mit einem Augenrollen.

»Wenn du heute Abend nichts mehr vorhast, könnten wir an meinen Nummern arbeiten.«

»Muss das sein? Ich bin müde. Und frustriert.«

»Ich könnte dich aufmuntern!«

Alles, nur das nicht. Mit einem Seufzer stemmte Andrea sich von ihrem Handtuchlager hoch, schlurfte zum Computer hinüber und schaltete ihn ein. »Hast du schon recherchiert?«

»Geguckt, was Menschen an Tentakeln so lustig finden.«

Bob hopste auf die Tischplatte. »Ich finde, du bist rassistisch. Nicht alles, was ich mache, muss sich um Tentakel drehen.«

»Entschuldigung, ich habe nicht nachgedacht.«

»Erwischt!« Bob sprang auf die Tastatur. »Ich wusste, ich bin clever!«

Dazu konnte Andrea nur den Kopf schütteln. Es wurde höchste Zeit, sich diese Sache mit den Tentakeln etwas näher anzuschauen. Die Suche nach »Comedy + Oktopus« brachte ihnen jedoch nicht viel, genau so wenig wie »Stand-up + Tentakel«. Das war wahrscheinlich die verstörendste Suche, die Andrea je durchgeführt hatte. Allmählich gingen ihr die Schlagworte aus. Sie überflog die Links, die die Suchmaschine ihr anbot, und tippte dann »Tentakel + Fernsehen -Porno« in das Eingabefeld.

Das war keine gute Idee. Wenigstens nicht für Andreas Seelenfrieden. Bob schien sich wunderbar zu amüsieren. Er diktierte Ideen und Schlagwörter, schneller, als Andrea sie zu Papier bringen konnte. Sie ahnte bereits, dass sie die wildesten Scherze im Keim würde ersticken müssen, wenn das Programm jugendfrei bleiben sollte. Und noch eine Sache wurde schnell deutlich: Bob brauchte einen Assistenten, wenn er Ernst machen wollte.

Als er in die Küche hopste, um sich noch ein Stück Käse zu holen, öffnete Andrea schnell ihr E-Mail-Programm und tippte eine Nachricht an Corinna mit der Bitte um einige unbezahlte Urlaubstage, um ein »kreatives Projekt« umzusetzen. Gegen derartiges Engagement konnte sie eigentlich nichts einzuwenden haben, oder? Sie überflog den Text noch einmal, korrigierte einen

Buchstabendreher und klickte auf »Senden«.

Überraschenderweise hatte sie noch nicht einmal die Küche erreicht, als ihr Postfach schon laut »Ping!« machte. Andrea kehrte an den Schreibtisch zurück, runzelte die Stirn. Missmutig starrte sie auf den Bildschirm. Musste das wirklich sein? Wie sollte sie denn jetzt mit Bob seinen Auftritt vorbereiten?

»URLAUBSANTRAG ABGELEHNT«, schrie die Betreffzeile sie schon an. Natürlich bearbeitete Corinna, ihre Chefin, die beruflichen E-Mails auch nach Feierabend. Die hatte ja wahrscheinlich kein Privatleben, mit ihrer ewigen Bittermiene und dem verkniffenen Mund. Andrea ballte die Hände zu Fäusten und widerstand der Versuchung, auf die Tastatur einzuschlagen. Die Auftragslage war gerade nicht so angespannt, dass die ganze Belegschaft permanent anwesend sein musste. Trotzdem stand am Ende des kurzen, nüchternen Textes: *Bitte beachten Sie, dass zweifelhafte Dienstausfälle interne Untersuchungen nach sich ziehen können. Widerspruch gegen diese Entscheidung kann nur mit besonderer Begründung eingelegt werden.*

Schöner Mist. Eine besondere Begründung hatte sie wohl, aber den konnte sie schlecht mit irgendwem teilen, geschweige denn mit der! Andrea tippte: »Muss die Erde retten, brauche wirklich dringend frei – ein halber Tag reicht!« Doch sie löschte das Geschriebene gleich wieder, schloss den Browser und drehte sich auf ihrem Bürostuhl im Kreis, um nachzudenken. Einmal, zweimal, dreimal …

»Darf ich auch?«, fragte Bob schmatzend.

Andrea zuckte zusammen. »Komm schon her«, sagte sie und klopfte aufmunternd auf ihre Knie.

Das ließ Bob sich nicht zweimal sagen. Mit einem erstaunlich eleganten Satz landete er auf dem weißen Teppich, wuselte zu ihr herüber und hüpfte auf Andreas Schoß. Er wog kaum mehr als ein Lustiges Taschenbuch. Nein, größer geworden war er ganz bestimmt nicht. Sie musste sich vorhin verguckt haben.

Huiiiiii!

Und einmal in die andere Richtung: Huiiiiii!

Bob klammerte sich mit seinen Tentakeln an Andreas Hose fest und quietschte vor Vergnügen. Sein Zeigetentakel fing an, sich dunkel zu verfärben. Inzwischen wusste Andrea, dass das ein Zeichen von Aufregung war. Sie war nicht besonders erpicht darauf, zu sehen, ob Außerirdische sich übergeben konnten, also bremste sie sicherheitshalber ab.

»Hey, was soll das? Nochmal!«

»Ich mache mir jetzt erst einmal was zu essen«, sagte Andrea.

»Aber ich will mich weiterdrehen!«

Tja, schade. Man konnte eben nicht immer haben, was man wollte. Bestimmt setzte sie ihn in seiner Kiste ab, deckte ihn zu und kehrte zum Aufräumen ins Wohnzimmer zurück.

Der Computer piepste. Ein Dialogfeld blinkte in der Mitte des Bildschirms – wahrscheinlich wieder so ein lästiges Update. Sie sollte das schnell durchlaufen lassen. Andrea ließ sich auf den Sitz sinken. Und wo sie schon dabei war …

Nur einige wenige Klicks trennten sie vom Online-Bewerbungsformular der Show »Von Traum zu Top«. Im Notizenfeld erwähnte sie, dass Roger Marx sie nach einer Performance im Copa Cabana persönlich angesprochen hatte. Sie wusste nicht, ob das etwas nützte, aber sie brauchte diese Gelegenheit unbedingt! Wenn sie Bob davon überzeugen konnte, dass die Welt seine lustigen Sprüche zu schätzen wusste, könnte sie ihn vielleicht davon abhalten, seine Mit-Außerirdischen durch das Portal zu holen, und dann wäre die Welt sicher. Wenigstens für den Augenblick.

Mitwisser

Alles war perfekt. Der Kuchen prangte in der Mitte des Wohnzimmertisches, schokoladentraumbraun auf einem roten Teller. Daneben hatte Andrea Platz für die gute Kaffeekanne gelassen, die im Moment noch auf der Anrichte in der Küche vorwärmte. Sie hatte das hübsche Geschirr ihrer Großmutter aus dem Schrank geholt, das man nicht in den Geschirrspüler stecken konnte und das sie deswegen nur zu besonderen Gelegenheiten benutzte. Ob Sven merken würde, dass sie sich solche Mühe gegeben hatte?

Bob saß hibbelig in der Sofaecke - dahin hatte sie ihn verbannt, damit er nichts durcheinanderbrachte. Es reichte, dass ihre eigenen Hände vor Nervosität zitterten und die Teller auf dem Couchtisch klirren ließen. Bis jetzt war Sven immer der Verrückte in ihrer Freundschaft gewesen, und sie die Rationale, die sich über seine abgedrehten Ideen und Pläne lustig machte. Und jetzt musste sie ausgerechnet ihn um diesen Gefallen bitten – und das auch noch, nachdem sie beim letzten Treffen gestritten hatten. Aber wer, wenn nicht Sven, würde ihr diese hanebüchene Geschichte glauben? Außerirdische mit einer Vorliebe für Harzer Käse, bevorstehende Invasion … wären die Rollen vertauscht, würde sie ihn womöglich direkt einweisen lassen.

»Denk dran«, erinnerte sie Bob, »du musst gleich völlig still sitzen, bis ich dir Bescheid sage. Sonst ruinierst du alles!«

»Glaubst du, Sven macht mit?«, zirpte Bob aufgeregt. Seit sie ihm mit dem Casting den Mund wässrig gemacht hatte, war er kaum noch zu bremsen.

»Ich hoffe es«, seufzte Andrea und rückte das Besteck zurecht. Sie warf einen raschen Blick auf die Uhr – natürlich verspätete sich Sven. Das war eine seiner Spezialitäten. Eine halbe Stunde hatte sie bereits eingeplant, das war normal für ihn. Die Zeit hatte gereicht, dass der Schoko-Cappuccino-Kuchen auskühlen konnte, ehe sie ihn mit Puderzucker bestäubt hatte. Aber jetzt war Sven bereits beinahe eine Stunde zu spät dran. Ein Glück, dass sie den Kaffee noch nicht aufgebrüht hatte. Bethari hatte ihr ein Päckchen von dieser indonesischen Kaffeespezialität mitgebracht, die mit Hilfe von Katzen … nun ja, veredelt wurde. Jedenfalls wäre es eine Schande, wenn der verkam. Aber vielleicht konnte sie Sven mit diesem Aufgebot gnädig stimmen, er war weltlichen Genüssen selten abgeneigt. Sie griff nach den Streichhölzern, zündete die Kerze an und löschte sie direkt wieder. Das war vielleicht zu viel des Guten.

Endlich klingelte es an der Tür. Bob zuckte zusammen und quiekte vor Aufregung. Andrea warf ihm einen mahnenden Blick zu. »Denk dran – bis ich dir Bescheid sage, darfst du dich nicht rühren!« Dann ging sie in den Wohnungsflur und betätigte den Summer für die Haustür.

Sven gähnte herzhaft, als Andrea ihm öffnete. »Hi!

Meine Mutter mästet mich die ganze Zeit mit Braten und Kartoffeln, ich fall gleich ins Suppenkoma. Was geht?«

Andreas Lächeln fror ihr in den Mundwinkeln fest. »Ich hoffe, du hattest zumindest noch kein Dessert? Ich habe nämlich für dich gebacken!«

»Kuchen geht immer«, beschied Sven und schlüpfte aus seiner Jacke. Er hängte sie an die überquellende Garderobe und ging Richtung Wohnzimmer.

»Ich komme sofort nach, will nur schnell den Kaffee aufbrühen!« Andrea widerstand der Versuchung, vorher noch einmal nach Bob zu sehen. Das musste jetzt einfach klappen. Sie brachte das Wasser zum Kochen und goss es in ihre Stempelkanne. Während der indonesische Kaffee zog, spülte sie die Kaffeekanne noch ein letztes Mal mit heißem Wasser aus und befüllte sie. Dann kehrte sie mit ihrer duftenden Last ins Wohnzimmer zurück. »Bethari hat mir Kopi Luwak mitgebracht!«

»Hast du im Lotto gewonnen oder willst du meine Niere?«, fragte Sven und musterte sie misstrauisch. »Beim letzten Mal warst du nicht so nett.«

»Dafür wollte ich mich noch einmal entschuldigen.« Vorsichtig stellte Andrea die Kanne ab. »Ich war an dem Abend nicht gut drauf. Das war alles etwas hektisch.« Sie schnitt den Kuchen an. »Zum Glück konntest du ja doch bei deinen Eltern unterkommen.«

»Von wegen Glück«, brummte Sven und goss sich Kaffee ein. »Seit die mich in die Finger gekriegt haben, planen sie ein großes Familienfest, damit wir mal wieder alle zusammenkommen. Hätte ich das vorher gewusst, hätte ich am Bahnhof übernachtet.«

»Die freuen sich halt, dass du da bist«, antwortete Andrea. Als sie seine gerunzelte Stirn bemerkte, wechselte sie rasch das Thema. Heute konnte sie es sich wirklich nicht leisten, Sven zu verärgern. »Was gibt es sonst Spannendes zu erzählen?«

Svens Kaffeetasse verharrte auf halbem Weg zu seinem Mund. »Okay, raus damit. Was ist hier los?«

»Nichts, ich wollte mich nur ein wenig nett mit dir unterhalten.« Andrea merkte selbst, dass ihre Stimme merkwürdig klang. Sie versuchte ein Lächeln, aber es verrutschte. Sie sah auf ihre Hände hinunter. »Ich … ich muss dich um einen Gefallen bitten. Du erinnerst dich an Bob?« Sie wies auf das Tentakelwesen, das zu ihrer Erleichterung noch immer völlig reglos in der Ecke saß.

»Sicher, dein Erwachsenenspielzeug. Was ist damit?«

»Nun … also … Bob ist kein Spielzeug. Er ist ein … Außerirdischer.«

»Wie bitte?« Sven beugte sich vor.

»Er ist ein Außerirdischer!«, wiederholte Andrea. Sie leckte sich die Lippen. »Bob, du kannst dich bewegen.«

Sven drehte den Kopf und beobachtete Bob.

Der tat … nichts.

»Halluzinierst du? Hast du zu viel Muskatnuss in den Kuchen getan?«, fragte Sven und stellte seine Kaffeetasse zurück auf den Tisch.

Andrea ignorierte ihn. »Bob, jetzt komm schon!« Aber der regte sich immer noch nicht. Was zum Henker war mit ihm los?

»Ich glaube, du brauchst etwas Ruhe. Mir scheint, du arbeitest zu viel.« Sven warf ihr einen schrägen Blick zu und stand auf. »Ich gehe lieber mal bei Henning vorbei, der hat vielleicht ein paar Bier über.«

»Nein, warte!« Andreas Herz sprang ihr in die Kehle. Sie griff nach der Kuchengabel, die neben ihrem unberührten Teller lag, und pikste Bob mit dem stumpfen Ende in die Seite.

Empört machte Bob einen Satz - und Sven gleich mit.

»Was soll das?«, fragte Bob – und Sven: »Was ist das?«

»Einer nach dem anderen!«, rief Andrea. »Bob, warum hast du dich nicht bewegt?«

»Du hast das Codewort nicht benutzt!«, empörte der sich und wedelte mit seinen Zeigetentakeln.

»Das Codewort?« Andrea war ratlos. Dann fiel es ihr wie Schuppen von den Augen, und sie begann zu lachen. »Natürlich, dir Bescheid!«

Sven sah von Bob zu ihr und wieder zurück. Sein Gesicht hatte die Farbe von frischem Harzer Roller angenommen. Vorsichtig wich er einen Schritt Richtung Tür. »Ich weiß gerade nicht, ob ich dich oder doch eher mich einweisen lassen soll.«

»Eigentlich hatte ich eine ganz andere Bitte«, setzte Andrea erneut an. »Komm, setz dich wieder zu mir.«

Sven schien nicht überzeugt. »Und du bist sicher, dass dieses … Ding mir nichts tut?«

Andrea schnaubte. »Das ist kein Ding, das ist Bob.«

»Ein komischer Name für einen Außerirdischen.« Sven näherte sich dem Sofa und den beiden ungleichen Wesen, die darauf saßen, so vorsichtig, als rechne er jeden Moment mit einem tödlichen Angriff. Er ließ sich beinahe in Zeitlupe nieder und griff nach einem Teller mit Kuchen - und einer Kuchengabel, die er im Zweifelsfall als Waffe nutzen konnte. »Gut, ich sitze. Worum geht's?«

Andrea atmete tief durch. »Was hältst du von Castingshows?«

»Ich hoffe, du hast nicht ernsthaft vor, dich mit einer Cosplay-Nummer aus dem Studium vor diesen Affen zum Gespött zu machen?«, schnaubte Sven.

»Was? Nein - warte mal.« Andrea runzelte die Stirn. »Du glaubst, die würden mich auslachen?«

»Warte, so war das nicht gemeint!« Sven suchte verzweifelt nach einem Ausweg. »Deine Cosplay-Nummern sind großartig, aber einfach nicht das Richtige für Castingshows!«

»Dann ist es ja gut«, sagte Andrea leicht verstimmt, »dass ich gar nicht vorhatte, in einer Castingshow aufzutreten.«

»Und was willst du dann?«, fragte Sven und nahm vorsichtig einen Bissen Schokoladenkuchen auf seine Gabel. Er betrachtete ihn mit Argwohn, ehe er ihn sich in den Mund steckte. »Hmm, der ist gut!«

»Hast du etwas anderes erwartet?« Andrea schloss die Augen und schüttelte den Kopf. »Egal, das ist gerade nebensächlich. Würdest du in einer Castingshow auftreten?«

Vor Überraschung prustete Sven einen Mundvoll Kuchenkrümel über den Tisch. »Hast du sie noch alle? Warum sollte ich das tun?«

»Nun ja … Bob hier möchte mit einer Komikernummer groß rauskommen. Ich habe seine Bewerbung schon abgeschickt.«

»Und was habe ich damit zu tun?« Mit einer Serviette fegte Sven die Krümel vom Tisch, ohne Andrea anzusehen. Dann knüllte er das bunt bedruckte Papier zwischen den Fingern zusammen.

Andrea zeigte auf Bob. »Hast du ihn dir schon einmal angeschaut? Wie soll der bitte ins Fernsehen?«

»Ist mir doch egal.« Unbeeindruckt griff Sven wieder nach seiner Kuchengabel.

»Du musst mit ihm auftreten, damit das nach einer Bauchredner-Nummer aussieht.«

»Mach du das doch!«

»Ich kriege nicht frei, hab schon gefragt«, sagte Andrea. »Bitte, tu mir den Gefallen!«

»Nein!«

»Hundert Mücken!«

»Glaubst du, ich bin so leicht - warte, das ist dir ja richtig wichtig!« Sven war ein Licht aufgegangen. »Warum ist dir das so wichtig?«

»Vertrau mir. Tust du's jetzt oder nicht?«

»Ich weiß nicht ...«

Jetzt war Andrea sich sicher - er zierte sich. »Was willst du?«

Die Antwort kam wie aus der Pistole geschossen. »Du gehst mit mir zu dieser Familiensache.«

»Bist du von allen guten Geistern verlassen?«

Sven war noch nicht fertig. »Und du gibst dich als meine Freundin aus, damit die endlich aufhören, mir auf dcn Geist zu gehen.«

Andrea war entsetzt. »Ich kann doch nicht einfach

deine Familie belügen!«

»Tja, dann ... Viel Vergnügen. Ich muss los.« Sven stellte seinen Teller ab und machte Anstalten, aufzustehen.

Entsetzt sprang Bob auf Svens Schoß. »Nein, du musst bleiben!«

Sven kreischte. »Was hat es gesagt?«

»Ach, ich hatte ganz vergessen, dass du ja keinen automatischen Dolmetscher im Ohr hast.« Andrea sah Bob an. »Sprich bitte so, dass er dich verstehen kann.«

»Aber warum?«

»Nun ... du musst doch üben, für deinen Auftritt!« Wieso waren die eigentlich so schwer von Begriff? »Sven, bitte. Guck ihn dir doch an, der ist ganz harmlos!«

»Aber besonders lustig ist er auch nicht.«

»Was?« Empört reckte Bob mehrere Tentakel in die Luft und wackelte mit ihren Spitzen.

Sven grinste. »Gut, das ist putzig.«

»Warte, bis du seine Witze hörst!« Andrea beugte sich vor und legte ihre Hand auf seine. »Bitte, vertrau mir, du musst das einfach machen!«

»Und zu meinem Familienfest ...«

»Überredet, ich komme mit. Aber wir lügen sie nicht an.« Und während sie das sagte, beobachtete sie, wie sich ein zufriedenes Grinsen auf Svens Gesicht ausbreitete. Natürlich würde sie sich als seine Freundin ausgeben. Hauptsache, er ging mit Bob ins Fernsehen und machte sich vor allen Zuschauern zum Affen.

Den restlichen Nachmittag verbrachten sie mit oberflächlichen Plaudereien. Andrea bemühte sich redlich, Svens Bedenken wegen des »merkwürdigen Außerirdischen« zu zerstreuen. Was sollte schon groß passieren?

»Aber ich will mit den Vorbereitungen nichts zu tun haben!«, erklärte er abschließend und mit größter Entschlossenheit.

Das hatte Andrea nicht anders erwartet. »Du warst schon immer eine faule Socke. Kein Problem. Wir regeln das.«

»Gut, ich hole dann nur schnell meine Sachen. Dir ist klar, dass ich jetzt bei dir wohne.« Sven stellte seinen Teller auf den Tisch und stand auf. »Macht keine Dummheiten, während ich weg bin.«

»Natürlich nicht.« Andrea brachte ihn zur Tür. Das war besser gelaufen, als sie gedacht hatte. Dann würde Sven eben auf dem Sofa schlafen. Sie fühlte sich unbesiegbar. »Komm, Bob, wir suchen nach Ideen für deine Nummer.« Damit ließ sie sich auf den Schreibtischstuhl plumpsen und schaltete den Computer ein. Aufräumen konnte sie später noch.

Die Ergebnisse der Online-Suche enthielten mehrere Links zu Videos, wie sie an den kleinen Standbildern erkennen konnte. Andrea kniff die Augen zusammen und beugte sich vor, um besser sehen zu können. Ihr Herzschlag beschleunigte sich. »Hier, guck dir das mal an!« Sie klickte auf den zweiten Link.

»Nein, du willst mir bestimmt nur etwas Grässliches zeigen!«, jammerte Bob und rollte sich zu einem kleinen, kompakten Ball zusammen.

»Ich verspreche, das hier ist interessant!« Andrea

hoffte, dass sie recht hatte. Aber was sollte man bei einem Esoterik-TV-Kanal schon Verstörendes sehen? Sie sah, dass Bob auf den Bildschirm blinzelte und startete das Video.

Auf den ersten Blick war es ein ganz gewöhnliches billiges Fernsehstudio, mit grell ausgeleuchteten falschen Wänden und einem Verkaufstresen in einem langweiligen Beige. Ein Zimmerbrunnen mit einer Engelstatue stand links im Bild, eine Schale mit durchsichtigen Plastikkristallen auf der rechten Seite. In der Mitte gab es eine Art von innen heraus leuchtender Miniatur-Wahlkabine, die nach einigen Sekunden kontemplativer Musik in sich zusammensackte.

Andrea klappte die Kinnlade herunter.

Mitten im Bild saß ein hellblauer Außerirdischer, ein perfektes Abbild von Bob.

Das war doch nicht möglich! Hiernach hatte sie zwar nicht gesucht, aber … »Kennst du den?«

»Die«, korrigierte Bob. Wie gebannt starrte er auf den Bildschirm. »Guck dir die Saugnäpfe an, das ist eindeutig ein Weibchen.«

»Hast du sie vorher schon mal gesehen?«

Bob schüttelte sich. »Ich wusste nicht einmal, dass es auf der Erde noch andere Tentakelwesen gibt. Kann es sein, dass die nur eine Puppe haben?«

Andrea sah genau hin. »Glaube ich nicht. Guck mal, wie die sich bewegt!«

In dem Moment trat aus dem Off eine Moderatorin in einem wallenden weißen Gewand ins Bild und begrüßte die Zuschauer mit huldvollen Worten. Andrea hörte nicht hin. Sie beobachtete jede Bewegung des Wesens in dem Video. Nein, keine Puppe, da war sie sich ganz sicher. Die Außerirdische schien kaum merklich zu vibrieren, so wie Bob es tat, wenn er sehr zufrieden war. Warum sollte jemand genau diesen Effekt in eine Puppe einbauen?

»... Medium Kanpana kommuniziert jetzt für Sie mit den höheren Geistwesen«, beendete die Moderatorin ihre Ansage und lächelte das Tentakelwesen an.

»Wir müssen da anrufen, sofort!«, rief Bob aufgeregt.

»Das geht nicht«, bremste Andrea ihn, als er schon auf halbem Weg zum Telefonhörer war. »Schau mal auf das Datum, das ist eine Aufzeichnung von vor zwei Jahren!«

»Und was machen wir jetzt?«, fragte Bob. Sein Blick klebte an dem Video.

Andrea stoppte das Video und gab »Medium Kanpana« in das Suchfeld ein. Sofort füllte sich der Bildschirm mit weiteren Links. Schien, als habe AuraTV eine eigene Tentakel-Orakel-Sendung. Warum hatte sie da noch nie von gehört? Ach ja, richtig, sie gab sich nicht mit Spinnern ab.

Bob bemächtigte sich der Maus und klickte auf einen Link. »Schau nur, wie anmutig sie ihre Tentakel hält!«

Den restlichen Abend lang klickten sie sich von einem Video zum nächsten durch. Die Invasion und die Castingshows waren für den Moment vergessen. Am liebsten hätte Andrea den Ton ausgeschaltet, um sich das esoterische Geschwafel nicht antun zu müssen, aber Bob bestand darauf, jedes einzelne Wort zu hören. Das weibliche Tentakelwesen sprach Deutsch mit einem weichen, rollenden Akzent, und wirkte viel ruhiger und entspannter als Bob es üblicherweise war. Vielleicht meditierte es. Konnte bestimmt nicht schaden, das Bob auch einmal vorzuschlagen. Vielleicht half das sogar mit seinen Invasionsgelüsten.

Nach einer Weile räumte Andrea den Tisch ab, während Bob weiter am Flachbildschirm klebte. Sie balancierte einen Tellerstapel Richtung Küche, um sich Abendessen zu kochen. Mit einem Ohr lauschte sie auf das Geschehen im Wohnzimmer, während sie rote Linsen und passierte Tomaten in einen Topf schüttete. Etwas Gemüsebrühe und Worcestershiresauce dazu - das war eines der schnellsten Rezepte, die Andrea kannte. Eine Mitbewohnerin hatte es ihr im Studentenwohnheim überlassen. Es war eine gute Alternative zur allabendlichen Tiefkühlpizza. Und reichte sogar für zwei, falls Sven tatsächlich heute schon hier einzog. Bei dem wusste man ja nie.

Nach kurzem Zögern packte sie für Bob einige Stücke Harzer Käse auf einen Unterteller. Eigentlich sollte er das stinkende Zeug nur in der Küche essen, aber er wirkte nicht so, als ließe er sich im Moment von Kleinigkeiten wie Hunger ablenken. Und wenn er dann nachts wieder Appetit bekam … wäre nicht das erste Mal, dass er zu später Stunde in der Küche randalierte und Andrea so um ihren dringend benötigten Schlaf brachte. Dann lieber etwas Käsearoma im Wohnzimmer.

Als sie das Sofa erreichte, leuchtete der Bildschirm ihres Handys. SVEN: BIN BEI HENNING, KOMME ERST MORGEN.

DENK DRAN, KEIN WORT ÜBER BOB!!!, antwortete sie ihm, warf das Handy auf die Polster und streckte sich lang aus, um noch ein wenig zu entspannen. Um Bob musste sie sich nicht kümmern, der hüpfte aufgeregt vor der Tastatur auf und ab und klickte auf einen Videolink nach dem anderen. Sie schloss die Augen, um nachzudenken.

Später schnatterte Bob übermüdet vor sich hin, während Andrea ihn in seine Kiste setzte, damit er schlafen konnte. Er erinnerte sie an den zweijährigen Sohn ihrer Cousine nach einem aufregenden Tag. Er war schon niedlich, wie er da vor ihr saß und leise vibrierte, während immer unzusammenhängendere Sätze aus seinem Schnabel flutschten. Vorsichtig deckte sie ihn zu. Seine Augenlider flatterten. Wenn sie jetzt die Kiste nähme und ganz schnell ins Gefrierfach steckte – nein, rief sie sich selbst zur Ordnung, wir finden bestimmt eine bessere Lösung.

Bob flüsterte etwas, so leise, dass sie sich vorbeugen musste, um ihn zu verstehen. »... Bao'bhat sagen. Nichts Ernstes. Wann besuchen wir das Orakel?«

»Ich kümmere mich darum«, versprach Andrea und kraulte ihm vorsichtig den Zeigetentakel. »Aber erst müssen wir uns um deinen großen Auftritt kümmern. Und du überleg dir in der Zwischenzeit lieber, wie du deine kampfwütigen Kumpel aufhältst.«

Der Sofa-Vorfall

Zwei Tage später saß Andrea in ihrer Küche und blätterte in einem Modekatalog. Erzwungene Wartezeiten machten sie immer unruhig. Die Spedition, die das alte Sofa mitnehmen würde, hatte sich für »zwischen sechzehn und zwanzig Uhr« angekündigt. In der Zeit konnte sie natürlich weder einkaufen noch ein Nickerchen machen. Und Sven war zwar inzwischen eingezogen, hatte sich aber im Angesicht einer unangenehmen Aufgabe direkt wieder verdrückt. Bob hatte sie eingetrichtert, dass er sich um jeden Preis ruhig verhalten müsse, sobald die Möbelpacker da waren. Sie wollte, dass ihre Wohnung möglichst unauffällig aussah – kein angebissener Stinkekäse auf dem Wohnzimmertisch, keine getrockneten Schleimflecken auf den Handtüchern oder, Gott bewahre, auf dem Polster. Von ihr aus konnte er sich im Internet Videos angucken und an seinem Comedy-Auftritt arbeiten, solange sie warteten, aber eine zufällige Entdeckung mussten sie um jeden Preis verhindern.

Die Models in diesen Katalogen wurden auch mit jeder Ausgabe schmaler. Bekamen die zwischen den verschiedenen Shootings eigentlich gar nichts zu essen? Andrea bewunderte ein luftiges Sommerkleid, suchte dann den entsprechenden Eintrag in der Beschreibungs-Spalte und stellte frustriert fest, dass es in ihrer

Größe momentan ausverkauft war. Gut, sie brauchte gerade sowieso keine neuen Kleider. Hatte sie eben Geld gespart. Flüchtig blätterte sie noch durch die Seiten mit den Deko-Artikeln, aber dieser Blümchen-Hype, den die Hersteller derzeit veranstalteten, ging ihr höchstens auf den Geist. Dann bestellte sie dieses Mal eben nichts. Sie schlug den Katalog zu und feuerte ihn in hohem Bogen ins Altpapier, wo er mit einem dumpfen Knall landete.

»Alles in Ordnung bei dir?«, quäkte Bob aus dem Nebenzimmer. Im Hintergrund hörte sie die inzwischen vertraute Melodie von »Seelenreinigung«, einer Dauerwerbesendung von AuraTV, in der bunte Glitzerkristalle und billiger Schmuck aus Schwellenländern zu überhöhten Preisen verkauft wurden. Zwischendurch trank der Moderator Tee aus speziellen ›Totemtiertassen‹ und beantwortete die atemlos gestellten Fragen verzweifelter Anrufer, die mit ihrer Erbtante im Jenseits kommunizieren oder einen neuen Engelwächter anlocken wollten.

»Ich habe nur ein wenig aufgeräumt«, antwortete Andrea und stemmte sich aus dem unbequemen Holzstuhl hoch. »Warum guckst du diesen Mist eigentlich?« Ihr Po war eingeschlafen. Sie machte ein paar Schritte, um die Durchblutung anzuregen, damit das nervige Gekribbel aufhörte. Dann ging sie hinüber ins Wohnzimmer und fing an, die Handtücher vom Polster zu nehmen. Es war halb sechs. Natürlich hatten sich seit gestern, als sie das Sofa zum letzten Mal abgesaugt hatte, auf mysteriöse Weise wieder neue Krümel in die Ritzen gequetscht. Die hatten auch ein Eigenleben entwickelt. Seit sie ihren eigenen Außerirdischen besaß, fand Andrea solche

Überlegungen gar nicht mehr so absurd. Was wusste sie schon über die Bewusstseinszustände von Essensresten?

Okay, das ging zu weit. Sie drehte sich um und stellte sich zu Bob an den Schreibtisch. »Wir brauchen dringend einen kleinen Programmwechsel.«

»Warum?«

Sie griff nach der Maus. »Wenn ich noch ein einziges Video von AuraTV mitansehen muss, fange ich an zu schreien. Das verknotet mir die Chakras.«

Bob ließ zerknirscht die Tentakel hängen, aber er leistete keinen Widerstand. »Nichts darf man.«

In dem Moment klingelte es.

Sofort brach Hektik aus. Andrea griff Bob und verfrachtete ihn auf das Regalbrett über der Couch. »Ganz still sitzen!«, rief sie im Davongehen, strich sich einmal durch die zerzausten roten Locken und öffnete die Wohnungstür.

»Hamse 'n Sofa abzuholen?«, fragte ein Schrank von einem Mann, der zwar kein einziges Haar mehr auf dem Kopf, dafür aber umso mehr in seinem buschigen Bart hatte. Oder vielleicht war das auch nur sehr üppig aus dem Kragen quellende Brustbehaarung. Auf jeden Fall sah sie graue Augen über einer Knollennase und darunter einen wüsten, graubraunen Behaarungsteppich, der beinahe den Hosenbund erreichte.

Andrea lächelte strahlend. »Schön, dass Sie endlich da sind. Können Sie sich ausweisen?«

»Was?« Der Bart drehte sich um und rief Richtung Haustür: »Günther, die will 'n Ausweis sehen!«

Ein hagerer junger Mann mit grünlichen Tätowierungen auf beiden Unterarmen kam die Treppenstufen hinauf und begrüßte Andrea freundlich. »Die Möbelspedition schickt uns, Sie haben dort …«

»Ich muss leider darauf bestehen, dass Sie sich ausweisen«, beharrte Andrea. Man konnte nie vorsichtig genug sein, wenn man einen potenziell gefährlichen Außerirdischen in der Wohnung hatte. »Sie haben doch bestimmt irgendwelche Unterlagen dabei. Diese Gegend ist so spät abends ziemlich unsicher, müssen Sie wissen.«

»So spät abends«, brummte der Bart, »is' noch nicht mal Essenszeit!« Aber er kramte in den Taschen seiner abgewetzten Jeans, förderte ein Portemonnaie zutage und hielt Andrea einen Führerschein unter die Nase, dem man die aufregenderen Tage bereits ansah. Das rosa Papier wellte sich an den Kanten.

»Ich wusste gar nicht, dass die noch gültig sind«, murmelte Andrea und betrachtete das Foto. Der Bart war wesentlich brauner und nicht ganz so lang, aber die Knollennase war die gleiche.

Der zweite, Günther, lächelte entschuldigend. Er hatte eine niedliche Zahnlücke zwischen den oberen Schneidezähnen. »Meine Papiere habe ich leider nicht dabei, die liegen in der Firma. Ich bin nur zum Heben mitgekommen.«

Andrea zögerte. Sie wollte diese lästige Sache unbedingt erledigt haben, aber … »Könnten Sie kurz Ihren Vorgesetzten anrufen? Ich muss wirklich auf Nummer sicher gehen.«

»Hamse etwa Kronjuwelen im Nachttopf versteckt?«, fragte der Bart, nicht unfreundlich, und zückte ein

Handy der ersten Generation. Der Klotz piepte so durchdringend, dass es im Treppenhaus hallte. Andrea meinte, auf einer der oberen Etagen eine Wohnungstür zu hören. Da war wohl jemand besonders neugierig. Doch sie ließ sich nicht beirren.

Eine kurz angebundene Stimme schnarrte aus dem Lautsprecher.

»Hier willse jemand sprechen«, fiel der Bart dem Menschen auf der anderen Seite der Konversation ins Wort und reichte Andrea das Telefon. Es war überraschend schwer.

»Was haben die beiden jetzt wieder angerichtet?«, fragte jemand, der sehr genervt klang.

»Andrea Aster hier, es ist alles in Ordnung«, versuchte Andrea ihren unbekannten Gesprächspartner zu besänftigen. »Ich bräuchte nur eine Identifikation, ehe ich die beiden jungen Männer in die Wohnung lassen kann. Eine Frau kann nie vorsichtig genug sein, finden Sie nicht?« Absichtlich erwähnte sie nicht, worum es ging.

»Wollnse jetzt Ihr Sofa abgeholt haben oder nicht?«

Entweder war er eingeweiht, oder die beiden waren echt. »Sicher, sagen Sie mir nur bitte eben, mit wem ich spreche, damit ich es für meine Unterlagen notieren kann.«

Der Unbekannte nannte seinen Namen und den Namen der Spedition und legte grußlos auf.

»Ihr Chef hat wohl einen schlechten Tag«, vermutete Andrea und reichte dem Bart das Telefon zurück.

»Der is' immer so.« Der Bart drehte sich zu Günther

um. »Hol mal das Verpackungsmaterial, ich schau mir an, wie wir das am besten wuppen.« Er stapfte an Andrea vorbei ins Wohnzimmer. »Die Türen sind ziemlich schmal.«

»Bei der Anlieferung wurde es durchs Fenster gehievt«, erklärte Andrea.

»Das machma jetzt am besten auch.« Der Bart drehte sich um und bölkte durch den Flur: »Denk an die Decken!«

Günther war nicht besonders groß und sah auch nicht wirklich kräftig aus, aber er war erstaunlich schnell. In Nullkommanichts war er zurück, mit zwei verfilzten Decken auf der Schulter und einer großen Rolle Folie unter dem linken Arm. Unter den rechten hatte er sich mehrere große Pappteile geklemmt. Er wurstelte sich irgendwie durch die Wohnungstür, während der Bart bereits den Wohnzimmertisch beiseite rückte und das Sofa von der Wand wegzog.

Andrea wich zum Schreibtisch zurück und warf einen flüchtigen Blick auf Bob, der tatsächlich vollkommen reglos auf dem Regalbrett saß. Sie kam sich ein wenig nutzlos vor. »Kann ich Ihnen einen Kaffee kochen? Sie hatten bestimmt auch einen langen Tag.« Irgendwie wollte sie sich für die Unannehmlichkeiten bei der Begrüßung revanchieren.

»Kaffee is' gut«, keuchte der Bart und hob alleine das Ende des einen Sofateils an, um die Verhakung zu lösen. Günther verbog sich und zerrte ein großes Stück Pappe unter das Möbelstück. Dann klappte er die Seiten hoch, fixierte sie mit einer Art gigantischem Kabelbinder und begann, das Teil mit Folie zu umwickeln.

Gelegentliches Rumsen untermalte Andreas Handgriffe, während sie in der Küche Wasser kochte und Kaffeepulver in den Keramikfilter löffelte. So hatte ihre Großmutter Kaffee gemacht, der ließ einem Haare auf der Brust wachsen. Bestimmt das Richtige für hart arbeitende Männer wie die da drüben. Langsam goss sie das Wasser nach und trommelte dabei mit den Fingern der freien Hand auf der Anrichte.

»Können wir die Pflanzen beiseite stellen?«, rief der Bart aus dem Wohnzimmer.

»Sicher, warten Sie.« Andrea lief hinüber, nahm die Porzellantöpfe entgegen und verfrachtete ihre grünen Lieblinge kurzerhand in die Badewanne. Da waren sie nicht im Weg.

Ihr Wohnzimmer hatte sich innerhalb weniger Augenblicke in ein Schlachtfeld verwandelt. Überall lagen abgeschnittene Plastikstreifen, Folienreste und lose Kartonstücke. Günther war mit einem Teppichmesser dabei, überstehende Kanten von den Karton-Ummantelungen abzusäbeln. Währenddessen bückte der Bart sich unter Grunzen, hob den Müll auf und stopfte ihn in einen blauen Müllsack.

»Sie sind ganz schön fix«, stellte Andrea fest.

»Hiernach hamwa Feierabend«, brummte der Bart.

»Dann haben Sie sich den Kaffee verdient. Milch und Zucker?«, bot Andrea an und verschwand auch schon in der Küche, um alles auf einem Tablett anzurichten. Im Abstellraum fand sie noch eine Rolle Doppelkekse, die sie aufriss, und die Kekse landeten in einer Blechdose.

Die stellte sie noch dazu.

»Hamse 'ne Katze?«, rief der Bart aus dem Wohnzimmer.

»So eine graue?«

»Ja, ein richtig fettes Vieh.«

»Der gehört den Nachbarn«, rief Andrea zurück. »Lassen Sie ihn ruhig, der verschwindet gleich bestimmt wieder.« Rupert war die einzige Katze in der Nachbarschaft, die sich in die Nähe des Hauses wagte. Andrea vertraute darauf, dass ihm in ihrer Wohnung sofort langweilig würde, wenn es kein Futter gab.

Nach dem Kaffee wuchteten Bart und Günther die beiden Sofateile durchs Fenster und luden sie auf ihren Transporter. Andrea reichte ihnen den Müllsack hinterher und scheuchte Rupert mit hektischen Handbewegungen nach draußen. Der maunzte empört und marschierte schnurstracks zur Hausecke. Wahrscheinlich würde er in wenigen Augenblicken auf dem Balkon auftauchen, um sich sein Futter abzuholen. Sie schloss die Fenster und stellte die Blumen wieder an ihren Platz. Die Gerbera ließ bereits den Kopf hängen, als nehme sie das kurzzeitige Vertriebenwerden von ihrem Platz persönlich. Der Bart erschien noch einmal in der Wohnungstür, um die Ladepapiere von Andrea unterschreiben zu lassen. Er dankte ihr für den Kaffee und verabschiedete sich. »Den Liefertermin für das neue Sofa müssense mit der Disposition ausmachen. Wünsche viel Glück dabei!« Er winkte noch einmal, ging die Stufen hinunter und ließ die Haustür ins Schloss krachen.

Mit einem Seufzer holte Andrea den Staubsauger hervor, um die letzten Karton-Fitzel zu beseitigen. Das dauerte zum Glück nicht lange, die Männer hatten sorgfältig gearbeitet. Durchs Fenster sah sie beide im Führerhaus sitzen und reden, während sie ihre Papiere verstauten. Sie richtete den Teppich wieder gerade aus, sodass die Kanten parallel zu den Fußleisten verliefen, und stellte ihren Wohnzimmertisch an seinen angestammten Platz. Jetzt würde sie erst einmal auf Kissen und Decken sitzen müssen. Das wäre fast wie Camping. Ob Bob davon schon einmal gehört hatte?

Draußen röhrte ein Motor.

Andrea drehte sich zufrieden im Kreis. »Das ging doch wirklich fix. Findest du nicht, Bob?«

Keine Antwort.

Überrascht drehte Andrea sich Richtung Regal. »Du brauchst dich nicht mehr verstecken.«

Auf dem Brett prangte nur noch ein schleimiger Fleck.

Andrea schoss der Schreck in alle Glieder. Wo war er hin? Hatten die Möbelpacker sie hereingelegt? Sie raste zur Wohnungstür, sprang in Hausschuhen über die Stufen zur Eingangstür und riss die gerade auf, als der Transporter mit einem Ruck anfuhr.

»Halt!«

Der Wagen hielt nicht.

Andrea sprang wild mit den Armen wedelnd auf und ab.

Die Bremslichter leuchteten auf. Gleich darauf öffnete sich die Fahrertür. »Was is', hamse es sich anders überlegt?« Der Bart stieg aus und faltete sich zu voller Größe auf. »Ausladen kostet extra.«

»Nein, ich – kommt das öfter vor?«, fragte Andrea irritiert.

»Sie würden sich wundern. Also, was gibt's?«

»Eine … Puppe ist offenbar vom Wandregal gefallen«, stammelte sie. »Ich glaube, sie könnte in die Sofaritzen gerutscht sein.«

Günther war auf der Beifahrerseite ausgestiegen. »Mein Sohn spielt auch mit Puppen«, sagte er.

»Das ist … ein Sammlerobjekt«, erklärte Andrea. Sie kam sich albern vor. Gleichzeitig hatte sie schreckliche Angst um Bob. »Kann ich kurz nachsehen? Heute Mittag war sie noch da.«

»Klar«, verkündete der Bart und riss die Hecktüren des Transporters auf.

Das Sofa sah erstaunlich klein aus, wie es da zwischen einer Waschmaschine und einem Herd mit Rostflecken an der Verkleidung eingeklemmt stand. Andrea ließ sich in den Laderaum helfen und schob zunehmend hektischer ihre Finger in sämtliche Ritzen und Zwischenräume des Sitzmöbels. Keine Spur von Bob. Wo konnte er nur sein? Hatte er sich vielleicht in der Wohnung versteckt und sie machte sich hier völlig grundlos zum Affen? Ihr Blick fiel auf den Müllsack, lieblos zwischen die Pappteile und die Plastikfolienrolle geklemmt. Vielleicht war Bob da drin. Und hoffentlich hatte er sich nicht verletzt! Sie griff nach dem Sack, zog ihn zu sich und krempelte den Rand um, um besser sehen zu können. »Haben Sie eine Taschenlampe?«

»Hier, ich leuchte Ihnen.« Bart beugte sich über sie und hielt eine Taschenlampe hoch, die locker als Schlagstock dienen konnte.

Wie blöd, wenn Bob sich jetzt im falschen Moment bewegte ... Andrea wühlte sich durch Pappreste und Folienschnipsel. Und tatsächlich, da war etwas Violettes, ganz unten in der Ecke. Sie streckte sich, um danach zu angeln, und erwischte etwas Gummiartiges mit den Fingern. Das Ding zitterte leicht. Sie zog es aus dem Sack. Bob baumelte von einem Tentakel hängend in der Abendluft und gab keinen Pieps von sich.

»Das is'n Sammlerobjekt?«, fragte Günther mit deutlichem Zweifel in der Stimme.

»Das hat nur ... sentimentalen Wert«, erklärte Andrea. Sie spürte die Hitze in ihren Wangen. »Ich habe es mal geschenkt bekommen.«

Der Bart schaltete seine Taschenlampe aus und verstaute den Müllsack wieder an einem rutschsicheren Ort. »Ist das Vieh nicht aus einer Kinderserie?«

»Sicher«, stimmte Andrea erleichtert zu. »Die habe ich früher immer gesehen, als Kind.«

»So ein japanischer Müll«, mischte Günther sich ein. »Die machen alles mit Tentakeln. Sind total pervers.«

»Das war 'ne Kinderserie«, antwortete der Bart. »Was du wieder denkst!« Er lächelte Andrea an, und in dem Gestrüpp, das die untere Hälfte seines Gesichtes verbarg, öffnete sich ein breiter Schlitz. Er hatte sehr weiße Zähne. »Gut, dass Ihnen das sofort aufgefallen ist. Der Sack wäre heute Abend noch geschreddert worden.«

Andrea drückte Bob an ihre Brust, verabschiedete sich von den beiden Männern und lief zu ihrer Wohnung zurück. Kaum hatte sie die Tür hinter sich ins Schloss gedrückt, zischte sie: »Was hast du dir dabei gedacht?«

Bob begann zu zittern. »Die wollten mich schreddern! Die sind gefährlich!«

»Die wollten nicht dich schreddern, sondern den Müll.«

»Was ist Schreddern?«

»Wie bist du in den Müllsack gekommen?« Andrea setzte ihren Mitbewohner auf den Küchentisch und holte ihm eine Scheibe Käse aus dem Kühlschrank. »Hier, Nervenfutter.«

»Dieser schreckliche Kater ist schuld!«

»Rupert?«

Bob nickte mit seinem Zeigetentakel. »Der hat mich zu Tode erschreckt, als er auf den Tisch gesprungen ist. Und dabei bin ich in den Müll gefallen.«

Allmählich breitete sich Erleichterung in Andreas Brust aus – gemischt mit leiser Wehmut. Es wäre nicht ihre Schuld gewesen, wenn Bobs Abenteuer auf diese Weise ein vorzeitiges Ende gefunden hätte, und all ihre Probleme … Nein, so etwas wollte sie gar nicht denken. Der Kleine war ihr Freund! Sie reichte ihm eine zweite Scheibe Käse. »Du musst besser auf dich aufpassen!«

Etwas kratzte an der Balkontür.

Bob zuckte zusammen und machte einen gewaltigen Satz auf das nächste Regalbrett. »Vertreib ihn!«

»Rupert tut dir wirklich nichts«, wiegelte Andrea ab. Sie nahm ein Schälchen Katzenfutter, stülpte den Inhalt auf eine Untertasse und stellte den streng riechenden Glibber auf dem Balkon vor dem Kater ab. Dann schloss sie die Balkontür und nahm Bob vom Regal. »Beim nächsten Mal versetzt du ihm einfach einen Schlag auf die Nase. Rupert ist ein richtiger Angsthase, der lässt dich garantiert in Ruhe.«

»Du hast leicht reden, du bist viel schwerer als er!«

»Hast du mich gerade fett genannt?«, motzte Andrea. »Ich habe dir gerade das Leben gerettet! Sei artig, sonst schläfst du heute Nacht auf dem Sofa!«

»Geht nicht, das haben die Männer mitgenommen«, verkündete Bob zufrieden. »Du musst dringend an deinen Drohungen arbeiten. Ich glaube, ich geh mich ein wenig ausruhen.«

Also trug Andrea ihn zu seinem Schlafkarton, deckte ihn vorsichtig zu und versuchte, nicht mehr daran zu denken, dass die drohende Außerirdischen-Invasion beinahe im Schredder einer Möbelspedition gelandet wäre. Ob das Glück im Unglück war? Sie nahm sich ein Bier vom Balkon und setzte sich im Wohnzimmer in die leere Ecke, um nachzudenken. Das Deckenlicht ließ sie ausgeschaltet.

Andrea wusste nicht, wie lange sie gedöst hatte, als die Türklingel sie aufschrecken ließ. Sie zuckte zusammen, und die leere Bierflasche fiel ihr aus der Hand. Leise klirrend rollte sie über das Laminat. Wer, um alles in der Welt, kam denn jetzt noch zu Besuch?

In Gedanken hatte sie das Rätsel bereits gelöst, ehe sie den Summer betätigte. Es war nicht besonders schwer gewesen. »Sven, was zum Teufel soll das?«, schimpfte sie leise.

Sven stand windschief. Offenbar war er ein wenig angetrunken. Und vor allem war er nicht alleine. »Ich habe meinen … meinen Schlüssel vergessen. Andrea, das hier ist Georg. Sag hallo zu meinem neuen … speziellen Freund!« Er hickste und machte einen unsicheren Schritt Richtung Wohnungstür, den Arm um die Schulter seines Begleiters geschlungen.

Andreas Gedanken überschlugen sich. Sie konnte unmöglich einen Fremden in die Wohnung lassen! Was, wenn er Bob entdeckte? Und außerdem hatte sie kein Sofa! Aber hier im Treppenhaus konnten die beiden auch nicht bleiben, nachher weckten sie noch die Nachbarn auf.

Während sie noch darüber nachdachte, drängten die beiden Männer sich an ihr vorbei. Der Fremde – Georg – war etwas kleiner als sie und ziemlich schmal. Er trug hautenge Jeans und ein bauchfreies T-Shirt. Besonders kräftig wirkte er nicht. Na gut, notfalls würde sie ihn aus der Wohnung werfen, das war keine besondere Herausforderung. Aber Sven konnte sich auf etwas gefasst machen! Sie drückte die Wohnungstür ins Schloss, lehnte sich mit dem Rücken dagegen und schaltete das Licht im Flur ein. »Was wollt ihr hier?«

Georg hielt ihr leicht schwankend die Hand hin. »Ich bin Georg.«

Andrea ignorierte die Hand. »Schön. Was wollt ihr hier?«

Sven legte Georg einen Arm um die Schulter und kicherte. »Das Neferit hat uns rausgeworfen, weil wir kein Geld mehr haben.«

Wieso war Sven ausgerechnet in diese Esoterik-Kneipe gegangen? Da trieben sich nur Spinner herum! Wenigstens erklärte das, warum sie hierhergekommen waren, denn das Neferit lag an der Römerstraße, nur wenige hundert Meter Richtung Innenstadt. »Sven, du musst noch die Luftmatratze aus dem Keller holen, die Spedition hat heute das Sofa abgeholt.« Andrea bemühte sich um einen bestimmten Ton. »Und dann muss dein Freund leider gehen, denn ich muss morgen früh ins Büro.«

»Nur ein Bier«, bettelte Sven und sah sie aus großen Augen an.

»Na gut, aber dann macht ihr direkt Feierabend.« Und während sie das noch sagte, ahnte Andrea bereits, dass das ein grandioser Fehler war.

»Hey, ich kenne dich!«, murmelte Georg, kniff die Augen zusammen und musterte Andreas Gesicht, als wolle er es auswendig lernen. »Ich habe dich schon öfter auf der Straße gesehen! Du hast so eine merkwürdige Aura.«

Seit wann hatte sie eine Aura? Da war ihr ja offenbar etwas ganz Grandioses entgangen. Andrea packte die beiden an je einer Schulter und schob sie Richtung Küche. »Wohnzimmer ist heute nicht. Setzt euch, ich hole ein paar Bier vom Balkon.« Sven ging so unsicher, wenn sie den für die Luftmatratze in den Keller schickte, stolperte er noch über einen Karton und brach sich den Hals – oder zerstörte Bobs Portal. So schnell es ging, öffnete und schloss sie die Balkontür, denn draußen war es inzwischen nicht nur dunkel, sondern auch recht frisch geworden. Sie stellte zwei Bierflaschen auf den Tisch, ging in den Flur und griff den Kellerschlüssel von seinem Haken.

»Hey, willst du nicht wenigstens eins mit uns trinken?«, rief Sven ihr hinterher.

»Seid leise! Ihr weckt sonst noch B-«, beinahe hätte sie »Bob« gesagt, »die Vermieterin auf!« Sie widerstand der Versuchung, Richtung Schlafzimmer zu gucken. Stattdessen machte sie sich auf Richtung Keller.

Die Luftmatratze lag, in eine gigantische Plastiktüte gewickelt, ganz hinten in der Ecke in einem Regal. Ihre Verpackung wies noch keine Spuren von Saugnäpfen oder Tentakelschleim auf. So weit war Bob mit seiner Recherche hier unten im Keller also noch nicht gekommen. Andrea blies eine Staubwolke von der Tüte, klemmte sie sich unter den Arm und schloss die Tür hinter sich ab.

Als sie das Treppenhaus im Erdgeschoss betrat, hörte sie aus ihrer Wohnung aufgeregte Stimmen. Ihr Herz sprang ihr in die Kehle. Das konnte nichts Gutes bedeuten. Mit einem gewaltigen Satz überwand sie die drei Stufen zwischen Haus- und Wohnungstür und stürzte in die Küche.

Zwei Küchenstühle lagen umgekippt auf dem Boden. Sven und Georg rangen um einen Gegenstand, den Georg in den Händen hielt. Andrea sah etwas Violettes zwischen seinen Fingern zucken. Georg hatte den Kopf in den Nacken gelegt und brüllte wirres Zeug. Andrea verstand nur »Aliens« und »Auserwählter«. Sie fackelte nicht lange. Mit einem Griff nach Georgs Ohr, den sie vor Jahren an ihrem Bruder perfektioniert hatte, zwang sie ihn in die Knie. Er quietschte vor Schmerz und Überraschung.

Sven stolperte durch die Küche und schlug sich das

Kinn an der Tischkante.

Georgs Griff lockerte sich.

Bob flitschte durch die Luft, als sei er mit einer Druckluftkanone abgeschossen worden. »Unverschämter Salzfels! Nasenfresse!«, zwitscherte er. Dann kam er auf der Anrichte auf und plumpste in die Spüle.

Andrea zerrte Georg unsanft auf die Beine und in den Wohnungsflur. »Was soll das?«

»Au, lass mich!« Georg hielt den Kopf so schief, dass sein Physiotherapeut bestimmt nicht begeistert wäre. »Ich habe den ersten Kontakt hergestellt!«

»Du hast einen an der Waffel!«, antwortete sie.

»Du verstehst das nicht, ich bin der Auserwählte! Die UFOs sind gelandet!«

»Hier ist gar nichts gelandet.« Andrea zerrte seine Jacke von der Garderobe. »Nimm die und scher dich fort!« Als er nach ihrer Hand griff, verdrehte sie sein Ohr, bis er vor Schmerz aufheulte. Dann bugsierte sie ihn aus der Wohnung, die Stufen hinunter und durch die Haustür auf die Straße. »Wenn ich dich noch einmal hier sehe, erlebst du dein blaues Wunder! Hast du verstanden?«

»Ja, autsch!«, jammerte Georg.

Andrea versetzte ihm einen letzten Schubs und blieb in der Haustür stehen, bis der Typ um die Ecke verschwand. Dann stampfte sie zurück nach drinnen.

Svens Kinn blutete. Er hielt sich eines ihrer Geschirrtücher ins Gesicht. Bob hüpfte vor ihm auf dem Tisch herum. »Du häutest dich ja! Der nächste Wachstumsschub hat eingesetzt!«

»Hier wächst gar nichts«, grummelte Andrea. »Wer

zum Teufel war das? Und warum schleppst du mir so einen Spinner ins Haus?«

»Woher sollte ich wissen, dass der zum UFO-Stammtisch gehört?«, verteidigte Sven sich. Er sprach ein wenig undeutlich.

»Was sind UFOs?«, fragte Bob.

»Raumschiffe, mit denen Außerirdische durchs Weltall zur Erde fliegen«, erklärte Andrea. »Und dieser Idiot glaubt offenbar, dass Außerirdische die Lösung all seiner Probleme bedeuten.«

»Wieso sollte man fliegen, wenn man auch ein Portal benutzen kann?« Bob schüttelte seinen Zeigetentakel in offensichtlichem Unverständnis. »Was für ein Spinner.«

»Hey, könnt ihr so reden, dass ich auch etwas verstehe?«, beschwerte Sven sich. Daraus schloss Andrea, dass Bob in seiner Muttersprache geredet hatte. Sie bemerkte inzwischen kaum noch, wenn der kleine Dolmetscher in ihrem Ohr sich einschaltete. »Und was fällt dir ein, meinen neuen Freund aus der Wohnung zu werfen?«

»Das ist MEINE Wohnung!«, fauchte Andrea. »Bist du des Wahnsinns, Fremde herzubringen, solange wir – solange Bob hier ist? Was hast du dir dabei gedacht?«

Sven drängte sich an ihr vorbei. »So einen Mist muss ich mir nicht anhören! Macht euren Scheiß doch alleine!« Gleich darauf knallte die Wohnungstür.

Bob ließ betroffen die Tentakel hängen. »Ist Sven böse?«

Andrea spürte, wie ihr das Adrenalin aus den Adern sackte. Der war wohl erst einmal fort. Für die Castingshow würden sie sich etwas anderes einfallen lassen müssen. Doch jetzt wollte sie nur noch ins Bett. Sie hob Bob hoch und trug ihn Richtung Schlafzimmer. »Das wird schon alles wieder«, redete sie beruhigend auf ihn ein. Und sie hoffte, dass das stimmte.

Begegnungen der dritten Art

»Du willst also sagen, dass die Menschen auf unser Kommen vorbereitet sind?« Der Hauptwedel klang alarmiert.

Xhi'lao gab sich große Mühe, die richtige Balance zwischen besorgniserregend und »Alles im Griff!« zu finden. »Ich habe umfangreiche Forschungen zu den Theorien angestellt, die im Fernsehen verbreitet werden. Offenbar gehört eine Invasion durch Außerirdische zu den größten Ängsten der Menschheit. Es ist durchaus vorstellbar, dass sie entsprechende Gegenmaßnahmen getroffen haben. Allerdings erwarten sie offenbar, dass ein Angriff aus dem Weltall erfolgen würde, mit fliegenden Objekten.«

»Fliegende Objekte?« Der Kampftentakel auf der linken Seite des Bildes gab ein krächzendes Geräusch von sich. Mit seiner inzwischen gewonnenen Expertise erkannte Xhi'lao es als Lachen. Überraschend, dass die Elitekämpfer der R'nazoo zu so einem trivialen Laut überhaupt in der Lage waren.

»Sie nennen sie UFOs, das ist eine Abkürzung für Unidentifizierte Flugobjekte.«

»So einen Blödsinn würde ich auch abkürzen«, erklärte der Hauptwedel herablassend. »Wieso sollte man eine derart große Distanz fliegend zurücklegen, wenn man ein interdimensionales Portal verwenden kann? Was kommt als nächstes – Raumschiffe, die sich durch den Boden bohren?«

Wahrscheinlich, überlegte Xhi'lao, wäre das für die Produzenten in Hollywood eine grandiose Idee. Seit Tagen schaute er, wenn Andrea aus dem Haus war, Filme über Außerirdische. In den meisten explodierte am Schluss alles in malerischen Feuerbällen, nachdem vorher zwei Stunden lang erklärt wurde, dass die menschliche Technologie den Aliens hoffnungslos unterlegen sei. Inzwischen neigte er selbst auch dazu, das zu glauben. Wenn sie nicht einmal Toaster bauen konnten, die das Brot jedes Mal gleichmäßig und zuverlässig bräunten, ohne die Mitte zu verbrennen ... Umso besser für ihn und seine Karriere. Trotzdem wollte er nicht, dass die Kampftruppen ihre Entscheidungen überstürzten. »Ich werde noch ein wenig Zeit benötigen, um mir diese Abwehrmechanismen gründlich anzuschauen.« Bestimmt fand man dazu etwas im Internet. Er würde einfach logische Schlagworte googlen, zum Beispiel »Raketenabwehrschirm« oder »Bombenteppich«.

»Hast du sonst noch etwas herausgefunden, das für unsere Mission von Interesse wäre?«

»Ich denke nicht.« Xhi'lao beschloss, das Gespräch möglichst bald zu beenden. Er verspürte Appetit auf einen kleinen Käsehappen. »Man könnte sagen, dass die Menschen eine eher defensive Rasse sind, aber wenn man sie in die Enge treibt, sind sie durchaus gefährlich. Ich werde in Kürze erneut Bericht erstatten.« Er salutierte und wartete, dass das Bild dunkel wurde. Dann kletterte er vom Kartonstapel hinunter auf den staubigen Boden, zog die Tür hinter sich zu und begann den mühsamen Aufstieg zurück in die Wohnung. Tagsüber war es hier im Haus glücklicherweise ziemlich ruhig – die meisten genossen, wenn sie nicht zur Arbeit mussten, wohl die Sonnenstrahlen und die frische Luft unten am Rhein. Mit so einem Gedanken konnte Xhi'lao sich gar nicht anfreunden. Direkte Sonneneinstrahlung würde höchstens seine Haut austrocknen und ihn so alt und vertrocknet aussehen lassen wie Andreas Vermieterin. Darauf konnte er gut verzichten. Außerdem hatte er herausgefunden, dass sein Farbton sich änderte, wenn er mehr als ein paar Minuten der Sonne ausgesetzt war. Er verstand nicht, wie die Pflanzen draußen das Tag für Tag ertrugen.

Andrea hatte ihm eine Rolle Käse in einer fest verschließbaren Plastikdose auf den Küchentisch gestellt. Eigentlich sollte er nur hier essen. Aber aus dem Wohnzimmer verkündete das Fernsehgedudel, dass es Zeit wurde für die mittäglichen Talkshows. Xhi'lao nutzte sie als Grundlage für all seine zwischenmenschlichen Studien. So wusste er, dass Andrea für ein Menschenweibchen ziemlich leise und zurückhaltend war. Er hatte bislang noch nicht beobachtet, wie sie jemand anderen attackierte. In den Talkshows war das Gang und Gäbe. Auf jeden Fall wollte er nichts verpassen und schnappte sich darum die gefüllte Käsedose, um sie mit ins Wohnzimmer zu nehmen. So schlimm konnten Käseflecken auf dem Teppich doch nicht sein.

Kein leichtes Spiel

»Ich verstehe Ihren Wunsch nach kreativer Selbstverwirklichung, wirklich, aber leider kann ich für Sie keine Ausnahme machen. Der Urlaubsplan steht seit Monaten fest.« Corinna schüttelte bedauernd den Kopf.

Insgeheim hatte Andrea bereits mit dieser Antwort gerechnet. Trotzdem wurden ihre Wangen ganz heiß vor Enttäuschung. Wie konnte sie ihrer Chefin nur begreiflich machen, dass dies ein spezieller Fall war? Mit ein wenig Glück würde ihr komödiantischer Auftritt die Welt retten – gut, das glaubte sie ja selbst nicht wirklich. Nur blöd, dass Sven sich seit ihrem Streit nicht wieder gemeldet hatte und auch nicht an sein Handy ging. Dann musste sie sich eben selbst kümmern.

Seit Tagen schon hatte sie ihr E-Mail-Fach im Auge behalten – seit sie die Castingbewerbung abgeschickt hatte. Jedes Mal, wenn das leise Ping eine neue E-Mail ankündigte, schlug ihr Herz schneller. Leider war es dann immer nur ein Newsletter – für Antifaltencreme, als wäre sie schon hundert, oder für Hundefutter. Sie wusste gar nicht, warum sie den überhaupt bekam. Jede Mail verschob sie genervt in den Papierkorb, und auf die Nachricht von ihrer Cousine mit dem Link zu dem lustigen Affen reagierte sie erst gar nicht. Wahrscheinlich war es völlig egal, wenn Corinna ihr nicht außer der

Reihe frei geben wollte. Die von der Show würden sich sowieso nie bei ihr melden. Wer wollte schon einen »genialen Bauchredner-Trick mit obszöner Tentakel-Puppe« sehen? Ihr war einfach nichts Besseres eingefallen, um Bobs Talent zu beschreiben. Und jetzt saß sie hier und diese Gesundheits-Trulla wollte ihr keinen Sonderurlaub geben. Den sie wahrscheinlich nicht einmal brauchte. Sie konnte von Glück sagen, dass die Leute, die ihre Bewerbung gesehen hatten, ihr nicht stattdessen die Psychiatrie auf den Hals gehetzt hatten. Andererseits, schlimmer als der Typ, der in der letzten Weihnachts-Sondersendung die Kerzen ausgefurzt hatte, wäre Bob bestimmt auch nicht.

Andrea brütete über der nächsten Kleinanzeige, als sie erneut das verräterische Geräusch von Corinnas Gesundheitslatschen hinter sich hörte. Ihr Herz machte einen kleinen Sprung. Ob die alte Zicke sich doch ein Herz genommen hatte?

Natürlich nicht. Zu früh gefreut. Das war Andrea auch in dem Moment schon klar, als sie sich mit ihrem Drehstuhl umdrehte und das ernste Gesicht ihrer Vorgesetzten sah. »Eine Sache noch …«

Die Hoffnung stirbt bekanntlich zuletzt. »Ja?«

»Falls Sie zufällig an den Tagen, an denen Sie nicht frei bekommen haben, Durchfall hätten und nicht ins Büro kommen könnten, wäre das schon ziemlich auffällig.« Corinnas Miene wurde noch einen Tick selbstgefälliger, dann drehte sie sich um und marschierte davon, als hätte sie gerade einhändig die Moral der kompletten Truppe um drei Meter gehoben.

Andrea rang die Versuchung nieder, ihr hinterrücks den Kugelschreiber zwischen die Schulterblätter zu rammen. Zu viele Zeugen. Stattdessen übertrug sie die Notizen von ihrem Block in die Eingabemaske, kontrollierte die Kleinanzeige und bemerkte im letzten Moment, dass sie mit dem Cursor verrutscht war. Alle Informationen standen an der falschen Stelle. Sie konnte noch einmal ganz von vorne anfangen. Wenigstens bekäme sie so die Zeit bis zum Feierabend herum.

Als Andrea nach acht schier endlosen Stunden in der Hölle endlich nach Hause kam, saß Bob vor dem Computer und studierte die Finalisten vergangener Castingstaffeln, während sich in der Küche einmal mehr die Hausarbeit stapelte. Er entwickelte eine überaus menschliche Besessenheit mit dieser Fernsehshow. Die Hälfte seiner Tentakel hing auf die Sitzfläche ihres Schreibtischstuhls hinab und schleimte den Stoffbezug voll.

Andrea stutzte. »Sag mal, warst du nicht gestern noch kleiner?«

»Kann sein«, sagte Bob geistesabwesend. Er drehte den Ton etwas lauter.

Andrea bemerkte, dass er sich dafür nicht einmal mehr recken musste. »Ich meine das ernst, du bist zu groß für deine Schlaf-Box!«

Bob zuckte mit dem Zeigetentakel. »Ich wurde gewarnt, dass so etwas passieren könnte. Vielleicht hat es mit eurer Atmosphäre zu tun. Ich habe auch unglaublichen Hunger.«

Andrea ging in die Küche und warf einen Blick in den Kühlschrank. »Kann es sein, dass du den letzten Käse gefuttert hast?«

»Das war heute Morgen, und da war nur noch ein winziges Stück!«, rief Bob aus dem Wohnzimmer. Er klang nicht besonders interessiert. Seine Stimme war tiefer als sonst, das bildete sie sich garantiert nicht ein.

»Hättest du mir nicht wenigstens Bescheid sagen können?« Während sie das fragte, war ihr schon klar, wie absurd das war. Was hätte er machen sollen? Eine E-Mail schreiben? Sie hatte das Programm zwar permanent offen, aber bei aller Gelehrsamkeit waren Bobs geschriebene Texte überwiegend unverständliches Kauderwelsch. Und wenn er sie angerufen hätte, hätte sie einen Herzinfarkt bekommen vor Schreck.

»Ich geh dann nochmal schnell einkaufen«, sagte sie zu niemandem Bestimmtes. Und wie erwartet gab es auch keine Antwort.

Sie war schon auf dem Parkplatz, als ihr einfiel, dass sie sich in diesem Supermarkt vorerst nicht hatte sehen lassen wollen. Sie überlegte ernsthaft, mit dem Bus zum nächsten Supermarkt in der Innenstadt zu fahren. Soviel länger konnte das doch nicht dauern.

Jemand hupte. Andrea zuckte zusammen und sah sich um. Sie stand mitten auf einer leeren Parklücke direkt vor der Tür. Keine Zeit, nachzudenken.

Ein zweites Hupen.

Andrea drehte sich um, lächelte der genervten Autofahrerin zu und betrat den Laden. Wo sie schon einmal hier war, konnte sie auch einkaufen. Wahrscheinlich arbeitete er heute gar nicht. Und falls doch ... Sie schnappte sich einen roten Korb und hastete die Reihen entlang. Vielleicht fand sie alles, was sie brauchte, ehe – verdammt.

»Hey, Andrea!« Sandro stand genau vor dem Kühlregal mit dem Käse. »Kann ich dir helfen?«

Sie bemühte sich, ruhig zu atmen. »Hallo Sandro! Ich brauche … Harzer Käse. Drei Packungen – nein, am besten vier.«

Er lächelte, ohne sich zu bewegen. So ein Mist, das sah immer noch ziemlich süß aus. »Und ich dachte, du betreibst nur bei Martini so gründliche Vorratshaltung.«

Musste das sein? »Mein … Vater kommt zu Besuch. Er mag Käse. Könntest du bitte beiseite gehen?« Wenn er ihr das Zeug nicht geben wollte, könnte er wenigstens so freundlich sein, nicht im Weg zu stehen.

Erst nach einer gefühlten Ewigkeit machte Sandro einen Schritt beiseite. Wetten, dass er keine Vorgesetzte hatte, die seine Performance minutenweise überwachte wie ein Geier. Mit einem Lächeln, das nur ein kleines bisschen spöttisch wirkte, griff er hinter sich und präsentierte eine ganze Lage sorgfältig arrangierter Harzer-Roller-Pakete. »Bitte sehr. Und wenn es sonst noch etwas gibt, das ich für dich tun kann …«

Andrea griff nach dem Käse und floh.

Mit dem Wechselgeld in der Tasche und beiden Armen voller Harzer Käse betrat sie wenige Minuten später ihre Wohnung und wurde von Bob enthusiastisch begrüßt. Wie er ihr im Flur entgegenkam, hatte er beinahe die Größe eines Zwergpudels. Er war garantiert gewachsen. Wie groß wurden diese Tentakelwesen eigentlich? Sie schob sich an ihm vorbei in die Küche, ließ den Käse auf die Anrichte fallen und riss eine Verpackung auf. »Ich nehme an, du hast Hunger?« Gleichzeitig bemerkte sie, dass auch ihr Magen ziemlich knurrte. Mist, für sich selbst hatte sie natürlich nichts eingekauft. Zum Glück gab es den Pizzadienst.

Bob schob sich die erste Scheibe Käse in den Schlund, ohne zu kauen. Er wirkte sehr zufrieden. Und während Andrea ihn beobachtete, schien er tatsächlich kleiner zu werden. In einem Moment ragte sein Zeigetentakel mit den Knopfaugen bis zu ihrem Knie auf, im nächsten hätte er ohne Probleme unter den Küchenstühlen hindurch gepasst.

»Du schrumpfst!«, rief sie.

Bob schien überrascht. »Tatschäfflich«, nuschelte er. »Hätte nifft erwartet, daff ef fo fnell geht.«

»Wusstest du das etwa?« Und was hatte er ihr noch alles nicht erzählt? Las der Dolmetscher-Fisch vielleicht ihre Gedanken?

»Der Käse kehrt offenbar die sauerstoff-basierte Wachstumsreaktion um.« Bob schob sich mit zwei gewaltigen Happen noch eine Scheibe Käse in den Schnabel. »Zum Glück hat dieses Zeug die gleichen Nährstoffe wie unser Schleim. Wer weiß, sonst würde ich jetzt schon nicht mehr durch die Tür passen.«

Bei dem Gedanken lief es Andrea kalt den Rücken hinunter. Ein niedlicher Außerirdischer im Taschenformat war eine Sache. Ein Tentakel-Monster, das sie um Längen überragte, hingegen eine ganz andere Kategorie. Vielleicht sollte sie …

Aus dem Wohnzimmer ertönte ein verräterisches

Ping.

Andrea stieg über Bob hinweg und setzte sich an den Computer. Das war bestimmt auch nur so ein blöder Spam. Sie sollte sich endlich einmal bei all diesen nervigen Newslettern abmelden. Was interessierten sie schon die Nachrichten einer drittklassigen Fantasy-Autorin aus dem Siebengebirge?

»WICHTIG – IHRE BEWERBUNG«, las sie ganz oben auf der Liste in ihrem Posteingang. Klang nach Spam. Der Absender war allerdings die »MediaSat-Sendergruppe«. Mit angehaltenem Atem klickte sie auf den Betreff. Es dauerte eine Ewigkeit, bis die E-Mail sich geladen hatte. Ihre Augen überflogen den winzigen Text.

Bob folgte ihr aus der Küche, immer noch schmatzend. »Was gibt es so Wichtiges?«

Andrea drehte sich mit klopfendem Herzen zu ihm um. Jetzt hatten sie ein Problem. »Du wirst es nicht glauben – du kommst ins Fernsehen!«

Beschattet

Zunächst dachte Andrea, sie werde paranoid. Erst Außerirdische, dann AuraTV - da war Verfolgungswahn nur der nächste logische Schritt, nicht wahr? Aber seit zwei Tagen sah sie jedes Mal, wenn sie sich umdrehte, den gleichen braunen Parka aus dem Augenwinkel, dessen Träger sich hastig in einen Hauseingang oder die Warenauslage vor dem Schaufenster drückte. Zunächst hatte sie es für einen merkwürdigen Zufall gehalten – diese Parkas waren bei den Bonner Obdachlosen sehr beliebt und nicht gerade selten. Nach dem heutigen Tag allerdings hegte Andrea keinen Zweifel mehr daran, dass sie tatsächlich verfolgt wurde.

Sie war nach der Arbeit direkt in die Innenstadt gefahren, um die Absätze ihrer Lieblingsschuhe reparieren zu lassen. Das würde etwa eine Stunde dauern, hatte der Schuhmacher ihr versichert. Also bummelte sie in der Zwischenzeit an den Boutiquen vorbei, die sich aus unerklärlichen Gründen trotz völlig überzogener Preise zu rentieren schienen. Andrea bewunderte einen feinen Wollrock, warf einen Blick auf das Preisschild und ließ ihn beinahe erschrocken los. Das Material schwang zurück. Siebenhundert Euro für so ein bisschen Stoff? Meine Güte, womit hatten sie die Schafe gefüttert? Mit einem Blick durch das Schaufenster vergewisserte sie sich, dass sich tatsächlich zwei Kundinnen im Inneren des Ladens aufhielten und die ausgelegte Ware mit kritischem Blick prüften. War wohl eine gute Alternative dazu, das Geld einfach zu verbrennen.

Und schon wieder war da dieser braune Parka. Die Person, die ihn trug, war eindeutig männlich, denn sie trug einen buschigen Vollbart. Trotzdem betrachtete sie – oder vielmehr er – in diesem Moment mit intensivem Interesse die Auslagen eines Dessous-Geschäfts.

Andrea ging ein paar Schritte weiter und bog in eine überdachte Einkaufspassage ein, in der es viele kleine, verwinkelte Läden gab. Einige von ihnen hatten Verbindungstüren. Ohne sich um die anderen Kunden zu kümmern, drückte Andrea sich erst an einigen Kleiderständern, dann an Regalen mit Weingläsern vorbei. Sie kassierte einen bösen Blick von einem älteren Herrn, als sie gegen seinen Einkaufskorb stieß, und duckte sich gerade noch rechtzeitig hinter einen Stapel Kochbücher, als der Typ mit dem braunen Parka zur Eingangstür hereinlugte. Nach einer Schrecksekunde schlich sie weiter, durch den zweiten Eingang hinaus und quer über die kleine Gasse hinein in den nächsten Fastfood-Laden. Hier war es immer voll. Die Gerüche von Fettigem und Frittiertem ließen ihr das Wasser im Mund zusammenlaufen. An der Kasse brüllte ein Kind, weil sein Lieblingsspielzeug für das Kindermenü ausverkauft war. Ein ganz normaler Wochentag also.

Anstatt den Laden auf der anderen Seite zu verlassen, lief sie die Treppe hinauf und setzte sich an einen kleinen Tisch in der hintersten Ecke. Hier musste sie wenigstens nicht damit rechnen, angeranzt zu werden, weil sie nichts bestellt hatte. Sie würde warten und gucken, ob der Typ ihr immer noch folgte. Und währenddessen konnte sie sich überlegen, was sie als Nächstes tun wollte. Es dauerte noch mindestens eine halbe Stunde, bis ihre Schuhe fertig wären.

Sie zog ihr Telefon aus der Tasche und kontrollierte, ob sie neue Nachrichten hatte, aber alles war ruhig. Keine Hiobsbotschaften aus dem Büro, nichts Neues von Sven. Es war gut, wenn alles beim Alten blieb. Nur um Bob machte sie sich ein wenig Sorgen. Bald wäre es Zeit fürs Abendessen, und sie hatte ihm versprochen, sich die neuen Witze anzuhören, an denen er mit Feuereifer arbeitete. Bislang waren die Ergebnisse eher durchwachsen. Aber damit sie nach Hause konnte, musste sie erst einmal ihren Verfolger loswerden. Sie sah sich um und stellte überrascht fest, dass sie deutlich aus der Masse der ausgelassenen Gäste herausstach. Wann waren die alle so jung geworden?

Schließlich stellte sie mit einem Blick auf die Uhr erleichtert fest, dass es Zeit war, ihre Schuhe abzuholen. Von hier aus war es nicht weit bis zu ihrem Schuster. Sie näherte sich dem Laden lediglich von der anderen Seite. Deswegen sah sie den Mann im Parka auch schon von Weitem, denn er duckte sich hinter eine Häuserecke und spähte in die Richtung, aus der sie gerade nicht kam.

Im ersten Moment wollte sie hinüberrennen, den blöden Kerl an der Kapuze packen und ordentlich durchschütteln. Was fiel ihm ein, ihr so einen Schrecken einzujagen? Sie machte drei schnelle Schritte in seine

Richtung und zögerte. Vielleicht war das ein gefährlicher Irrer! Schließlich waren die Landeskliniken nicht weit entfernt. Möglicherweise war er ausgebrochen und hatte sich als fixe Idee in den Kopf gesetzt, dass er sie beobachten – oder ihr Schlimmeres antun - müsse.

Andrea schüttelte frustriert den Kopf, straffte die Schultern und marschierte auf den Laden zu. Sie zwang sich, nicht zu ihrem Verfolger hinüberzugucken. Stattdessen grüßte sie den alten Mann hinter dem Verkaufstresen mit einem strahlenden Lächeln, zahlte und nahm ihre Schuhe in Empfang.

»Wie neu!«, beteuerte der Schuster.

Andrea bedankte sich und verließ den Laden wieder. Aber anstatt zu ihrer Bushaltestelle zu gehen, machte sie sich auf den Weg Richtung Hauptbahnhof. Ab und zu erhaschte sie einen Blick auf den bärtigen Parka-Mann, der sich in den Schaufenstern spiegelte. Der Anblick verschaffte ihr grimmige Genugtuung. Sie nahm die Rolltreppe Richtung U-Bahn, aber statt zu den Gleisen marschierte sie auf direktem Weg zur lokalen Polizei-Kontaktstelle.

Eine rotwangige, junge Polizeibeamtin sah sie fragend an. »Kann ich Ihnen helfen?«

Andrea schluckte, dann sprudelte es aus ihr heraus: »Guten Tag, ich werde verfolgt.«

»Sind Sie sich sicher?«

Zuerst wusste Andrea nicht, was sie dazu sagen sollte. In den letzten zwei Wochen waren so viele merkwürdige Dinge geschehen.

Die Polizistin sah sie abwartend an. »Junge Frau, haben Sie eine Aussage zu machen? Dann brauche ich zuerst Ihre Personalien.«

Andrea setzte sich, lächelte verlegen und legte los. Sie ließ nichts aus – außer der bevorstehenden Invasion durch Außerirdische, die die Menschheit vernichten wollten. Das war ihre Privatsache. Es fühlte sich an, als rede sie eine Ewigkeit, dabei waren es in Wahrheit wahrscheinlich keine fünf Minuten. Sie erzählte von dem Verrückten, den ihr Mitbewohner nach Hause geschleppt hatte, und davon, wie sie heute einen Verfolger bemerkt und abgeschüttelt hatte.

»Sind das alle Informationen, die Sie in dieser Angelegenheit haben?«, fragte die Polizeibeamtin, ohne Andrea ins Gesicht zu sehen. Sie suchte den nächsten Buchstaben auf der Tastatur, die vor ihr auf der Arbeitsfläche lag, und drückte die Taste mit behördlicher Sorgfalt.

Andrea sah durch die Glasfront der Polizeistation auf das bunte Treiben vor den Rolltreppen. Den Mann mit dem braunen Parka konnte sie in der Menschenmenge nicht mehr sehen. Wäre aber auch schön dumm von ihm, auf sie zu warten, während sie ihn bei der Polizei anzeigte. Er konnte nur zu diesem Spinner gehören, den Sven neulich mit nach Hause gebracht hatte - dieser Georg, der so unglaublich auf Bob abgefahren war. Mitbewohner waren das Letzte. Alles Irre.

Als die Polizistin weitersprach, fuhr Andreas Kopf wieder herum. »Also, ich habe Ihre Anzeige aufgenommen. Können Sie Ihren ... Verfolger gerade sehen?«

Sie schüttelte den Kopf. »Er muss abgehauen sein, als ich hergekommen bin. Bis zu den Rolltreppen war er auf jeden Fall noch hinter mir.«

»Und Sie wissen nicht, wer das sein könnte?«

Andrea schenkte der Polizistin ein bedauerndes Lächeln. »Leider nicht.« Sie würde kein Wort von dem UFO-Spinner sagen. Sollte die Polizei doch ein wenig was für ihr Geld tun. Außerdem hatte sie sowieso nicht den Eindruck, dass ihr Besuch hier irgendetwas ergeben hatte, außer ihr den Parka-Kerl vom Hals zu schaffen. Aber das war immerhin etwas. Also ließ sie die notwendigen Belehrungen noch einmal über sich ergehen, las das Protokoll sorgfältig durch und unterschrieb schwungvoll. Dann dankte sie der Beamtin für ihre Zeit und verließ die Station mit dem sicheren Gefühl, dass sie nie wieder etwas von dieser Geschichte hören würde. In solchen Momenten fragte sie sich, wo ein Superheld war, wenn man einen brauchte. Alles musste man selber machen.

Anstatt auf direktem Weg nach Hause zu fahren, nahm Andrea die Straßenbahn, die vor dem Bahnhofsgebäude abfuhr. Sie blieb bis zur Endhaltestelle sitzen, und von dort nahm sie erst die übernächste Bahn, die zurück in ihre Richtung fuhr. Niemand folgte ihr, da war sie sich jetzt ganz sicher.

Das war auch gar nicht nötig, ging ihr auf, als sie mit über einer Stunde Verspätung endlich zu Hause ankam. Der Mann in dem Parka stand nämlich unter der Autobahnbrücke im Schatten, rauchte eine Zigarette und beobachtete die Straße.

Natürlich hatte dieser Georg dem Kerl verraten, wo sie wohnte. Sie sollte wirklich vorsichtiger damit sein, wen sie in die Wohnung ließ. Am liebsten hätte sie Sven im Nachhinein den Hals umgedreht und ihn dann endgültig rausgeworfen, aber Hotels waren teuer - Bonn bildete sich immer noch etwas darauf ein, vor mehreren Leben einmal Hauptstadt gewesen zu sein. Und sie konnte wohl kaum zulassen, dass einer der aufstrebenden Sterne am Komikerhimmel unter einer Brücke nächtigen musste. Das wäre ganz schlecht für das Überleben der Menschheit und so. Jedenfalls sofern Sven zu Verstand kommen und wieder mitmachen würde.

Sie fischte ihr Telefon aus der Hosentasche und war drauf und dran, die Polizei zu rufen, überlegte es sich dann allerdings anders. Vorhin waren die auch schon nicht hilfreich gewesen. Also tat sie, als würde sie ihren Beobachter gar nicht sehen, schloss die Tür auf und ließ die Tüte mit den Schuhen in den Flur fallen.

Bob kam ihr direkt entgegengewuselt. »Wo warst du so lange? Ich habe mir Sorgen gemacht!«

»Ich musste einen kleinen Umweg machen«, beruhigte Andrea ihn. »Ist der Computer noch an?«

»Sicher, ich habe nach Informationen gegoogelt.« Bob hatte sich schnell an die moderne Ausdrucksweise gewöhnt.

»Gut, ich muss nämlich kurz etwas bestellen.« In der Bude ihres Exfreundes hatte sie während des Studiums Sichtschutzfolie auf die Fenster geklebt, damit niemand sie beobachtete, wenn sie … nun ja. So etwas war jetzt bestimmt praktisch, damit diese komischen Leute Bob nicht sehen konnten. Sie konnte ja schlecht die ganze Zeit über die Vorhänge zugezogen lassen. Was würden die Nachbarn dann bloß von ihr denken? Sie wählte eine schlichte matte Folie aus, legte zwei Rollen in den virtuellen Einkaufskorb und klickte auf ›Sofort kaufen‹. Zum Glück gab es Expressversand.

»Und bleib bis auf Weiteres bitte erst einmal von den Fenstern weg. Ich glaube, du hast Fans.«

»Fans? Ist das eine Krankheit?«

Ach ja. Die Sprachbarriere. »Eigentlich sind Fans etwas Gutes - Leute, die das mögen, was du tust, und die zu deinen Shows kommen oder deine Musik kaufen. Ich habe das Wort gerade ironisch verwendet.«

»Ich habe ironische Fans?« Bob sah verdattert aus.

Kurz erzählte Andrea, was ihr am Nachmittag passiert war. »Ich bin sicher, dass dieser Typ von neulich, dieser Georg, jemandem von dir erzählt hat. Aus irgendeinem Grund wusste er direkt, womit er es zu tun hatte. Ich will nicht, dass dir etwas passiert.«

Als sie das sagte, stutzte Andrea. Warum wollte sie das eigentlich? Das wäre eine hervorragende Möglichkeit, das Problem mit der Invasion zu lösen! Offenbar, gestand sie sich im Stillen ein, mochte sie Bob wohl doch. Als Persönlichkeit, nicht als Eroberer. »Wie gesagt, halte dich bitte von den Fenstern fern. Am besten bleibst du in der Küche. Auf dem Fußboden.«

»Findest du nicht, dass du ein wenig übertreibst?«, fragte Bob.

Sie schüttelte den Kopf. »Wer weiß, was das für Verrückte sind?«

»Mit denen werde ich schon fertig. Ich bin schließlich nicht einfach irgendein beliebiges Tentakelwesen.«

»Bist du nicht?« Andrea meinte, sich daran zu erinnern, dass er genau das Gegenteil gesagt hatte, als er von seinem Heimatplaneten erzählt hatte. Er sei nur ein Durchschnittskerl, so gerade eben.

Bob schien empört. »Du traust mir wohl gar nichts zu! Ich habe hochgeheime Verteidigunsmechanismen!«

Das brachte sie zum Lachen. »Willst du etwa losschleimen, wenn hier jemand einbricht?«

Das kränkte Bob. »Ich glaube, ich gehe in die Küche und esse etwas Käse. Allein!« Mit hocherhobenem Zeigetentakel rauschte er aus der Tür.

Immer noch lächelnd drehte Andrea sich wieder zum Bildschirm um. Es wurde Zeit, sich ein wenig damit zu beschäftigen, wer sie da wohl verfolgt hatte. Vielleicht sollte sie mal in den Social Networks ein wenig stalken, wen Sven sich da neulich mit nach Hause genommen hatte.

In dem Moment klingelte es an der Tür. Wer konnte das denn jetzt nur sein? Das neue Sofa würde frühestens nächste Woche ankommen, hatte die Spedition ihr am Telefon erklärt. Besuch erwartete sie auch keinen. Hatte sie etwas getan, was die Vermieterin ärgern könnte?

Es klingelte ein zweites Mal.

Mit Überraschung registrierte Andrea, dass sie immer noch auf dem Schreibtischstuhl saß. Ihre Fingerspitzen waren kalt vor Nervosität. Sei nicht so ein Angsthase, schalt sie sich selbst, du bist eine erwachsene Frau! Geh schon gucken! Ihre Knie zitterten, als sie sich vom Stuhl hochdrückte. Sie legte die Kette vor, ehe sie den Knopf für die Gegensprechanlage betätigte. »Hallo?«

»Mach schon auf, es ist kalt!«

Auch wenn die Stimme schepperte, erkannte Andrea sie sofort. Sven war wieder da. Wie üblich unangemeldet und ohne Plan. Und ohne ein Wort der Erklärung, wo er sich herumgetrieben hatte. Sie drückte auf den Summer und nahm die Türkette wieder ab.

Das Licht im Flur ging an, die Haustür polterte und Sven stand in voller Lebensgröße vor ihr. Was nicht besonders groß war, er überragte sie nur um wenige Zentimeter. Feine Schweißperlen standen auf seinem Nasenrücken. »Ich habe Martini mitgebracht.«

»Hast du mit deinem Saufgelage neulich nicht genug angerichtet?«

»Aber das war nur, weil Bob sich nicht ordentlich versteckt hat!«

»Psst!« Andrea griff nach seinem Ärmel und zerrte ihn in die Wohnung. »Das muss nicht jeder hören!«

»Regst du dich denn auch ab oder muss ich mir einen anderen Schlafplatz suchen?«

Na gut. »Als ob ich mich aufgeregt hätte!«

»Wann kommt dein neues Sofa endlich? Ich habe keine Lust, ewig auf dem Boden zu pennen.«

»Die paar Tage wirst du es wohl noch aushalten.«

Sven murmelte etwas von schlechtem Service, während er seine Jacke aufhängte und die Schuhe von den Füßen kickte. »Hast du schon etwas von der Castingshow gehört?« Er lehnte sich Richtung Küche, wo Bob mampfend auf dem Tisch saß. »Hey Bob!«

»Bob ist genommen worden«, sagte Andrea so nebensächlich wie möglich und unterdrückte ein Grinsen.

»Die ersten Termine werden in den kommenden Tagen bekanntgegeben.« Sie ging voran ins Wohnzimmer. »Apropos, wenn du schon hier bist, könntet ihr an eurer Nummer arbeiten – es sei denn, du machst schon wieder einen Rückzieher.«

»Was für eine Nummer?«, fragte Sven. »Ich dachte, ich sitze nur da und spiele Kulisse, während Bob seine Witze erzählt?«

Das könnte ihm so passen. Andrea öffnete die Schranktüren und drückte ihm einen Stapel Wolldecken in die Hand. »Hier, bau dir dein Bett. Ich hole uns inzwischen das Bier.« Wenn er sich schon bei ihr ins gemachte Nest setzte, konnte er wenigstens etwas dafür tun. Sie öffnete die Balkontür, griff sich zwei Bierflaschen und schaltete das Licht aus.

Bob folgte ihr aus der Küche. Er schien schon wieder vergessen zu haben, dass er eigentlich noch schmollte. »Wo war Sven so lange?«, tschilpte er.

»Das weiß er höchstens selbst«, antwortete Andrea. »Wahrscheinlich hat er sich ein paar Tage bei seinen Kumpels herumgetrieben.«

»Du hast ein ziemlich gastfreundliches Haus«, beschied Bob ihr. »Hauptsache, er will nichts von meinem Käse abhaben.«

»Ich glaube, da musst du dir keine Sorgen machen.« Andrea stellte zwei kalte Bierflaschen auf den Wohnzimmertisch und legte einen Flaschenöffner daneben.

In dem Moment pingte es aus dem Computerlautsprecher. Andrea ging zum Schreibtisch hinüber und rief den Posteingang auf.

Sven nahm sich ein Bier vom Tisch. »Irgendwas Spannendes?«

Andrea ließ sich Zeit, die E-Mail in Ruhe zu lesen. Sicherheitshalber gleich zweimal. Dann drehte sie sich grinsend zu den beiden anderen um. »Das nenne ich Zufall – die Liste mit den Casting-Terminen ist angekommen! Und ihr seid nächste Woche dran!«

Auf zu neuen Abenteuern

»Hast du gesehen, wie begeistert sie waren?« Xhi'lao war völlig aus dem Häuschen. Seine Tentakel hielten nicht eine Sekunde lang still. Er sah zu Sven hoch. Der wischte sich den Schweiß von der Oberlippe. »Hast du das gesehen?«

»Sicher, ich war ja dabei«, antwortete Sven, leicht außer Atem vor Aufregung. Er reichte Xhi'lao ein feuchtes Handtuch. Die Kühle war wohltuend nach der Hitze der Scheinwerfer, unter denen sie die letzten Stunden verbracht hatten. Sogar im Wartebereich war es beinahe unerträglich heiß gewesen. Und so große Menschenmengen rochen überraschend unangenehm.

Neugierig beobachtete Xhi'lao, wie sich der übergewichtige Mann mit den gelben Ledershorts eine dicke Lage Make-up aus dem Gesicht wischte und in einen Bademantel schlüpfte. Solche Menschen hatte er bei Andrea zu Hause noch nie gesehen. Er fragte sich, woran das lag - waren das unterschiedliche Stämme? Oder möglicherweise lebten solche Menschen einfach eher in Köln als in Bonn.

»Komm, wir machen uns auf den Heimweg«, unterbrach Sven Xhi'laos Gedankengang. »Andrea wartet bestimmt schon auf uns.«

Einer der Produzenten kam zu ihnen herüber. Xhi'lao

erkannte ihn wieder – das war der Mensch aus dem Copa Cabana!

Sven stand auf, den Außerirdischen in der linken Hand, und schüttelte die ausgestreckte Hand des Produzenten mit seiner rechten. Xhi'lao unterdrückte ein aufgeregtes Kieksen.

»Sie haben da eine gute Nummer am Laufen. Unsere Mitarbeiter werden Sie wegen der nächsten Aufzeichnung anrufen. Und vielleicht hätten Sie da auch Zeit für ein kurzes Interview?«

»Hurra!«, rief Xhi'lao. Dann quietschte er, als Sven ihn heftig schüttelte.

»Sehr gut.« Der Produzent verzog das Gesicht. »Aber Sie können die Nummer jetzt beenden, die Kameras sind aus.« Damit drehte er sich um und marschierte davon.

»Halt die Klappe!«, zischte Sven Xhi'lao zu. »Willst du etwa auffliegen?«

»Ein Interview!« jauchzte dieser, ohne sich um die Schelte zu kümmern. »Wir werden berühmt! Und hast du gesehen, wie das Publikum gelacht hat? Wir waren viel besser als die Frau mit dem jodelnden Rottweiler oder das blinde Barbershop-Quartett!«

»Sicher«, antwortete Sven, »aber die ersten Runden sind noch einfach. Wir müssen dringend an deinem Witzerepertoire arbeiten.«

»Repertoire?«

»Na, an deiner Nummer für den nächsten Auftritt.«

Bob war überrascht. »Ich brauche eine neue Nummer?«

»Du willst doch nicht mit den gleichen Witzen auftauchen wie dieses Mal?«

Xhi'lao spürte ein unangenehmes Ziehen in seiner Körpermitte. Damit hatte er gar nicht gerechnet. Er würde viel arbeiten müssen, und sie hatten nur so wenig Zeit! Außerdem … »Du musst dringend deine Präsentation verbessern«, sagte er zu Sven. »Vorhin hättest du mich beinahe fallenlassen!«

»Was stimmt mit meiner Präsentation nicht?«, fragte Sven, griff nach seiner Jacke und schlenderte durch die sich lichtende Menschenmenge Richtung Ausgang. Es war später geworden, als sie erwartet hatten. Auf der anderen Seite des Flusses erstrahlte der Kölner Dom in altehrwürdigem Glanz. Xhi'lao war kurzfristig abgelenkt. Es war beeindruckend, wie viel Mühe die Menschen sich mit ihren Häusern gaben. Und dabei wohnte da nicht einmal jemand drin. Ein wenig erinnerte das an den Tempel des Großen Tentakels, nur ohne die festlichen Gelage.

»Weißt du was? Wir sollten die Gelegenheit nutzen und dir ein echtes Kölsch besorgen, in einer echten Kölschen Kneipe«, sagte Sven, als sie sich Andreas Auto näherten.

»Ich bin nicht sicher, ob das so eine gute Idee ist. Andrea wartet bestimmt schon«, wandte Xhi'lao ein. »Wenn ich die Uhr richtig interpretiert habe, sind wir schon spät dran.«

»Andrea hat dich ziemlich im Griff, nicht wahr? Wie ist überhaupt das Junggesellenleben auf deinem Planeten?«

»Was ist ein Junggesellenleben?«

»Ich verstehe.« Sven nickte und schloss die Autotür

auf. »Dann lass uns fahren. Ich habe da so eine Idee.«

Xhi'lao landete unsanft auf dem Beifahrersitz. »Hey, pass doch auf!«, schimpfte er.

Dröhnend erwachte der Wagen zum Leben. Sven blickte über die Schulter und manövrierte sie aus der winzigen Parklücke. Hinter ihnen hupte jemand. Xhi'lao zuckte zusammen.

»Für einen großen Eroberer bist du schon ziemlich schreckhaft«, scherzte Sven.

»Mach dich nicht über mich lustig! Wie würdest du gucken, wenn ein Mondfels-Leguan hinter dir her wäre?«

»Ziemlich überrascht«, gab Sven zu. »Sind die groß?«

»Ziemlich.« Xhi'lao nickte zufrieden. Er verkniff sich den Zusatz, dass er auch ziemlich überrascht wäre, schließlich hatte er sich das Biest gerade erst ausgedacht. Wie ein echter Komiker. Ein Improvisationstalent. Er hopste aufs Armaturenbrett und sah durch die Windschutzscheibe hinaus auf das Kölner Nachtleben. »Ich wusste gar nicht, dass es so viele Menschen auf einen Haufen gibt.«

»Und das ist noch gar nichts – hast du dir schon einmal Videos vom Times Square angesehen?«

Xhi'lao machte sich eine geistige Notiz, dieses Times Square zu recherchieren. Dann hätte er etwas, was er dem Hauptwedel bei seinem nächsten Gesprächstermin erzählen könnte. Er konnte sich nicht vorstellen, dass irgendetwas größer sein konnte als Köln.

Sven schien sich hier auszukennen, denn innerhalb weniger Minuten hatte er sie zu einem schäbig aussehenden Gebäude mit rot-gelber Neonreklame gefahren. »Hier habe ich als Student oft gefeiert. Ist schon eine Weile her.« Er zog den Zündschlüssel ab. »Hoffentlich haben sie meinen Deckel inzwischen vergessen.«

»Was für einen Deckel meinst du?«, fragte Xhi'lao verwirrt.

»Lass uns nicht darüber reden«, wiegelte Sven ab. »Das ist wahrscheinlich für alle Beteiligten das Beste.« Er beugte sich vor, pflückte Xhi'lao vom Armaturenbrett und steckte ihn vorsichtig so in seine Hemdtasche, dass der Zeigetentakel emporragte. »Magst du eigentlich Bier?«

Xhi'lao schüttelte sich. »Schreckliches Zeug. Ich weiß gar nicht, warum Andrea davon so viel kauft.«

Sven zuckte die Schultern. »Dann trinkst du eben Wasser. Ich bin sicher, du wirst dich auch nüchtern hervorragend amüsieren.« Er ging auf die Eingangstür zu.

Xhi'lao sah sich neugierig um. Vor der Eingangstür der Kneipe roch es merkwürdig – nach Halb-Verdautem und nach altem Bier. Das hier war bestimmt kein vertrauenswürdiger Ort. Eine faltige Frau mit breiten Schultern und viel bunter Farbe rund um die Augen kam aus der Tür getaumelt und rempelte sie an. Sven stolperte und hielt sich am Türrahmen fest. Xhi'lao wurde ganz schön durchgeschüttelt. Wie aufregend, er erlebte gleich zwei Abenteuer an einem Tag!

Andrea allein zuhause

Allmählich wurde es draußen dunkel. Die Teller waren gespült, die Fenster geputzt, der Boden gewischt – und immer noch keine Spur von Sven und Bob. Wieder und wieder sah Andrea aus dem Fenster, aber sie konnte ihren roten Flitzer nirgends entdecken. Sie stieg auf das neue Sofa, das tatsächlich vorgestern von Sven in Empfang genommen worden war, und streckte sich, um mit dem Wedel den Staub auf den obersten Regalbrettern zu erwischen. Warum meldete Sven sich nicht wenigstens zwischendurch? Hatte er sein Handy verschluckt? Sie stieß mit dem Lappen gegen eine altmodische Glasvase und brachte sie zum Wackeln. Andreas Herz setzte einen Schlag aus. Im letzten Moment konnte sie die Hand ausstrecken und die Vase vor dem Sturz bewahren. Direkt daneben entdeckte sie einen getrockneten Tentakelabdruck. Wie war Bob da nur raufgekommen? Entschlossen rubbelte sie mit dem Lappen über die Stelle. Sie konnte gar nicht erwarten, dass ihr Leben wieder in langweiliger Normalität versank.

Endlich war alles blitzsauber, und vor dem Fenster war die Nacht über Bonn hereingebrochen. Der Lärm der Autobahn rauschte leise und gleichmäßig über den Häuserdächern dahin. Andrea ging in die Küche und schmierte sich eine Stulle, aber so richtig Hunger hatte sie nicht. Unschlüssig sah sie sich um. Das Warten machte sie ganz hibbelig. Sie legte die Scheibe Brot auf den Teller zurück und brach stattdessen eine neue Flasche Martini an. Im Gefrierfach waren noch Eiswürfel. Andrea nahm eine Handvoll und ließ sie ins Glas klirren. Der Martini gluckerte aus der Flasche. Sie setzte das Glas an. Der Alkoholdunst stieg ihr brennend in die Nebenhöhlen, aber die Flüssigkeit entspannte ihren Magen. Andrea blieb einen Moment unschlüssig stehen, dann nahm sie Glas und Teller und kehrte ins Wohnzimmer zurück.

Einmal mit der Maus geruckt, und der Computer-Bildschirm erwachte zum Leben. Doch in den Cosplay-Foren hatte sich nicht viel getan. Geistesabwesend klickte Andrea sich durch verschiedene Youtube-Videos, aber nichts fesselte ihre Aufmerksamkeit. Auch Swypr war überraschend langweilig – alle Datingprofile, die ihr vorgeschlagen wurden, hatte sie bereits gesehen und für ungeeignet befunden. Sie leerte ihr Glas und ging in die Küche, um nachzuschenken. Jedes Mal, wenn Autoscheinwerfer vor ihrem Fenster aufleuchteten, fuhr ihr Kopf herum, aber das vertraute, leicht unregelmäßige Motorengeräusch blieb aus. Sie hatte Sven eine Nachricht geschickt, aber er antwortete nicht.

Nach einer Weile ging Andrea in die Küche, um Eiswürfel nachzulegen. Diesmal nahm sie die Flasche direkt mit ins Wohnzimmer. Sie legte eine DVD ein und schaltete den Fernseher an, entschied sich allerdings um, noch ehe das Hauptmenü geladen war. Sie griff nach der Fernbedienung, um die DVD auswerfen zu lassen, verfehlte ihr Ziel und stieß den gigantischen Stapel alter TV-Zeitschriften vom Tisch. Unsicher bückte sie sich, hob die Zeitschriften auf und schob sie zu einem ordentlichen Haufen zusammen. Dann überlegte sie es sich anders, trug sie in den Flur und ließ sie in die Altpapierkiste fallen. Das laute Geräusch fuhr ihr durch Mark und Bein, und sie kicherte.

Im Wohnzimmer piepste ihr Handy. Andrea drehte sich um, wäre beinahe gegen den Türrahmen gestoßen und beeilte sich, nach dem Gerät zu greifen. Aber es war wieder keine Nachricht von Sven. Mist! Stattdessen hatte Bethari ihr geschrieben, in ihrem typischen indonesisch-deutschen Kauderwelsch. Andrea versuchte, den Worten auf dem kleinen Bildschirm einen Sinn zu verleihen, aber ihr Gehirn kapitulierte. Sie versuchte, Betharis Nummer aus dem Adressbuch ihres Telefons zu wählen, aber der Eintrag auf dem Display war so winzig, dass sie zweimal danebentippte und beinahe ihren Bruder angerufen hätte.

»Hallo?«

»Hallo Bethari, ich habe dein Video - ich meine, deine Nachricht nicht verstanden.« Andrea bemühte sich, deutlich zu sprechen. Ihre Zunge war etwas schwerfällig. Vielleicht hätte sie den Martini doch langsamer genießen sollen.

Falls Bethari merkte, dass Andrea angetrunken war, ließ sie es sich nicht anmerken. »Eigentlich ich wollte nur fragen, ob du hast gekommen wichtige Post?«

»Für dich?« Andrea dachte angestrengt nach. »Ich glaube nicht.« Sie ging in den Flur und sah die ungeöffneten Briefumschläge durch, die auf dem Tischchen neben der Haustür lagen. »Nein, hier liegt nichts. Tut mir leid.« Sie unterdrückte einen spontanen Rülpser.

»Hast du eine Party?«, fragte Bethari.

»Nein, ich warte auf Sven.«

»Sven ist wieder da?«

Andrea verdreht die Augen. »Eben nicht!«

Schweigen am anderen Ende. Oh, Bethari wusste ja noch gar nicht Bescheid. Andrea setzte zu einer Erklärung an. »Sven ist heute bei einer Castingshow, als Bauchredner.« Sie reckte sich, um aus dem Wohnzimmerfenster zu gucken.

»Sven kann mit sein Bauch reden?« Bethari klang beeindruckt.

»Nein, sein Bauch redet mit ihm!«, antwortete Andrea und fühlte sich richtig lustig. Bethari lachte allerdings nicht. Musste an der Sprachbarriere liegen. Auf einmal war ihr ein wenig schwindelig. Sie schloss die Augen. »Ich … muss mich setzen.«

»Andrea, ich glaube, du hast betrunken!« Bethari klang besorgt.

Tatsächlich drehte sich alles hinter ihren Augenlidern. Wahrscheinlich war es doch etwas zu viel des Guten gewesen. »Ich glaube, du hast recht. Aber ich mache mir Sorgen um Sven und … und mein Auto«, fügte sie kläglich hinzu.

»Der kommt schon wieder. Eigentlich er fährt doch immer ganz vorsichtig. Warum du nicht schaust etwas im Fernsehen an oder liest ein wenig ein Buch?«

Andrea nickte, das klang nach einer guten Idee. »Du

hast recht, vielen Dank!« Sie legte auf und sah sich um. Das neue Sofa sah an seinem Platz ziemlich geil aus. Und die Polster waren noch so neu und sauber. Sie ließ sich in die Kissen fallen und legte die Füße hoch. Hey, das war ja richtig gemütlich! Sie schloss die Augen, nur einen Moment …

Sie musste eingeschlafen sein, denn das Geräusch eines Schlüssels in der Wohnungstür ließ sie aufschrecken. Die rasche Bewegung ließ ihr schwindelig werden. Sie schloss die Augen, bis das unangenehme Gefühle vorbei war, dann sah sie auf die Uhr. Die Zeiger auf dem Ziffernblatt standen auf halb drei. Andrea schwang ihre Füße vom Sofa und setzte sich auf. Wo waren die so lange gewesen?

Ehe Andrea ihre Hausschuhe gefunden hatte, fiel die Wohnungstür schon ins Schloss. Warum musste der beim Heimkommen immer so einen Krach machen? Andrea griff nach dem Lichtschalter. Im Fernseher räkelte sich eine reife Blondine in Reizwäsche und blinzelte lasziv in die Kamera.

Sven stand mit einem zufriedenen Lächeln im Flur und ließ Bob in genau diesem Moment auf das Tischchen neben der Tür plumpsen. Seine Jacke landete auf dem Boden. Als seine Schuhe sich zur Jacke gesellten, stieg ein käsiges Aroma auf. Eine Bierfahne verbreitete sich im Raum.

Andrea lehnte sich gegen die Wohnungstür und verschränkte die Arme vor der Brust. »Wo zur Hölle seid ihr gewesen?«

Sven strahlte sie an. »Diese Bauchrednernummer ist

großartig! Ich habe die Nummern von drei süßen Typen bekommen!«

Andrea brauchte einen Moment, um das zu verstehen. »Ihr wart noch in der Kneipe?«

»Sicher, der Abend war so früh zu Ende!«

»Das stimmt nicht«, widersprach Bob. »Die Aufzeichnungen waren erst -«

»Ist doch nicht so wichtig«, unterbrach Sven den Außerirdischen mit einem Lachen. »Aber als Bauchredner kommt man wirklich gut an! Vor allem, als ich erwähnt habe, dass wir in den Recall gekommen sind!«

»Ihr seid im Recall? Das ist ja großartig!« Andrea klatschte vor Freude in die Hände. »Bob, du musst dringend an deinem Repertoire arbeiten!«

»Wieso sagt das jeder?«, maulte Bob. »Was stimmt mit meinem Repertoire nicht? Ich habe Hunger.« Damit hopste er vom Tisch und wuselte Richtung Küche.

Als der kleine Außerirdische aus ihrem Gesichtsfeld verschwunden war, drehte Andrea sich wieder zu Sven um. »Du hättest dich wenigstens melden können!«

»Ich hatte kein Guthaben mehr auf dem Handy!«

Entgeistert starrte Andrea ihn einen Moment an, drehte dann um und ging ins Wohnzimmer. Wie sollte sie mit diesem Kerl nur einen ganzen Tag lang für seine Familie das verliebte Pärchen spielen? Er war noch keine fünf Minuten hier und schon wollte sie ihm wieder den Hals umdrehen. »Wie lange willst du eigentlich noch bei mir pennen?«

»So lange diese Sache läuft natürlich.«

»Was sagen deine Eltern dazu? Vermissen die dich

nicht?«

»Die motzen immer nur. Ich bin zu nichts nütze, ich soll mir endlich einen Job suchen, die Nachbarn haben schon wieder die Polizei gerufen, wie schaut es mit dem Studium aus – bla, bla, bla.«

Andrea konnte nur noch den Kopf schütteln. »Deine Eltern wissen aber schon, dass du achtundzwanzig bist, oder?«

»Ach, die regen sich immer so auf. Das ist ein Riesentheater, nur weil sie mir noch Taschengeld geben.«

»Warum suchst du dir nicht einfach einen Job?«

»Einen Job? Warum sollte ich? Nur noch ein paar Monate, und unsere Geschäftsidee hebt groß ab!«

Dazu hatte Andrea nichts weiter zu sagen. Sie wusste auch ohne Nachfragen, wer dieses »wir« war: Sven und Jochen. Jochen war Svens Exfreund und trotz allem irgendwie immer noch bester Kumpel - jemand, der sich gern pompöse Reden schwingen hörte und andauernd mit neuen, abgefahrenen Plänen daherkam, wie man ohne harte Arbeit viel Geld verdienen könne, damit sie dann endlich das Leben führen könnten, das sie verdienten. Eigentlich lebten Sven und er gemeinsam in Bochum, wenn nicht gerade der Haussegen schief hing oder Sven unterwegs war, um bei seinen Verwandten Startkapital einzusammeln. Es war nicht erwähnenswert, dass noch keine einzige dieser Ideen gefruchtet hatte. Im Verlauf der Jahre hatten sie es mit einem E-Book-Konvertierungsservice versucht, mit einem Versand für Porno-Videos, die sie bei einer Geschäftsauflösung ergattert hatten, mit einer Vermittlungsagentur für Studentenjobs und einer halbseidenen Ferndiagnose-Heilpraktiker-Plattform im Internet, die nach nur wenigen Tagen vom Service-Provider sicherheitshalber wieder vom Netz genommen worden war, um juristische Scherereien zu vermeiden. Zwischen diesen turbulenten Episoden herrschte oft monatelang Funkstille, aber sobald Jochen sich meldete, ging es wieder rund. Andrea hatte schon vor langer Zeit aufgegeben, Sven in dieser Sache gut zuzureden. Wenn er nicht aus dieser Phase herauswachsen wollte, war das seine Sache. Sie hatte es sich lediglich zur Regel gemacht, ihm kein Geld zu leihen. Und jetzt waren ja offenbar die Eltern wieder als Geldgeber im Spiel.

Andrea holte die Decken für Sven aus dem Schrank, die sie heute Morgen erst weggeräumt hatte.

Sven nahm ihr nur das Kissen ab. »Ich brauche heute keine Decke. Ich mache jetzt so ein Kälte-Unempfindlichkeitstraining und -«

»Die ist für unter dir«, fiel Andrea ihm ins Wort. »Denk dran, das Sofa ist brandneu, und ich will nicht, dass du es mit deinem Männerschweiß direkt vollstinkst!«

»Was denkst du eigentlich von mir?«, fragte Sven mit gespielter Empörung in der Stimme. »Wo ich gehe, duftet es höchstens nach Rosen!«

»Ich muss morgen früh übrigens um halb acht aus dem Haus«, warnte Andrea ihn, »und glaub ja nicht, dass ich dich hier weiter bis in die Puppen faulenzen lasse. Du könntest beispielsweise das Altpapier wegbringen und danach solltest du Bob bei seinen Vorbereitungen helfen.

Bis zum Recall ist es bestimmt nicht lange hin.«

»Aye, aye, Käpt'n!« Sven salutierte grinsend.

Das konnte noch heiter werden.

Eine Viertelstunde später wälzte Andrea sich unruhig von einer Seite auf die andere, während sie auf die Geräusche aus dem Wohnzimmer lauschte. Sven hatte wohl noch den Fernseher eingeschaltet. Sie sah zu Bob hinüber, der in seiner Kiste raschelte. Wahrscheinlich waren die beiden noch viel zu aufgedreht, um zu schlafen. Sie versuchte es auf der anderen Seite, aber ihr Kissen fühlte sich zu warm an. Frustriert schaltete sie das Licht ein, schlug die Decke zurück und tappte zur Zimmertür.

»Wo gehst du hin?«, tschirpte Bob vom Regal herunter.

Andrea warf ihm einen bösen Blick zu. »Es war so schön, als ich meine Wohnung noch für mich alleine hatte!« Sie unterdrückte den Impuls, mit der Zimmertür zu knallen. Allerdings klopfte sie auch nicht im Wohnzimmer an. So weit käme das noch, sie war hier schließlich immer noch die Hausherrin!

Sven saß nur in Boxershorts auf dem Sofa und bewunderte die Explosion auf dem Flachbildschirm an der Wand.

»Ist ja eklig!«, schimpfte Andrea. »Zieh dir gefälligst was an, oder setz dich auf die Decke!«

Sven verdrehte nur die Augen und rutschte auf die Decke, die sie ihm vorhin bereitgelegt hatte. »Du bist ziemlich spießig geworden, weißt du das?«

»Wenigstens wohne ich nicht in einer halbfertigen Bruchbude mitten im Industriegebiet und muss bei meinen Eltern um Taschengeld betteln.«

Das beeindruckte ihn kein bisschen. »Apropos Eltern ...«

Die Tür öffnete sich einen Spalt und Bob tauchte auf. »Was ist ein Elter?«

Überrascht drehten Andrea und Sven sich zu ihm um. »Du hast keine Eltern?«

»Woher soll ich das wissen? Ich habe ja keine Ahnung, was das ist. In was für einem Laden kriegt man das?«

Sven grinste. »Von Kinderläden habe ich schon gehört ...«

»Hör auf, ihn zu verarschen!«, wies Andrea ihn zurecht. Dann drehte sie sich zu Bob um und fuhr fort: »Über Fortpflanzung haben wir doch schon gesprochen. Eltern, das sind die Menschen, die einen machen.«

»Ihr werdet gemacht?« Bob schüttelte sich. »Das ist ja unappetitlich.«

Sie überlegte. »Eltern machen einen nicht nur, die erziehen einen auch und bringen einem alles bei. Wie ist das denn bei euch?«

»Nun, nach der Paarung legt das Weibchen Eier in den Bergen, und diejenigen, die es zurück in die Stadt schaffen, werden in einer Initiationszeremonie als Erwachsene in die Gemeinschaft aufgenommen.«

»Das heißt, ihr verbringt eure gesamte Kindheit in der Wildnis? Das ist ja schrecklich!«

Bob verstand ihr Entsetzen nicht. »Das ist eine gute Vorbereitung aufs Leben. Aber was hat das mit Eltern zu tun?«

»Nun, stell dir vor ... stell dir vor, dass nach der Paarung die Eier zu Hause aufbewahrt würden und wenn die Babys geschlüpft sind, kümmert man sich um sie und füttert und badet sie und spielt mit ihnen. Das sind Eltern.«

»Du meinst, du wirst von anderen Leuten gebadet?«, fragte Bob verwirrt.

Sven erstickte sein Gelächter mit einem Kissen und kassierte von Andrea einen Ellbogenhieb in die Rippen.

»Nein, das nicht«, bemühte sie sich, ihre Erklärung zu präzisieren. »Aber wenn Menschen geboren werden, sind sie extrem hilflos, und diejenigen, die sich um sie kümmern, sind normalerweise ihre Eltern.« Ihr fiel etwas ein. »Du weißt doch, was Geschwister sind?«

»Wahrscheinlich ein ähnlich absurdes Konstrukt«, murmelte Bob.

»Geschwister sind die Menschen, die die gleichen Eltern haben wie ich.«

»Es gibt mehr Leute wie dich?«

»Nein«, schaltete Sven sich ein, »Andrea ist einzigartig.«

Andrea beschloss, das als Kompliment zu nehmen. »Vielleicht kann ich dich mal mitnehmen, wenn ich meine Familie demnächst besuche. Aber du musst versprechen, dich unauffällig zu benehmen. Die dürfen keinesfalls von dir erfahren.«

»Um noch einmal auf den Anfang unseres Gespräches zurückzukommen …« Sven lehnte sich zurück und verschränkte die Arme hinter dem Kopf, »meine Mutter wäre bestimmt beeindruckt, wenn du ein hübsches Kleid tragen würdest.«

Andrea schnaubte. »Davon träumst du wohl.«

»Ich meine es ernst, die wäre begeistert, wenn ich so eine richtig adrette Freundin anschleppe.«

»Und was erzählst du ihr beim nächsten Besuch, warum ich nicht mehr da bin?«

»Das lass mal meine Sorge sein.« Sven lächelte wie die sprichwörtliche Katze, die den Kanarienvogel verschluckt hat. Was für ein Penner.

Andrea warf ihm einen bösen Blick zu, von dem er völlig unbeeindruckt blieb.

Er räkelte sich und gähnte demonstrativ. »Ich glaube, es ist schon spät. Schließlich haben wir alle morgen früh viel vor, nicht wahr?«

Museumsreif

Andrea bemühte sich, dem Museumsangestellten hinter der Kasse keinen Einblick in ihre winzige Handtasche zu gewähren, während sie das Wechselgeld in ihrem Portemonnaie verstaute. Über ihr prasselte leichter Regen auf die großflächigen Oberlichter im Dach des Museums. »Diese Dinger werden auch immer kleiner«, witzelte sie, während sie sich von dem Mann fast schon durchleuchtet fühlte. Dabei war es wahrscheinlich nur ihr schlechtes Gewissen, das sich gerade meldete.

Der Mann hinter dem Empfangspult zeigte dann auch kein weiteres Interesse an ihr, sondern wandte sich wieder seinem Computer zu. Nach seinem Verständnis war ihre Transaktion erfolgreich abgeschlossen. Wie lange Andrea benötigte, um von der Kasse in die Ausstellung zu kommen, war nicht sein Problem.

Es hatte auch lange genug gedauert, die passende Handtasche für diese Mission auszusuchen. Sie musste klein genug sein, damit Andrea sie mit in die Ausstellung nehmen durfte, abwaschbar – und vor allem groß genug, damit Bob hineinpasste. Heute, das hatte sie ihm nämlich versprochen, würde sie ihm ein wenig von der Welt zeigen.

Gut, »die Welt« war in diesem Fall die Bundes-Kunst- und Ausstellungshalle, und auch nur eine einzige Ausstellung. ÜBER DIE SIEBEN MEERE – KUNST, KULTUR UND ERKENNTNIS hatte sie schon eine ganze Weile gereizt, und es gab eine ganze Abteilung über Oktopusse und andere tentakelbewehrte Tiefseebewohner. Dienstags hatte das Museum immer besonders lange geöffnet, so dass sich ein Besuch auch nach Feierabend noch lohnte. Sven hatte ihr die Tasche mitsamt blindem Passagier zum Museum gebracht, sodass sie nicht einmal den Umweg über den Bonner Norden hatte machen müssen. Natürlich hatte Sven über die geschätzt elf Regentropfen, die er zwischen U-Bahn und Museumseingang abbekommen hatte, geschimpft, als habe man versucht, ihn zu ertränken. Andrea hatte jedoch kein Mitleid mit ihm. Ein wenig Bewegung tat ihm bestimmt gut, wenn er so durch den Regen sprintete – er war in den letzten Jahren schon ein wenig moppelig geworden. Falls er gehofft hatte, dass sie ihm aus Mitleid ihren Wagen überließe, hatte er sich auf jeden Fall geschnitten. Das fehlte noch, dass sie mit den Öffentlichen herumgurkte, während er das Auto nahm!

Ehe sie die Ausstellung betrat, schlüpfte Andrea noch schnell in die Toiletten im Untergeschoss. Alle Kabinen waren leer. Hervorragend – sie schüttete Bob aus ihrer Tasche in eines der Waschbecken.

»Diese U-Bahn ist eine Strafe für alle rechtschaffenen Menschen!«, zwitscherte Bob empört.

»Hat Sven dir das eingetrichtert oder bist du von selbst draufgekommen?«

Bob sprang auf die Ablage, reckte sich zu voller Höhe und drehte sich vor dem Spiegel hin und her. »Ich habe

Dutzende Körperteile abbekommen!«

»Wenigstens bist du so weich, dass du dich nur schwer verletzen kannst«, antwortete Andrea ungerührt. »Wir gehen jetzt gleich rein und du musst dich unbedingt unauffällig verhalten! Sobald wir in der Ausstellung sind, lasse ich die Tasche offen, so dass du herausschauen kannst. Wahrscheinlich ist es ziemlich leer, die Ausstellung läuft schon eine Weile. Aber sobald jemand kommt, musst du dich unbedingt ducken – verstanden?«

Bob nickte geistesabwesend, während er sein Spiegelbild musterte. Nicht zum ersten Mal überkam Andrea der Gedanke, dass ihr außerirdischer Untermieter schon ein wenig eitel war. Hoffentlich hatte er ihr trotzdem gut zugehört. Sie hielt ihm die geöffnete Tasche hin, damit er hineinspringen konnte, schulterte sie und stieg die Treppen hinauf zum Eingang der Meeresausstellung im ersten Stock.

Der Kontrolleur am Eingang würdigte sie keines zweiten Blickes. Und das, obwohl sie sich heute Morgen extra hübsch gemacht hatte, um dem trüben Wetter eins auszuwischen. Er knickte lediglich den Einlassstreifen ihrer Karte um und winkte sie hindurch. Nicht einmal ihre Tasche wollte er genauer in Augenschein nehmen. Aber darauf hatte sie auch gebaut – kleine Taschen stellten in den meisten Bonner Museen kein Hindernis dar. Die Verantwortlichen hatten bereits vor langer Zeit gelernt, dass nur lebensmüde Personen zwischen eine Frau und ihre Handtasche kamen. Sie stöckelte an ihm vorbei und bog direkt nach links in den ersten Raum ab, der im Halbschatten vor sich hindämmerte.

Wie erhofft war sie die einzige Besucherin, wenigstens für den Moment. Folglich schlug sie die Klappe ihrer Handtasche zurück und öffnete den Reißverschluss so weit, dass Bob mit seinem Zeigetentakel hinauslinsen konnte. Dann rückte sie die Tasche ein wenig vor ihren Bauch, damit er auch einen guten Ausblick auf die Exponate –

»Whoa, ist das riesig!«, tschirpte Bob aufgeregt.

Das Knacken in ihrem Ohr verriet ihr, dass er seine eigene Sprache benutzte. Das Dolmetsch-Fischchen arbeitete mit Hochdruck daran, Bobs Impressionen in annehmbares Deutsch zu verwandeln.

Sie standen vor einem riesigen Walskelett aus buntem Pappmaché. Um die Knochen waren Streifen von Bilderbüchern gewickelt. Auf einigen Fetzen konnte man noch erkennen, um welche Bücher es sich ursprünglich gehandelt haben musste. Andreas Herz verkrampfte sich beim Anblick dieser literarischen Zerstörung. Hätte der Künstler nicht einfach Fernsehzeitschriften nehmen können? Die waren auch bunt, und wenigstens vermisste die keiner. Eine erklärende Tafel neben dem pompösen Ausstellungsstück informierte sie dahingehend, dass »der Wal als Ausdruck kindlichen Staunens alle Möglichkeiten enthält, symbolisiert durch die Vielfalt liebgewonnener frühkindlicher Schätze«. Wenn der Künstler diese Bücher so liebgewonnen hatte, warum hatte er sie dann in Stücke gerissen? Sie drehte sich nach rechts, wo ein Pelikan aus OP-Schläuchen von der Decke baumelte. Ihm ragten Metallstäbe und leere Cornflakes-Verpackungen aus dem gedehnten Schlund. Auf die Erklärung zu diesem Kunstwerk verzichtete sie lieber.

»Was machen diese Sachen hier?«, fragte Bob.

Andrea warf einen schnellen Blick über die Schulter – immer noch alleine, was für ein Glück – ehe sie leise antwortete: »Das ist Kunst.«

»Kunst?« Bob klang verwirrt. Wahrscheinlich war das ein ähnlich absurdes Konzept für die R'nazoo wie Humor oder Eltern.

»Manche Leute … basteln … oder schreiben … oder malen Sachen, die es in Echt so nicht unbedingt gibt, um damit auf Probleme hinzuweisen.«

»Sind Stop-Schilder auch Kunst?«

So hatte Andrea noch nie darüber nachgedacht. »Nein, eher nicht. Kunst kommt aus der Vorstellungskraft der Leute. Wie deine Witze. Die kommen aus deiner Fantasie. Man könnte sagen, du bist ein Künstler.«

»Ich hoffe, das ist etwas Gutes«, murmelte Bob.

Gemeinsam schlenderten sie weiter durch die Ausstellung. Anhand von Videoinstallationen und Landkarten erklärte Andrea Bob im Flüsterton, was ein Meer war und warum es für die Menschen so wichtig war. Es stellte sich heraus, dass die R'nazoo durchaus ähnliche Flüssigkeitsansammlungen kannten, beispielsweise das hochgefährliche Sturmmeer oder die Strudel der Verzweiflung am südlichen Pol ihres gegenwärtigen Planeten.

Große Eismassen, wie sie die Antarktis bereithielt, wollte er sich allerdings lieber nicht vorstellen. »Diese Gegenden müssten wir erst durch Terraforming bewohnbar machen – falls eine Invasion stattfinden müsste«, setzte er schnell hinzu, als er Andreas pikierten Blick bemerkte. »Natürlich ist ein Planet wie die Erde viel zu schade zum Erobern.« Dann lenkte er Andreas Aufmerksamkeit auf einen kleinen separaten Raum, der dunkel gestrichen und komplett in diffuses blaues Licht getaucht war. In zahllosen Nischen unterschiedlicher Größe waren exotische Tiefseekreaturen aus Glas und Kunststoff nachgestellt, wie man ihnen in ihrem natürlichen Lebensraum begegnen mochte. Der Raum erweckte beim Betrachter den Anschein, er befinde sich tatsächlich etliche Meter unter der Meeresoberfläche. Vor allem die stickige Luft tat das ihre, und die Müdigkeit machte sich zwischen Andreas Schulterblättern bemerkbar.

Bob hingegen war völlig hingerissen von den absurden Lebensformen, die er hier zum ersten Mal bestaunen konnte. »Dreh dich nach rechts, nein, streck dich, geh dichter ran!«, kommandierte er ohne Pause.

Schließlich wurde es ihr zu bunt. Sie griff in die Tasche, zog Bob hervor und setzte ihn in der nächsten Nische ab. »Hier, tob dich aus. Ich muss mich ein wenig hinsetzen.« Damit sank sie auf einen schlichten anthrazitfarbenen Schemel und schloss für einen Moment die Augen. Was für ein anstrengender Tag!

Das Geräusch sich nähernder Gesundheitslatschen erkannte Andrea sofort. Sie zuckte hoch. Aber natürlich war es nach Feierabend und statt Corinna stand auf einmal eine freundlich lächelnde Dame mit einem grauen Dutt vor ihr. »Ist das nicht eine herrliche Ausstellung?«, flötete sie. »Ich komme jede Woche her, ich kann mich einfach nicht sattsehen!«

Andrea stammelte etwas Unverständliches, aber die andere Museumsbesucherin erwartete zum Glück keine intelligente Antwort. Sie hatte sich bereits umgedreht, um die Exponate in den Nischen zu bewundern – und blickte genau auf Bob!

So musste es sich anfühlen, wenn man einen Schlaganfall bekam. Andreas Gehirn versagte. Zum Glück war Bob geistesgegenwärtiger. Er posierte, Tentakel halb ausgestreckt, in vorbildlicher Reglosigkeit.

»Hmm«, machte die Dame. »An diese Figur kann ich mich gar nicht erinnern.« Sie zückte einen Ausstellungskatalog aus ihrer Tasche und begann, energisch darin zu blättern.

»Vielleicht war das eine spontane Eingebung des Künstlers«, warf Andrea ein.

Der Blick, der sie traf, war von Lachfältchen umzingelt, drückte allerdings keine Freude aus. »Spontane Eingebungen haben in einer ordentlichen Museumsausstellung keinen Platz!« Die andere Ausstellungsbesucherin blätterte noch einen Moment weiter, runzelte die Stirn und klatschte den Katalog dann mit einem Seufzer der Frustration zu. »Früher hätte man sich so etwas nicht erlaubt!«

Andrea verzog das Gesicht und hoffte, dass das Endergebnis einem Lächeln glich. »Seien Sie nicht so streng mit den jungen Künstlern. Die tun ihr Bestes.«

»Ihr Bestes? Ich hoffe, da irren Sie sich!« Und damit rauschte die fremde Dame davon, ganz offensichtlich in ihrem kulturellen Genuss empfindlich getroffen. Blieb abzuwarten, ob sie nächste Woche noch einmal wiederkam.

»Gut reagiert«, lobte Andrea Bob, lehnte sich zurück und gönnte sich einen Moment der Stille nach dieser Beinahe-Katastrophe. Das aufgeregte Quietschen ihres winzigen Begleiters, während er weiter über die Exponate kletterte, bildete einen angenehmen Hintergrund für ihre dahintreibenden Gedanken. So könnte sie wohl eine Weile sitzen …

Eine autoritäre Stimme riss sie aus dem Halbschlaf. »Sie können hier nicht sitzen!«

Erschrocken fuhr Andrea in die Höhe. Was war passiert? Wo war sie? Ihr Herzschlag dröhnte ihr in den Ohren. Wie lange hatte sie gedöst? Und wo war Bob? Verstört sammelte sie ihre Tasche vom Boden auf und kam auf die Beine. Der Kartenkontrolleur vom Eingang stand vor ihr, die Hände auf dem Rücken verschränkt, und sah sie missbilligend an. »Ich musste mich nur kurz ausruhen, meine Füße tun so weh!«

»Das hier ist kein Hotel, sondern ein Museum«, schnarrte der Museumsangestellte.

Andrea lehnte sich ein wenig zur Seite, um an ihm vorbei in die Nischen mit den Tiefseeungeheuern zu spähen. Es wimmelte nur so von Tentakeln, aber keiner von ihnen bewegte sich. Alles tote Exponate. In ihrer Brust rangen Erleichterung und Panik miteinander. Bob war nicht hier, er konnte also gerade nicht entdeckt werden, aber wo, zum Teufel, war er?

Ihr Gehampel irritierte den Mann. »Was gucken Sie denn? Haben Sie etwa die Ausstellungsstücke manipuliert?« Er drehte sich um und musterte die Nischen sorgfältig.

Andrea sparte sich die empörten Beteuerungen. Der hatte sie ganz offensichtlich auf dem Kieker. Stattdessen atmete sie tief durch, um ihre Lebensgeister in Kampfstellung zu bringen. Und dann entdeckte sie ihn und ein mittelprächtiger Kiesel kullerte ihr vom Herzen.

Bob hockte, so still es ihm möglich war, auf dem Fußboden direkt neben der Tür. Er hatte den Ernst der Lage direkt erkannt. Zum Glück war es dunkel im Raum, deswegen fiel er kaum auf.

Andrea räusperte sich, um die Aufmerksamkeit des Mannes auf sich zu lenken. Sie öffnete den Reißverschluss ihrer Tasche und ließ sie wieder auf den Boden plumpsen. »Können Sie mir etwas zu diesen Ausstellungsstücken erzählen? Was ist das da?« Aufs Geratewohl deutete sie in eine Nische neben dem Fremden. Wenn er sich umdrehte, könnte Bob es vielleicht unentdeckt zurück in sein Versteck schaffen.

»Das ist ein Seepferdchen«, brummte der Museumsangestellte und warf Andrea einen Blick zu, als sei sie nicht ganz dicht. »Ein ganz gewöhnliches Seepferdchen.«

»Stimmt es, dass bei den Seepferdchen die Männchen die Jungen austragen?«, fragte Andrea in einem verzweifelten Versuch, Zeit zu gewinnen. Sie lächelte den Fremden an.

»Sehe ich aus wie ein Meeresbiologe?« Der Mann schien ihre Aufmerksamkeit nicht so zu genießen, wie sie es eigentlich gewohnt war.

Aber Andrea gab nicht auf. »Ich dachte nur … weil

Sie doch hier im Museum arbeiten. Da müssen Sie doch eine Menge wissen!«

Die müde Miene des Fremden wurde ein bisschen weicher. »Wissense, junge Frau, ich habe schon so viel gesehen ...« Und gerade, als Bob quer durch den Raum auf die halb geöffnete Handtasche zuschoss, machte der Mann einen Schritt nach hinten. Andrea blieb beinahe das Herz stehen. Der Fuß landete genau in Bobs Spur, nur wenige Millimeter neben den violetten Tentakeln.

Bob quietschte erschrocken auf und wich im letzten Moment aus.

Irritiert sah der Mann sich um. »Was war das für ein Geräusch?«

»Geräusch?« Andrea tat arglos. »Ich habe kein Geräusch gehört. Aber schauen Sie nur, das hier«, und dabei wies sie auf einen kleinen zerfledderten Fisch direkt hinter dem Museumsangestellten, damit der sich umdrehen musste und ihre Handtasche aus dem Blick verlor, »der sieht fast genauso aus wie ein Seepferdchen. Ist aber keins.«

»Da haben Sie wohl recht«, antwortete der Mann. Sein Interesse an der Tiefseefauna schien schon wieder zu erlöschen.

Andrea hob ihre Handtasche auf. Sie war jetzt merklich schwerer als noch vor wenigen Augenblicken. Vorsichtig schob sie sich den Riemen über die Schulter. »Tja, es ist wohl Zeit für mich, mich auf den Heimweg zu machen. Danke für Ihre netten Erklärungen.« Damit drehte sie sich um und floh aus der Ausstellung.

Im Parkhaus zitterten ihre Hände so sehr, dass sie drei

Anläufe brauchte, um das Ticket in den Automaten zu stecken. Die Münzen fielen ihr aus der Hand, und zu den Kratzern um das altmodische Türschloss auf der Fahrerseite gesellten sich einige neue hinzu. Entnervt ließ sie ihre Tasche in den Fußraum vor dem Beifahrersitz fallen.

»Hey, ich bin sensibel!«, klang es dumpf aus der Dunkelheit.

»Ich wäre beinahe gestorben da drinnen!«, seufzte Andrea und rammte den Schlüssel in die Zündung. »Das nächste Mal kann Sven mit dir einen Ausflug machen.«

»Also, ich fand's lustig«, antwortete Bob.

»Total lustig.« Andrea war nicht amüsiert. »Bis sie dich in die USA verfrachten, dir Sonden in den Schlund stecken und deine Haut aufschneiden.«

Bob war schockiert. »Wer würde so etwas Barbarisches tun?«

Tja, wer wohl? »Menschen natürlich.«

Total Recall

»Ich kann es noch gar nicht glauben!«, quietschte Bob – Xhi'lao, erinnerte er sich, mein Name ist Xhi'lao - auf dem Beifahrersitz und boxte begeistert mit einem Tentakel in die Luft. »Wir haben es schon wieder geschafft!«

Sven setzte den Blinker und fuhr auf die Autobahn. »Aber du hättest es beinahe verpatzt, als du mir vom Schoß springen wolltest.«

»Das Publikum hat gebrüllt vor Lachen!«

»Weil sie dachten, dass sei Teil der Nummer!«, schimpfte Sven und warf Xhi'lao einen kurzen Blick zu. »Wie soll ich erklären, dass meine Bauchrednerpuppe sich selbständig macht?«

»Du weißt aber schon, dass du gar kein richtiger Bauchredner bist, nicht wahr?«, fragte Xhi'lao.

»Halt die Klappe.«

»Jetzt sei doch nicht gleich beleidigt!«

»Nein, ich meine es ernst, ich muss mich konzentrieren.« Sven wechselte die Spur, überholte einen LKW und ordnete sich wieder rechts ein. Er schaltete das Radio aus.

»Warum machst du die Musik weg?«, fragte Xhi'lao.

Sven warf einen Blick in den Rückspiegel. »Ich glaube, wir werden verfolgt.«

»Groupies?« Xhi'lao reckte sich, um aus dem Fenster zu sehen. Er war ein gutes Stück größer als bei ihrer Abfahrt, denn Sven hatte vergessen, seine Käseration einzustecken. Den Begriff Groupies hatte er bei seinen Recherchen im Internet gefunden, das schien für Künstler etwas Wichtiges zu sein.

»Schön wär's«, antwortete Sven. »Duck dich! Keine Groupies. Was weiß ich, wer das ist!« Er wurde langsamer und bog im letzten Moment in die Ausfahrt ab, ohne zu blinken. Hinter ihm hupte der LKW.

»Andrea sagt, du bist verfolgungswahnsinnig.«

»Das hat sie bestimmt nicht gesagt. Wenn, dann habe ich Verfolgungswahn. Oder ich bin paranoid.«

»Kann man das etwa nicht sagen, ›verfolgungswahnsinnig‹?«

»Benutzt man so nicht. Aber grammatikalisch ist es richtig, das hast du schon gut drauf.«

»Danke.« Xhi'lao fühlte sich geschmeichelt. Diese Menschengrammatik war ziemlich kompliziert - und er hatte gehört, dass das nur eine von vielen, vielen Sprachen war, die sie benutzten.

»Ich glaube, wir haben sie abgehängt«, sagte Sven nach einer Weile. »Halte weiter Ausschau nach einem blauen Polo.« Er drückte auf dem Navigationsgerät herum, fuhr auf einen leeren Parkplatz und wendete. Xhi'lao wunderte sich immer noch, dass er sich nicht einfach nach den Sternen und dem Erdmagnetfeld orientierte, wie es jedes vernünftige Wesen tun würde. Diese komischen Geräte, die die Menschen benutzten, hatten die Eigenschaft, einen in den ungünstigsten Momenten im Stich zu lassen. »Sind wir eigentlich schon wieder spät dran?«, fragte er nach einer Weile. Er erinnerte sich an einige sehr unschöne Dinge, die Andrea ihnen angedroht hatte für den Fall, dass sie sie wieder warten lassen würden.

»Nein, nicht sehr. Die soll sich nicht so aufregen, wir sind schließlich keine kleinen Kinder.« Sven verzog das Gesicht. »Außerdem hängt sie sowieso mehr an dem Auto als an uns. Wenn sie wüsste, dass ich gar keinen Führerschein habe …« Und er lachte, als sei das ein hervorragender Scherz.

»Was ist ein Führerschein?«

»Eine Erlaubnis vom Amt, dass du Auto fahren darfst.«

»Kann die jeder kriegen?«

»Man muss einen Test machen, aber ansonsten ja.«

Das verwirrte Xhi'lao. »Und warum hast du dann keine?«

»Nun - aber das muss unter uns bleiben, verstanden? - ich habe eine, aber die gilt im Moment nicht.«

»Warum?«

Sven seufzte. »Du bist genau so hartnäckig wie mein zweijähriger Cousin. Ich habe Mist gebaut und die Bullen haben mich erwischt, und jetzt muss ich erst einen bestimmten Test machen, ehe ich wieder Auto fahren darf.«

»Was für einen Test?«

»Einen Idiotentest.«

Xhi'lao dachte gründlich nach. »Du siehst gar nicht wie ein Idiot aus.«

»Danke.«

»Aber mit deiner Fähigkeit, das Auto zu bedienen, hat diese Erlaubnis nichts zu tun.«

»Genau.« Sven nickte. »Und darum halte ich mich da auch nicht dran. Die erwischen mich schon nicht.«

Und genau in dem Moment blitzte es.

Sven trat hart auf die Bremse. Hinter ihnen hupte jemand.

Xhi'lao wurde gegen das Handschuhfach geschleudert. Er quietschte vor Schreck. »Was war das?«

»Scheiße!«, fluchte Sven.

Xhi'lao ließ sich in den Fußraum vor dem Beifahrersitz fallen, sortierte seine Tentakel und hüpfte auf den Sitz zurück. »Andrea wird sich über den Fleck gar nicht freuen.«

»Und über das Ticket auch nicht!«

»Was für ein Ticket?« Xhi'lao beobachtete, wie Sven wieder anfuhr. So schwierig sah die Sache mit dem Auto gar nicht aus. Wenn er nur einen Weg hätte, an die Pedalen zu kommen, könnte er das bestimmt auch.

»Ich muss zu schnell gefahren sein. Sie haben mich fotografiert und jetzt muss Andrea eine Strafe zahlen.«

Xhi'lao war überrascht. Es gab also Regeln für dieses Autofahren. »Warum muss Andrea die Strafe zahlen?«

»Weil das ihr Auto ist.« Sven schüttelte den Kopf.

Verwirrend. Xhi'lao machte sich eine geistige Notiz. Offenbar war also das Auto verantwortlich dafür, wie gefahren wurde.

Ein Streit mit Folgen

Andrea sprang vom Sofa auf, als sie ihren Wagen vorfahren hörte. Ein schneller Blick aus dem Fenster bestätigte, dass sie sich diesmal nicht geirrt hatte. All dieses Hoch und Runter zählte fast schon als Sport. Beim Umdrehen stieß sie sich das Schienbein am Couchtisch und unterdrückte einen Fluch. Sie erreichte die Wohnungstür, ehe Sven die Chance hatte, den Schlüssel im Schloss zu drehen. »Und wie ist es gelaufen?«

»Wir sind in der nächsten Runde«, sagte Sven ohne besondere Begeisterung. »Ab dem nächsten Termin sind die Auftritte live.« Er sah ein wenig erschöpft aus.

»Das ist ja großartig!« Andrea schlug die Hände vor der Brust zusammen. »Herzlichen Glückwunsch, Bob!«

»Und was ist mit mir?«, schmollte Sven

»Du warst bestimmt ganz großartig«, fügte sie schnell hinzu. Sie hatte sich die Aufzeichnungen der letzten Termine pflichtschuldigst angesehen, und er hatte sich wirklich um Längen besser geschlagen als die meisten seiner Konkurrenten. »Wollt ihr noch eine Kleinigkeit essen?«

»Du weißt schon, dass ich heute Nacht hier pennen werde, oder?«

Andrea nickte. »Wird Zeit, dass du Miete zahlst. Kaffee?«

»Das Koffein putscht mich nur noch mehr auf.« Sven

hängte seine Jacke an die Garderobe. »Ach ja, ich sollte dich vielleicht vorwarnen - du kriegst die Tage einen saftigen Strafzettel.«

»Bist du zu schnell gefahren?«

Er nickte.

»Gibt es Punkte?«

»Vielleicht.«

Na ja, das konnte schon mal passieren. Andrea folgte Bob und schaltete den Fernseher ein. »Ist kein Problem, ich leite das einfach an dich weiter.«

»Das geht nicht.«

»Warum?«

Sven zögerte. »Weil … weil ich keinen Führerschein habe.«

Andrea drehte sich zu ihm um. »Du hast WAS?«

»Ich gebe dir das Geld zurück.«

»Und ich soll deine Punkte kassieren?« Andrea bemerkte, dass sich ihre Stimme hob und diese Tonlage annahm, die Bob immer so nervös machte. Also griff sie nach Svens Arm und zerrte ihn hinüber in die Küche. »Du hast sie wohl nicht alle!«, zischte sie. »Wann wolltest du mir das, bitte, sagen?«

»Eigentlich gar nicht«, antwortete Sven. »Dass sie mir den Führerschein weggenommen haben, heißt ja nicht, dass ich nicht fahren kann.«

»Doch, genau das heißt es, denn sonst hätten sie ihn dir ja nicht weggenommen! Was hast du überhaupt - ach, ich will es gar nicht wissen!« Andrea hob abwehrend die Hände. »Du bist und bleibst ein alter Penner!«

»Hey, immerhin helfe ich dir, dein Außerirdischenproblem zu lösen! Und dass diese Spinner mich verfolgen, ist dir wohl auch egal!«

Das brachte Andrea aus dem Konzept. »Wer verfolgt dich?«

»Diese UFO-Spinner, von denen du neulich erzählt hast. Die waren schon wieder hinter uns her. Deswegen war ich auch abgelenkt. Aber wenigstens habe ich sie abgehängt.«

»Und dann bist du also geblitzt worden, oder wie?«

»Genau.« Sven verschränkte die Arme vor der Brust. »Was willst du jetzt tun?«

»Zunächst einmal -« Weiter kam Andrea nicht, denn im Wohnzimmer klirrte etwas.

Sie sahen einander an, fuhren auf dem Absatz herum und rannten von der Küche ins Wohnzimmer.

Im Licht der Straßenlaterne glitzerten Scherben auf dem Fenstersims. Fetzen der Sichtschutzfolie, die sie erst vor wenigen Tagen liebevoll angebracht hatte, flatterten im Fensterrahmen.

»Ich dachte, ihr habt die Spinner abgehängt!« Andrea brüllte beinahe. Sie riss die Wohnungstür auf und stolperte die Stufen hinunter. Die Haustür donnerte hinter ihr ins Schloss. Hoffentlich folgte Sven ihr.

In der Wohnung der Vermieterin ging bei all dem Getöse natürlich das Licht an.

An der Kreuzung zögerte Andrea. Sah nach links, dann nach rechts. Zwischen den geparkten Autos konnte sie keine Bewegung entdecken. Die Straße war leergefegt.

Sven kam auch endlich neben ihr zum Stehen. »Wahrscheinlich ist er zum Rhein hinunter«, japste er.

»Woher willst du das wissen?« Hoffentlich tat dieser Verrückte Bob nichts!

»Siehst du ihn irgendwo? Und einen Motor haben wir auch nicht gehört. Er muss zu Fuß sein.«

Also rannten sie weiter. Am Schwimmbad vorbei ging es schnurgerade hinunter zum Rhein. Links von ihnen dröhnte es von der Autobahn. Sven hatte die längeren Beine, aber er war nicht in Form. Als er sich keuchend über das Geländer beugte, das den Radweg vom Kiesstrand trennte, holte Andrea ihn ein. »Wo sind sie?«

Sven wies Richtung Wasser. Ein Lagerfeuer brannte auf einer Landzunge hinter Pappeln und Weidenbüschen.

»Hast du ihn gesehen oder glaubst du nur, ihn gesehen zu haben?«

Anstatt zu antworten, kletterte Sven über das Geländer und landete drei Meter tiefer auf dem losen Kies. Er verschwand in den Schatten der Bäume.

Andrea schwang ein Bein über das Geländer und zögerte. Ganz schön tief! Sie ließ sich fallen, stolperte bei der Landung und landete auf dem Hintern. Der Aufprall nahm ihr die Orientierung.

»Komm schon!« Sven griff nach ihrem Ellbogen, zog sie auf die Füße und huschte geduckt auf das Lagerfeuer zu, das hinter den Büschen loderte.

Beim Näherkommen konnte Andrea mindestens ein halbes Dutzend Leute ausmachen. Scheiße, waren das viele! Eine der Gestalten trug eine Kapuze und hielt ein kleines, wuselndes Ding in die Höhe, das empört quietschte. Bob! Andrea schlug sich die Hand vor den Mund, um einen Schrei zu unterdrücken. Der Dolmetscher in ihrem Ohr knackte. Sie hörte Bob fluchen.

»... Beweis für die Existenz intelligenten Lebens!«, tönte der Kapuzenträger, während er den anderen Versammelten seinen Fang präsentierte. Einige von ihnen trugen glitzernde Gebilde auf dem Kopf. Andere waren in schwarze Roben gehüllt und verneigten sich ehrfurchtsvoll, als sie das Tentakelwesen sahen.

»Huldigt ihm!«, rief eine junge Frau mit weißblondiertem, langem Haar. Ihre Stimme überschlug sich vor Aufregung.

»Wir sollten es vernichten!«, mischte sich ein Vollbartträger im Jogginganzug ein. »Es ist zweifelsfrei böse!«

»Woher willst du das wissen?«

Im Nu entbrannte ein Streit zwischen den beiden, und die anderen UFO-Jünger ergriffen lautstark Partei. Mit angehaltenem Atem beobachtete Andrea, wie sie sich um Bob scharrten. Höchstens die Hälfte von ihnen schien ihrem kleinen Mitbewohner freundlich gesonnen. In dem aufgeregten Stimmgewirr konnte sie Worte wie »Sezieren« und »terrestrische Endlösung« ausmachen. Sie drehte sich zu Sven um, der neben ihr im Schatten hockte und zischte: »Wir müssen zurück und die Polizei rufen!«

»Dafür haben wir keine Zeit!«, flüsterte er und nestelte einen Gegenstand von der Größe einer kleinen Brotdose aus seiner Tasche.

Vor Angst versagte sogar der Widerspruch Andrea

den Dienst. Ihr Mund klappte auf und wieder zu. Was sollten sie tun? Gegen diese Übermacht würden sie zu zweit niemals ankommen. Und das waren Verrückte – wer konnte sagen, was sie mit ihnen machen würden? Aber die Spinner hatten Bob in ihrer Gewalt, und der konnte sich noch viel weniger wehren …

Sven kroch ein paar Meter weiter und sah sich suchend um. Der grobe Kies knirschte unter seinen Schritten. Das Geräusch ging in der Aufregung unter.

»Was machst du da?«, zischte Andrea.

»Ich veranstalte eine kleine Show.«

Sie sah genauer hin und erkannte, dass er eine von diesen winzigen tragbaren Spielekonsolen in der Hand hielt. Ihr Bruder hatte auch so eine gehabt und damit auf langen Autofahrten die ganze Familie genervt. Das Gedudel und Geblinke, stundenlang …

Sven legte die Spielekonsole in einen leeren Blecheimer, den er unter den herabhängenden Zweigen gefunden hatte. Dann kroch er an Andrea vorbei ins Gebüsch. Er drückte ihr einen etwa handlangen Stab in die Hand. »Nimm das, und auf mein Zeichen drückst du auf diesen Knopf.«

»Pass auf dich auf!«, rief Andrea ihm leise hinterher. Das konnte nicht gutgehen. Sie steckten so tief in der Tinte. Dass sie sich auf diese irrwitzige Verfolgungsjagd überhaupt eingelassen hatte … Was hatten sie sich dabei nur gedacht?

Sven hielt eine Hand in die Luft und zog an einer imaginären Signalleine.

Andrea drückte den Knopf und das Ding in ihrer

Hand schoss bunte Lichtstrahlen in den Himmel. Ein Party-Laser! Gleichzeitig ertönte aus dem Eimer, den Sven unter den Zweigen platziert hatte, schreckliches Gejaule.

Augenblicklich gerieten die UFO-Jünger in Panik. »Die Aliens greifen an!«, brüllte der Vollbart und rannte davon in Richtung Straße. Die Blondine schlitterte über den aufspritzenden Kies und wurde von der Dunkelheit verschluckt. Einen Moment später hörte man Rheinwasser spritzen.

Nur der Kapuzenträger hielt die Stellung. Seine Faust schloss sich um Bob. Das empörte Quietschen wurde eine Oktave höher. Andrea sah Bobs Tentakel panisch zucken. Sie sprang auf, stürzte durch das Gebüsch und verpasste dem Kerl einen Schwinger. Es knirschte unter ihren Knöcheln.

Der UFO-Jünger ging wie ein nasser Sack zu Boden. Seine Finger erschlafften und ein vor Stress dunkelblauer, vollgeschleimter Bob purzelte auf den Kies. »Du hast mich gerettet!«, quietschte er. Kleine Schaumkronen bildeten sich an seinen Tentakelspitzen.

Andrea schüttelte ihre rechte Hand. Verdammt, hatte das wehgetan! Sie sah auf den Kapuzentypen hinunter – Moment, den kannte sie! »Hast du sie noch alle?«, blaffte sie ihn an. »Einfach bei mir einzubrechen? Du spinnst wohl!«

Der am Boden Sitzende rieb sich die Wange. »Ich musste den anderen beweisen, dass sie unter uns sind!«

Sven kam herangestolpert. »Hast du einen von den Spinnern erkannt?«

Spinner, das sagte der Richtige. »Schau mal hier, dein alter Kumpel hat uns einen Besuch abgestattet.« Anklagend wies Andrea auf den Typ. Wie hieß er noch gleich? Georg, genau.

Bob wedelte anklagend mit den Tentakeln. »Das kommt davon, wenn man sich mit jedem Fremden betrinkt! Dann geschehen schreckliche Dinge!«

Sven wusste nicht, was er mit seinem Gesicht machen sollte. »Woher sollte ich wissen, dass das so ein Durchgeknallter ist?«

»Du hast ihn aus einer gottverfluchten Esoterikkneipe mitgebracht!«, brüllte Andrea.

Georg versuchte, auf die Beine zu kommen. »Kann ich gehen?«

»Sitzen bleiben!«, fauchte Andrea und versetzte ihm einen heftigen Schubs.

»Als ob du bei deinen One-Night-Stands höhere Standards hättest«, spottete Sven.

»Wenigstens habe ich ein Liebesleben«, antwortete Andrea giftig. Sie drehte sich zu Georg um und warf ihm einen finsteren Blick zu. »Wenn ich dich und deine Freunde noch einmal in der Nähe meiner Wohnung sehe, rufe ich den Fluch des Großen Tentakels auf euch herab!« Sie warf den Kopf in den Nacken und stapfte über den knirschenden Kies davon, Bob fest in ihrer Hand.

Sie hörte, dass Sven ihr folgte. Und sie war sich sicher, dass er grinste.

»Hier, trink das«, sagte sie wenig später und drückte Sven einen großen Becher heiße Schokolade in die

Hand. Verräterisch scharfer Dampf stieg auf und erfüllte die Küche mit einem exotischen Aroma. Sie hatte einen Rest Mispellikör von ihrer Mutter hinten im Schrank gefunden, der machte sich ganz hervorragend als Seelentröster.

Bob zitterte noch immer. Er erinnerte sie auf verstörende Weise an Wackelpudding. Sie hatte ihn in seinen gepolsterten Karton gesetzt, den sie sich jetzt auf den Schoß stellte. Die Tür zum Flur hatten sie zugezogen, genau wie die Wohnzimmertür, denn die Luft, die von draußen hereindrang, war verdammt kalt. Hoffentlich regnete es heute Nacht nicht!

»Ich bestelle gleich morgen früh jemanden, der das Fenster repariert«, sagte Andrea zu Sven. »Bist du dann schon wach?«

Sven nickte. Er war ein wenig blass um die Nase »Und was sagst du dem, wie das kaputtgegangen ist? Nur, damit wir die gleiche Story haben.«

»Keine Ahnung. Spielende Kinder oder so ein Blödsinn.« Andrea trank einen Schluck. Das war eigentlich eine gute Idee, hier in der Straße schimpften eh immer alle auf die Racker, die zwischen den Autos Fußball spielten und abends unter der Autobahnbrücke Sammelkarten tauschten. »Wenn die Vermieterin vorbeikommt, sagst du ihr am besten das Gleiche.« Sie zögerte, stellte ihre Tasse auf dem Tisch ab. »Danke, dass du mir geholfen hast, Bob zu retten.«

Sven grinste schief. »Das war doch das Mindeste.«

»Findest du? Den Strafzettel bezahlst du trotzdem!« Wenn es Punkte gäbe, würde sie die eben übernehmen.

Das wäre jetzt auch nicht das Ende der Welt. Langsam sank der Adrenalinspiegel in ihren Adern und sie spürte die Müdigkeit in ihre Hände und Füße sickern. Doch ein neuer Gedanke ließ sie wieder aufschrecken. Wo sollte Sven heute Nacht überhaupt schlafen? Sie konnte ihn ja wohl schlecht aufs Sofa schicken, in die Kälte!

Als hätte er ihre Gedanken erraten, schüttelte er den Kopf. »Schmink dir das ab, ich schlafe nicht auf dem Fußboden.«

»Aber ...«

»Dein Bett ist bestimmt breit genug für zwei.«

Dem konnte sie schlecht widersprechen. »Aber wenn du im Schlaf furzt, verfrachte ich dich in den Keller!«

»So solltest du eigentlich nicht mit deinem Retter sprechen«, mischte Bob sich ein.

»Er ist nicht mein Retter - er ist DEIN Retter«, korrigierte Andrea ihn. »Hast du gesehen, wie ich diesem Typen eins verpasst habe?« Ihre Mundwinkel zuckten vor Stolz.

Bob beruhigte sich langsam. »Ich wusste gar nicht, dass Menschenweibchen so schlagkräftig sind.«

Sven leerte seinen Becher und stand auf. »Wenn du das beeindruckend findest, solltest du mal mit in die Disco kommen und versuchen, zu flirten! Ich geh dann mal ins Bett. Wer kommt mit?«

Verkatert

»Mal wieder spät dran, was?«, grinste der Kollege und drehte sich schnell wieder zu seinem Bildschirm um, ehe ihn Andreas böser Blick vom Stuhl hauen konnte. Sie kämpfte noch mit ihrem Mantel und hatte gerade die Handtasche auf den Schreibtisch fallen lassen, als Corinna mit vor der Brust verschränkten Armen neben ihr auftauchte.

»Sie erinnern sich noch daran, was ich Ihnen über Pünktlichkeit erzählt hatte?«

Musste das wirklich sein? »Es tut mir leid. Letzte Nacht wurde mein Fenster eingeschlagen und -«

»Ich will keine Ausreden hören«, schnitt ihre Chefin ihr das Wort ab. »Wenn es Ihnen zu viele Umstände macht, hier zu arbeiten, können wir die Stelle auch neu besetzen. Haben Sie mich verstanden?« Sie wartete die Antwort nicht ab, sondern machte auf dem ergonomisch geformten Korkabsatz kehrt und trampelte zurück in ihr Büro.

»Was ist der denn über die Leber gelaufen?«, murmelte Andrea, hängte ihre Jacke an die Garderobe und schaltete den Computer ein. Während er hochfuhr, holte sie sich erst einmal einen Kaffee - mit viel Milch und Zucker. Natürlich hatte sich Sven nach dem Schreck in ihrem Bett breitgemacht und dazu schnarchte er! Geschlafen hatte sie also kaum. Es war ihr beim Frühstück unendlich schwergefallen, sich zu konzentrieren, damit sie nicht Bob, sondern den Käse in den Kühlschrank steckte. Das wäre nach all ihren Bemühungen eine schöne Katastrophe gewesen!

Ihr tentakeliger Mitbewohner hatte sie verständnislos angesehen und gesagt: »Ich dachte, Menschen schlafen, weil sie es wollen! Heißt das, ohne Schlaf bist du dumm?«

Das hatte ihre Laune nicht gerade gehoben. Auf dem Weg ins Büro wäre sie um ein Haar geblitzt worden, und bei diesem sonnigen Wetter hatten die Radfahrer die lästige Angewohnheit, wie aus dem Nichts neben dem Wagen aufzutauchen. Jetzt wollte sie eigentlich nur den Kopf auf den Tisch legen und ein wenig dösen. Aber da Corinna sie schon wieder auf dem Kieker hatte …

Das Telefon klingelte. Andrea unterdrückte ein Gähnen und nahm die Anzeige einer jungen Dame auf, die drei Smartphones verkaufen wollte. Sie notierte die technischen Details und markierte den Vorgang, damit noch jemand Zweites ihn sich angucken konnte - Zeitungspolitik. Wer hatte schon gleich drei Telefone zu verkaufen? Das mochte durchaus ein Fall von Hehlerei sein. Bei verdächtig wirkenden Anzeigen stand es den Mitarbeitern frei, sich zu beraten, ehe die Anzeige geschaltet wurde. Normalerweise machte Andrea davon keinen Gebrauch - konnte ihr doch egal sein, wer wem wann was warum verkaufte! Aber im Moment war es wohl besser, wenn sie sich strikt an die Regeln hielt.

Auch die zweite Tasse Kaffee half nicht. Es mochte

daran liegen, dass die Luft im Großraumbüro auch zu dieser frühen Stunde schon zum Schneiden dick war und roch, als habe die Hälfte der Belegschaft die Schuhe ausgezogen. Zwei weitere Anrufe zogen sich ereignislos in die Länge, dann setzte die erste Flaute des Tages ein. Diesen Moment nutzte Andrea, um ein wenig über AuraTV und das tentakelbewehrte Medium zu recherchieren. Es musste schon ein gewaltiger Zufall sein, dass es gleich zwei Außerirdische derselben Sorte auf der Erde gab! Vielleicht war das hier in Wahrheit eine Doppel-Mission? Sie schaltete die Lautsprecher aus, um das verklärte Gedudel nicht ertragen zu müssen, und klickte sich zum Impressum der Sender-Homepage durch.

Nun gut. Falls das tatsächlich der Versuch einer internationalen Doppel-Invasion war, hatte das andere Tentakelwesen seinen Einsatzort aber nicht gut gewählt - AuraTV hatte seinen Sitz und sein Studio nur etwa dreißig Kilometer entfernt in Köln. Vielleicht hofften die Verantwortlichen, dass der Erfolg der großen Privatsender, die sich in der Stadt am Rhein angesiedelt hatten, auf der Astralebene zu ihnen hinüberschwappte. Wenigstens wäre es so viel einfacher, dem Sender einen Besuch abzustatten und diesem komischen Medium auf den Zahn zu fühlen.

Corinnas Stimme direkt hinter ihrem Stuhl ließ Andrea erschrocken zusammenzucken. »Ich gehe mal davon aus, dass das berufsbezogene Recherche ist.«

»Ich … sicher«, stammelte Andrea überrumpelt. »Jemand wollte … einen Aurareiniger verkaufen und ich wollte Vergleichspreise nachschlagen.«

Glücklicherweise verfolgte Corinna diesen Gesprächszweig nicht weiter. Obwohl Andrea sich im Nachhinein fast gewünscht hätte, aus dem Stegreif einen Vortrag über esoterische Hygieneprodukte halten zu müssen. Corinna hatte nämlich persönlich einen Blick auf die Anzeige geworfen, die Andrea als auffällig markiert hatte, und sie war nicht amüsiert. »Was ist das Problem mit diesem Auftrag?«

»Ich fand es seltsam, dass jemand drei so neue Smartphones auf einmal verkaufen will. Die sind alle noch keine zwei Jahre alt.« Andrea fühlte einen winzigen Funken Stolz, weil sie sich so genau an die Regeln gehalten hatte. Aber das war nicht von langer Dauer.

»Sie können nicht einfach irgendwelche Leute verdächtigen, etwas Illegales zu tun!«

Andrea war überrascht. War diese Regelung nicht ausgerechnet genau dafür da? »Ich dachte, das ist nur eine Vorsichtsmaßnahme, um die Zeitung vor Ärger zu bewahren.«

»Aber das gilt doch nicht, wenn die Anzeige von der Nichte des Haupteigentümers kommt!«

»Woher hätte ich das wissen sollen?«, verteidigte Andrea sich.

»Sie wurde diesen Sommer im internen Newsletter erwähnt«, erklärte Corinna gereizt. »Sie hat ihr Abitur am Josefskolleg gemacht. Den Namen hätten Sie wirklich erkennen sollen.«

»Und deswegen ist es okay, wenn sie eine Handvoll Telefone auf einmal verkauft?« Andrea erwähnte lieber nicht, dass sie den Newsletter zwar pflichtbewusst öffnete, weil solche Sachen sich leicht technisch nachvollziehen ließen, ihn dann allerdings ungelesen in den Papierkorb verschob. Sie hielt nicht viel von Selbstbeweihräucherung.

»Seien Sie froh, dass ich den Vorgang abgefangen habe«, schnappte Corinna, »sonst hätten Sie große Probleme - und Ihre Performance lässt sowieso schon zu wünschen übrig!«

In dem Moment klingelte das Telefon und hinderte Andrea daran, sich um Kopf und Kragen zu reden. Sie quetschte ein »Danke!« heraus, schnappte sich den Hörer und drehte sich zum Bildschirm um, damit niemand sehen konnte, wie ihr Tränen der Wut in die Augen traten. Sie konzentrierte sich darauf, die Details der »Gesucht«-Annonce in der richtigen Reihenfolge aufzunehmen und ignorierte die teils mitleidigen, teils hämischen Blicke ihrer Kollegen.

Eine gefühlte Ewigkeit später war der Arbeitstag endlich vorbei. Andrea griff nach ihren Sachen, ohne die anderen zu beachten, verließ das Gebäude als eine der ersten und machte sich auf den Heimweg, so schnell der Feierabend-Verkehr und die Polizei es zuließen.

Zu Hause erwartete sie natürlich das blanke Chaos. Zwar war in der Zwischenzeit jemand hier gewesen, um die Fensterscheibe zu ersetzen, aber sonst hatte sich nichts getan. Sven lag auf dem Sofa und sah sich eine Dokumentation über Trucker in Alaska an, während Bob in der Küche auf dem Boden herumwuselte. Auf den ersten Blick sah es aus, als versuche er, aus Küchenpapier eine gigantische Rose zu falten. Beim zweiten Hingucken sah es eher so aus, als hätte hier ein Hühnereimassaker stattgefunden.

Andrea stemmte die Hände in die Hüften. »Was zum Teufel ist hier passiert?« Nein, sie brüllte nicht. Aber sie war schon ziemlich laut und deutlich zu verstehen. Wahrscheinlich auch im Hausflur. Und im zweiten Stock.

»Ich habe ... das war ein Schwerkrafttest«, versuchte Bob, sich zu verteidigen. Er wedelte aufgeregt mit den Tentakeln, flutschte auf dem Boden hin und her und machte dadurch alles noch viel schlimmer.

»Mit rohen Eiern?«, fragte Andrea ungläubig.

»Es ... hat sich so ergeben.« Bob klang ein winziges Bisschen zerknirscht.

»Und warum hat Sven dir nicht beim Aufräumen geholfen?«

»Ist das meine Wohnung?«, schallte es aus dem Wohnzimmer zu ihr herüber. Gleich darauf erschien sein verstrubbelter Schopf im Türrahmen.

Sie drehte sich in Svens Richtung um. »Gut, es reicht. Wenn du weiter hier pennen willst, wirst du dich an den Hausarbeiten beteiligen. Und damit meine ich auch, hinter diesem Schleimbeutel aufzuräumen!«

»Hey, ich bin kein Schleimbeutel!«, protestierte Bob. »Hast du dir mal die Viecher auf Alpha Centauri angeschaut? Die haben nicht einmal eine feste äußere Haut!«

»Klappe!«, fuhr Andrea ihn an. »Sven, hast du mich verstanden?«

»Habe ich«, antwortete der Angesprochene in aller Seelenruhe, griff nach seinen Turnschuhen und marschierte auf Socken Richtung Wohnungstür. »Wenn ich mir dieses Gemecker anhören wollte, könnte ich genauso gut bei meinen Eltern wohnen.« Er zog die Wohnungstür hinter sich ins Schloss.

Andrea war sprachlos. Wie kam der auf die Idee, sich schon wieder einfach so abzusetzen? Was war das für ein Penner?

Sie atmete einmal tief durch, um ihrer Frustration Herr zu werden, dann ging sie neben Bob in die Hocke und griff nach der Küchenrolle. Als sie ihre Hand in seine Richtung ausstreckte, zuckte er nervös zusammen. Sofort tat der kleine Kerl ihr Leid. »Und«, fragte sie, »was hast du bei deinem Schwerkrafttest herausgefunden?«

»Sie gilt für alles«, stellte Bob fest. »Oder wenigstens für alles, was ich hier in der Wohnung finden konnte. Nur im Wasser hebt sie sich bei einigen Objekten auf.«

»Das nennt man Auftrieb, ich glaube, das hat mit der Dichte zu tun«, erklärte Andrea. Dann stutzte sie: »Wo hast du Sachen ins Wasser geworfen?«

»Im Bad natürlich.«

Andrea ließ die schmutzige Küchenrolle, wo sie war, und rannte durch den Flur. Sie ahnte Böses.

Tatsächlich, die Toilette war verstopft. An der Oberfläche trieb ihre Haarbürste gemeinsam mit ein paar unbenutzten Tampons und einem Quietsche-Entchen.

Andrea sank lachend auf den Boden. An einem Tag wie diesem hätte sie aber auch wirklich nichts anderes erwarten dürfen.

Bob saß neben ihr und bebte nervös. Seine Zeigetentakel flatterten über ihren Arm, ohne ihn zu berühren. »Was hast du denn?«, fragte er.

Schließlich hatte Andrea sich so weit beruhigt, dass sie wieder sprechen konnte. »Du hättest auch Wasser in eine Schüssel füllen können, um den Auftrieb zu testen. Oder ins Waschbecken. Oder IRGENDWOHIN, nur nicht ins Klo.«

Es kostete sie einiges an Zeit und Überwindung, die Sachen, mit denen Bob Schwerkraft und Auftrieb getestet hatte, aus dem Abflussrohr zu entfernen. Glücklicherweise hatte ihre Mutter ihr diese praktischen langen Haushaltshandschuhe mit Batman-Motiv geschenkt. Trotzdem wusch sie sich gründlich die Hände, mit Seife, zweimal, und warf dann einen Blick auf die Uhr. Draußen vor dem Fenster war es noch hell, und gemessen an Fernsehsender-Zeiten war es wahrscheinlich noch gar nicht so spät. Sie hatte eine Kommilitonin gehabt, die sich als Wetterfee für so einen privaten Sportsender etwas dazuverdient hatte, die war abends oft noch spät im Studio gewesen. Wenn sie jetzt also nach Köln fuhren, musste sie sich nicht weiter über den Tag oder über Sven ärgern und konnte vielleicht sogar noch etwas Sinnvolles erfahren.

Sie griff nach ihrer Umhängetasche. »Komm, hüpf rein! Wir fahren das AuraTV-Tentakelwesen besuchen.«

Falls sie geglaubt hatte, sich damit seine immerwährende Dankbarkeit zu erwerben, lag sie falsch. Bob verschränkte die Tentakel und pulsierte abwehrend. »Sven lässt mich immer auf dem Beifahrersitz sitzen.«

Na super, das konnten ja tolle Blitzer-Fotos werden. Blieb nur zu hoffen, dass die heutzutage maschinell bearbeitet wurden. Andrea blies sich eine Haarsträhne aus dem Gesicht. »Und was, wenn die Polizei uns anhält?«

»Das haben wir natürlich alles bedacht.«

Da war sie mal gespannt.

»Ich lasse mich in den Fußraum fallen und verstecke mich unter dem Sitz.«

Ja, das klang nach einem von Svens Plänen. »Ab in die Handtasche mit dir, sonst nehme ich dich nicht mit. Willst du etwa nicht wissen, warum da ein anderes ... Wesen ist?«, lockte sie.

Bob verschränkte seine Tentakel auf seinem violetten Leib. »Willst du nicht wenigstens eine Chance haben, dass die Leute dich überhaupt anhören? Was willst du denen sagen, wenn du ohne mich da auftauchst? Die lassen dich nicht einmal durch die Tür.«

Andrea überlegte. Verdammt, Bob hatte wahrscheinlich recht. »Gut, du kannst auf dem Beifahrersitz mitfahren - aber in einer Kiste. Und wenn irgendwer zum Wagen kommt, schmeiße ich meine Jacke auf dich drauf.«

»Klingt fair.« Bob gab seine abwehrende Haltung auf und wuselte los Richtung Wohnungstür. Für so einen kleinen Burschen war er erstaunlich flink. Andrea schnappte sich einen leeren Schuhkarton, beugte sich zu ihm herunter und hielt ihn ihm hin. »Jetzt mach schon!«

Gehorsam sprang Bob hinein. Er machte kleine, aufgeregte Geräusche, die ein wenig so klangen wie die ersten Gesangsversuche junger Amseln. Die Geräusche wurden gedämpft, als Andrea den Deckel lose auf die Schachtel klappte. Dann griff sie nach ihrem Schlüsselbund, schaltete das Licht im Flur aus und ging hinaus

Richtung Auto. Sie schnallte den Schuhkarton notdürftig auf dem Beifahrersitz an, legte den Gang ein und gab Gas.

Die Fahrt verlief ereignislos. Der Feierabendverkehr hatte sich zum größten Teil aufgelöst und auf der Autobahn kamen sie trotz Baustellen gut voran. Gelegentlich warf Andrea einen misstrauischen Blick in den Rückspiegel, aber sie konnte keine Verfolger sehen. Schien, als hätten diese verdrehten UFO-Jünger die Nase voll davon, sich mit ihr anzulegen. Sie überholte einen LKW und scherte wieder rechts ein, als ein Drängler hinter ihr aufblendete. Das Navi sagte die nächste Ausfahrt an, also setzte sie den Blinker, fuhr in die Kurve und bremste.

Eine Fahrt durch Köln glich einer Reise durch die verschiedenen Kreise der Hölle. Andrea kurvte eine Viertelstunde lang zunehmend nervös herum, ehe sie ihren Schimpfwortschatz durchexerziert und ihr Ziel erreicht hatte. AuraTV befand sich in einem seelenlosen Hochhaus mit verglaster Fassade, wie sie vor zwanzig Jahren im rheinischen Überschwang gebaut worden waren und inzwischen von Aktiengesellschaften an ständig wechselnde Firmen vermietet wurden. Zwar gab es eine Schranke an der Einfahrt zum Parkplatz, aber die wirkte, als sei sie seit Ewigkeiten nicht mehr bewegt worden. Auf ihrer Spitze hockte eine fette Amsel. Grünspan bedeckte das ehemals gelbe Material. Einige Pflastersteine der Einfahrt waren herausgerissen worden. Aus den Löchern wuchsen Gras- und Moosbüschel. Nur wenige Autos standen hier, und keines davon sah aus, als habe der Besitzer den Jackpot geknackt.

Andrea parkte ihren roten Kleinwagen neben einem VW-Passat, auf dessen Armaturenbrett eine ganze Armee von Heilkristallen klebte. Darüber baumelte eine Voodoopuppe nebst Hühnerfuß vom Rückspiegel. Auf der Rückbank türmten sich ganz unspirituelle Fast-Food-Verpackungen.

Vorsichtig schnallte Andrea Bobs Karton ab, schlug die Beifahrertür zu und schloss ab. Sicherheitshalber rüttelte sie noch einmal am Türgriff. Hoffentlich trieben sich hier nicht ausgerechnet heute verzweifelte Autodiebe herum. Sie hätte nie gedacht, dass ihr Wagen mal positiv aus der Menge hervorstechen würde.

Im Eingangsbereich des Hochhauses saß eine verhärmte Frau in der Portiersloge und musterte Andrea mit ihrem Karton, als sei diese persönlich für all ihre Probleme verantwortlich. »Reklamationen nur schriftlich!«, krächzte sie an Stelle einer Begrüßung in ein wackliges Mikrofon.

»Ich habe gar keine Reklamation«, erklärte Andrea ein wenig pikiert. Sah sie etwa so aus, als hätte sie es nötig, Kontaktlinsen für ihr drittes Auge oder doppelt gesegnete Engelkommunikatorkarten zu kaufen? »Ich bin … ich bin Journalistin und würde gerne mit einem Ihrer Orakel sprechen.«

»Haben Sie einen Termin?«

»Nein, aber …«

»Keine Interviews ohne Termin.« Diese Absage schien der Pförtnerin eine merkwürdige Befriedigung zu verschaffen. »Und überhaupt, was haben Sie in der

Kiste? Muss ich etwa den Wachmann rufen?«

»Bitte, rufen Sie nur ganz kurz oben an, ob das Medium Kanpana kurz Zeit für mich hat.«

»Da sieht man mal, wie schlecht die Jugend von heute vorbereitet ist. Kanpana ist gerade nicht einmal im Haus.«

»Kommt sie denn heute noch?«, fragte Andrea und war sich dabei nicht sicher, ob der Name jetzt das andere Tentakelwesen oder die zur Serie gehörige Frau bezeichnete. Das konnte sie später immer noch herausfinden. Hoffte sie.

»Das werde ich Ihnen gerade auf die Nase binden!«, höhnte die Pförtnerin. »Los, machen Sie, dass Sie verschwinden!« Dann versenkte sie ihre Nase wieder in ihrem Groschenroman.

Andrea stand da wie begossen, drehte dann notgedrungen um und drückte die Glastür mit der Hüfte auf.

»Und was machen wir jetzt?«, fragte Bob aus seinem Karton.

»Klappe!«, zischte Andrea. Sie sah zu der Pförtnerin zurück - das fehlte ihre gerade noch, dass die alte Ziege jetzt womöglich glaubte, dass sie Selbstgespräch führte! Sie ging um die Ecke und zu ihrem Auto zurück.

Natürlich konnte sie hierbleiben und warten, aber wie lange? Und wie sollte sie herauskriegen, wann Kanpana das nächste Mal auftrat? Diese winzigen Nischensender hatten so gut wie nie feste Programmpläne. Sie konnte wohl schlecht hier auf dem Parkplatz campieren und warten, bis das Schicksal es endlich mal gut mit ihr meinte. Frustriert legte sie den Kopf zurück und schloss die Augen.

»Warten wir auf -«, setzte Bob an, wurde aber direkt durch empörtes Hupen unterbrochen.

Andrea schrak zusammen. Hatte die tatsächlich den Wachmann gerufen? Sie warf einen Blick in den Rückspiegel und sah einen großen, erstaunlich staubigen SUV. Seiten- und Rückscheiben waren getönt, also konnte sie nicht erkennen, wer hinter dem Steuer saß und offenbar ausgerechnet auf diese Parklücke wartete. Es war ja nicht so, als gebe es nicht mindestens ein Dutzend anderer freier Plätze. »Armleuchter«, schimpfte Andrea leise, ließ den Motor an und legte den Rückwärtsgang ein. Es war wohl das Beste, wenn sie erst einmal hier verschwanden, ehe sie noch mehr unerwünschte Aufmerksamkeit auf sich zogen.

Kaum hatte Andreas kleines rotes Auto die Lücke freigegeben, da quetschte der SUV sich schon an ihr vorbei. Der Wagen ruckte wie ein betrunkenes Kamel, als der Fahrer abrupt auf die Bremsen trat, und kam wenige Zentimeter vor der Mauer zum Stehen. Die Tür öffnete sich und spie eine alternde Walküre mit feuerrot gefärbtem Haar auf die Pflastersteine. Mit großen Schritten kam sie zu Andreas Wagen gelaufen und gestikulierte wild. »Was fällt dir ein, auf meinem Platz zu parken?«

In Andreas Brust kämpfte die Wut über dieses unverschämte Verhalten mit ihrem Fluchtreflex, aber nur für wenige Augenblicke. Dann schloss eine Erkenntnis ihre Emotionen kurz: Das war die Frau aus der Orakel-Sendung! Kurzentschlossen stellte sie den Motor aus, schnappte sich Bob aus dem Schuhkarton und sprang aus dem Wagen.

»Ey!«, quietschte Bob. Seine Tentakel zuckten vor Empörung.

»Warten Sie, kennen Sie das hier?«, rief Andrea der Hennafrau hinterher. Sie schwenkte Bob über ihrem Kopf und ignorierte sein Quieken.

»Was willst du?« Die Frau fuhr herum - und erstarrte mitten in der Bewegung, als sie Bob sah. Aber sie hatte sich schnell wieder im Griff. »Was ist das, eine unlizensierte Puppe? Das kann Ärger geben.«

»Ich bin keine Puppe!«, empörte Bob sich. Dann fiel ihm ein, dass er vor Fremden nicht sprechen sollte. Andrea fühlte, wie er in ihrer Hand vor Schreck pulsierte.

Die Fremde überlegte einen Moment, schüttelte den Kopf und packte den Riemen ihrer Umhängetasche ein wenig fester. »Ich habe Zeit für einen schnellen Kaffee, ehe meine Sendung beginnt. Komm, um die Ecke ist ein Café mit ruhigen Nischen, in dem wir reden können.«

Argwöhnisch folgte Andrea der Fremden um die Ecke des Gebäudes, einen schmalen Pfad entlang durch eine parkähnliche Grünanlage und zu einem weiteren hässlichen Beton- und Stahlklotz, in dessen Erdgeschoss tatsächlich noch Betrieb herrschte. In der Ferne konnte sie die schicken Hochhäuser am Rhein gegen den Nachthimmel strahlen sehen. Sie hatte die Fremde beinahe erreicht, als diese die Glastür zu einem kleinen Hipster-Café aufdrückte.

Tatsächlich gab es hier Nischen, in denen man reden konnte. Um genau zu sein, bestand der Laden aus nichts Anderem. Die Besitzer hatten in mühsamer Kleinarbeit aus wettergegerbten Europaletten und Motorhauben voller Dellen und Rost Trennwände gebaut, die sich um Tische unterschiedlicher Größe gruppierten. Die Hennafrau marschierte zum Verkaufstresen, bestellte einen Triple Espresso und sagte über die Schulter: »Du zahlst.«

Gehorsam zückte Andrea ihr Portemonnaie, bat um einen Becher heiße Schokolade und, nach kurzem Studieren der Speisekarte, die mit Kreide auf die Betonplatten an der Wand gekritzelt war, um ein Stückchen Ziegenkäse mit Thymianhonig für Bob. Es war zwar kein Harzer Käse, aber besser als nichts. Wann hatte er schon die Chance, richtig auszugehen?

Die junge Bedienung verzog angesichts dieser merkwürdigen Kombination den Mund und drehte sich um, um die Kaffeemaschine zu bedienen. Die hatte die Größe eines koreanischen Kleinwagens und sah verdächtig danach aus, als könne sie jeden Moment abheben, um zu ihrem Mutterschiff zurückzukehren. Wenigstens füllte sie vorher die bestellten Getränke in zwei weiße Tassen mit unphysiologischen Henkeln.

Unmotiviert knallte die Bedienung ein Tellerchen mit Käse auf das Tablett zu den Tassen und schob alles über den Tresen.

Die Fremde griff danach und balancierte das volle Tablett zu einem Tisch am hinteren Ende des Raums, neben der Tür zum Abstellraum. »Hier sollte uns keiner stören. Woher hast du das Ding?«

»Ich bin Andrea«, stellte Andrea sich erst einmal vor. Die unhöfliche Art der Hennafrau ging ihr auf den Geist.

»Ich bin Kanpana, das Medium. Also, eigentlich Giesela.« Giesela streckte die Hand aus, ergriff Andreas vom Tisch und verpasste ihr einen überraschend kräftigen Händedruck. »Aber für Giesela ruft keiner an.«

Andrea legte Bob auf den Tisch und drückte ihn einmal unauffällig. Hoffentlich verstand er, dass er noch still liegen bleiben sollte! Sie trank einen Schluck Kakao und rückte dann mit ihrem Anliegen raus: »Ich möchte mit Ihnen über Ihre … Kollegin reden.«

Gieselas Gesicht wurde abweisend. »Wenn du sagen willst, dass das nur ein Schwindel ist, ist das Gespräch vorbei.«

»Nein, im Gegenteil …« Andrea sah sich um, ob ihnen jemand Aufmerksamkeit schenkte. Aber alle anderen Gäste waren mit sich selbst beschäftigt. Exzellent. »Bob, dir Bescheid.«

Bob machte einen kleinen Satz. »Dieses Stillsitzen macht mich ganz kribbelig! Und der Käse duftet so gut! Warum haben wir so etwas nie zu Hause?«

Andrea blieb still sitzen und sah zu, wie Giesela im Kopf eins und eins zusammenzählte. Es fiel ihr ziemlich schwer.

Bob wedelte mit seinen Tentakeln und wuselte zum Teller mit dem Ziegenkäse. Er legte los mit einem Appetit, als habe man ihn seit Tagen hungern lassen.

Nach einem weiteren vorsichtigen Blick in die Runde griff Giesela in ihre Tasche. »Wir müssen aufpassen, dass niemand auf uns aufmerksam wird«, murmelte sie.

Ach, wirklich?

Eine schicksalhafte Begegnung

Xhi'lao sah auf und der Käse blieb ihm im Schnabel stecken. Sie war so wunderschön!

Diese komische fremde Frau, Giesela oder so, hatte ein Weibchen in zarten Blautönen aus ihrer Umhängetasche geholt. Es saß schüchtern zitternd auf der Tischplatte und lächelte verlegen. »Das ist jetzt aber eine Überraschung«, zwitscherte es.

Xhi'lao wuselte los und hielt mitten in der Bewegung inne, als er seine käseverschmierten Tentakelspitzen sah. So konnte er doch eine Mitstreiterin nicht umarmen! Aber jetzt wusste er nicht, was er machen sollte, also blieb er mit abgespreizten Tentakeln leicht bebend sitzen.

»Ich bin Sfiande«, säuselte das Weibchen.

»Hallo Sfiande. Ich bin Bob - ich meine, Xhi'lao.«

»Bob gefällt mir aber auch recht gut.« Sie lächelte.

»Dein Name ist sehr … ungewöhnlich«, stammelte Bob.

»Danke sehr.« Sfiande kräuselte geschmeichelt ihre Nebententakel. »Früher hieß ich Pryk'zhit. Aber das ist lange her.«

Bob war hingerissen von ihrer Namenswahl. Pryk'zhit, wie gewöhnlich. So hieß ja wirklich jedes zweite Weibchen in einem Gelege.

Im Hintergrund hatten die beiden Menschenfrauen

ihr Gespräch fortgesetzt, doch Xhi'lao schenkte ihnen keine Beachtung. Er war wie verzaubert. Aber worüber unterhielt man sich mit so einer Traumfrau? Ihr Schleim glänzte so seidig! Es musste etwas Geistreiches sein, etwas unglaublich Witziges und Tiefsinniges. »Was ... was machst du hier?«

»Nun ja, ich bin auf dem Weg zur Arbeit.«

»Und dafür kommst du extra zur Erde?«

»Was?« Sfiande kicherte. Aus einem R'nazoo-Schnabel klang das seltsam. R'nazoo kicherten nicht. »Nein, natürlich nicht«, sagte sie. »Ich bin ... ausgestiegen, könnte man sagen. Dieses ganze Erobern und diese aggressive Expansionspolitik ... ich bin nicht sicher, dass das der richtige Weg ist.«

Xhi'lao begann, sich unbehaglich zu fühlen. »Aber was sollen wir sonst machen?«

Sie wies auf den halb geleerten Teller hinter ihm. »Du hast es doch selbst gemerkt - der Käse sorgt dafür, dass wir unsere Größe behalten. Er kann uns sogar wieder schrumpfen. Es ist gar keine Anpassung der Atmosphäre notwendig! Wir könnten all diese anderen Wesen auf ihren Planeten in Frieden leben lassen! Wäre das nicht schön?«

In diesem Moment mischte Andrea sich ein. »Du redest wie eine echte Vegetarierin.«

Xhi'lao hatte ganz vergessen, dass sie den Dolmetscher im Ohr hatte. Und offenbar trug auch Giesela einen, denn sie mischte jetzt ebenfalls mit. »Was ist falsch an Vegetariern?«

»Nichts«, beteuerte Andrea hastig. »Ich meinte diese

militanten Personen, die jedem ihre Überzeugungen und Ansichten unter die Nase reiben müssen.« Ihr Hals färbte sich rosa.

»Ja, die kann ich auch nicht ausstehen«, gab Giesela zu, und Xhi'lao sah, wie Andrea sich wieder entspannte. »Weswegen wolltest du mich jetzt sprechen?«

»Nun … ich wollte mehr über Ihr Tentakelwesen erfahren. Wie lange haben Sie es schon?«

»Sfiande? Die lebt seit fast zehn Jahren bei mir.«

»Und wo haben Sie sie gefunden?«

Giesela schüttelte den Kopf. »Das war ganz merkwürdig. Ich war auf Sinnsuche auf den Malediven, und dann …«

Xhi'lao hörte auf, ihr zuzuhören. Es gab so viel Wichtigeres in diesem Moment. »Wie bist du ausgerechnet hier gelandet?«, fragte er Sfiande.

Anmutig wedelte sie mit ihren blauen Tentakeln. »Könnte es nicht Schicksal sein? Warum bist denn du ausgerechnet hier?«

»Ähm … das war ein lustiger Zufall. Ich bin ein Forschungsreisender.« Xhi'lao konnte nicht verhindern, dass er sich körperlich wand. Sfiande durfte unter keinen Umständen erfahren, warum er tatsächlich auf der Erde gelandet war! Sie war so friedfertig, bestimmt würde sie seine ultrageheime Mission nicht billigen!

Warte mal, irgendwas war hier merkwürdig … warum war ihm ihre Meinung so wichtig?

Sfiande hatte, ohne auf seine offensichtliche Verlegenheit einzugehen, weitergeredet. »… richtige Kommune von Aussteigern hier. Die Erdatmosphäre ist beinahe perfekt für uns! Zumindest in Kombination mit den Käseproteinen. Nur Harry hat es schlecht getroffen, dem schmeckt's nicht.«

»Harry?« Xhi'lao spürte ein merkwürdiges Gefühl in seiner Körpermitte – heiß und kalt zugleich.

»Ein lustiger Bursche. Lebt im Pazifik - der Unterdruck im Meer verhindert, dass er weiterwächst. Er ist ziemlich berühmt in Asien - sie haben ganze Bücher über ihn geschrieben. Sie halten ihn für eine Art gigantischen Oktopus, kannst du dir das vorstellen?« Sfiande lachte - ein wunderbares, perlendes Geräusch, das Xhi'lao von innen heraus wärmte und das merkwürdige Gefühl von vorhin verdrängte. Sie war einfach perfekt.

Xhi'lao schüttelte sich und schluckte heftig. Er ahnte, was mit ihm passierte - er hatte sich verliebt! Von dieser Krankheit hatte Andrea ihm schon erzählt. Bao'bhat durfte nie davon erfahren! »Wie kommt Harry zu seinem Namen?«, fragte er, um sich von seinen verwirrenden Gefühlen abzulenken. So etwas kannte er gar nicht. Ob das auch von der Erdatmosphäre kam?

»Die meisten von uns legen ihre Schlüpfnamen ab, wenn sie auf die Erde kommen. Als Zeichen, dass wir mit dem Regime nicht länger zu tun haben.«

»Ich habe auch meinen Namen geändert«, sagte Xhi'lao schnell und wunderte sich über sich selbst. »Hast du vorhin ja schon gehört. Ich heiße jetzt Bob.«

»Das ist … ein schöner Name«, sagte Sfiande zögernd. »Nicht sehr spirituell, aber so … peppig.«

Inzwischen waren die Menschen sich mit dem, was sie zu besprechen hatten, wohl einig geworden, denn aus dem Augenwinkel sah Xhi'lao, dass Andrea ihre Tasse leerte und auf den Tisch stellte. Dann erstarrte sie.

Ein Schatten fiel auf den Tisch.

Instinktiv hielt Xhi'lao ganz still. Er sah Sfiande aus dem Augenwinkel wie eine kleine Statue aus exquisitem blauem Marmor, vollkommen reglos.

»Wie cool ist das denn! Sind das Sammlerpuppen?« Die unfreundliche Barista war zu ihnen an den Tisch gekommen und bestaunte die beiden Tentakelwesen. Mit wachsender Unruhe sah Xhi'lao, wie sie Sfiande von der Tischplatte nahm und in die Höhe hob.

Andrea und Giesela waren sprachlos vor Schreck.

Xhi'lao spürte eine ungewohnte Regung in seinem Inneren. Er wollte sich auf diese unverschämte Person stürzen, die es wagte, dieses arme, edle, hilflose Wesen …

»Ja«, sagte Giesela, »das ist ein Sammlerobjekt. Sehr wertvoll. Stellen Sie es bitte wieder hin.« Ihre Stimme war so scharf, damit hätte man die Seufzerberge teilen können.

»Oh, Verzeihung«, ätzte die Barista.

»Ich komme auch nicht zu Ihnen und lecke über Ihren Kaffee-Vollautomaten.« Giesela schien völlig unbeeindruckt. »Aber ich denke, wir sind hier fertig.« Sie nahm Sfiande vom Tisch und verstaute sie sorgfältig in ihrer gigantischen Umhängetasche. »Es war sehr nett, sich mit dir zu unterhalten, Andrea. Hier ist meine Karte.« Sie reichte ihr ein winziges Stück Pappe. »Ich muss jetzt leider direkt los, meine Sendung beginnt in wenigen Minuten.«

Xhi'lao starrte den beiden hinterher, bis sie das Café

verlassen hatten, während Andrea in Ruhe nach ihrer Tasche griff und das benutzte Geschirr auf dem Tablett in einen der bereitgestellten Wagen räumte. Ob er Sfiande jemals wiedersehen würde?

Waffenstillstand

Das Eis stand auf dem Küchentisch zwischen ihnen und schmolz. Der Deckel lag mit der Unterseite nach oben daneben. Andrea hielt einen Kaffeelöffel in der Hand, aber ihre Gedanken waren nicht beim Essen. Sie versuchte, dem, was Bob ihr erzählte, einen Sinn zu verleihen.

»... schamanische Religionen erschaffen immer wieder Portale, auf allen möglichen Planeten, durch die unsere Wissenschaftler nach geeigneten Kandidaten für eine Eroberung Ausschau halten. So bin ich überhaupt erst in deinem Keller gelandet. Aber offenbar gibt es noch andere Wege, herzukommen.« Auf Bobs Tentakeln war ein dünner Schaumfilm getrocknet und hatte unappetitliche Muster hinterlassen. Kleine Flocken lösten sich von Bobs violetter Haut und rieselten auf die Oberfläche des Tisches hinunter.

Das hatte Bethari also immer so lange im Keller gemacht. Andrea versuchte, sich ihre ehemalige Mitbewohnerin im Rahmen eines archaischen Rituals vorzustellen, vielleicht mit einer Blätterkrone auf dem Kopf. Dann riss sie sich wieder zusammen. »Aber wie schaffen es die Aussteiger, unbemerkt von einem Planeten zum nächsten zu reisen?«

»Die Rebellen müssen ihren eigenen Geheimdienst

haben.«

»Hast du nicht gehört, was Sfiande gesagt hat? Es ist eine friedliche Bewegung. Die Expansionspolitik deiner Herrscherelite ist unhaltbar! Wo sollen wir Menschen denn hin, wenn ihr die Erde erobert? Und was wird aus den Aussteigern? Was wird aus Sfiande?«

Bob hob abwehrend die Tentakel. »Ich bin nur ein Forscher, wirklich! Was das angeht, habe ich nicht gelogen! Ich soll die Erde erforschen und meinen Vorgesetzten Bericht erstatten, ob der Planet sich eignet.«

»Und wie man ihn am besten einnehmen kann, ich weiß.« Andrea gestikulierte mit dem Löffel und schnitt Bob das Wort ab, als er zu einer Antwort ansetzte. »Ich habe ein phänomenales Gedächtnis, also überleg dir gut, was du als Nächstes sagst.«

Zerknirscht sank Bob in sich zusammen. »Ich weiß ja selbst nicht mehr, was ich machen will …« Er wirkte so deprimiert, dass Andrea gegen ihren Willen Mitleid mit ihm empfand. »Meine Verlobte wird mich nie wieder anschauen, wenn ich das vermassle!«

Was störte ihn das denn jetzt auf einmal? Hatte er nicht vorhin erst dieses kleine blaue Wunder angehimmelt?

»Wir sind nicht richtig verlobt - noch nicht.« Bob malte unsichtbare Kreise auf den Küchentisch. »Ich muss dringend einen Erfolg vorweisen, sonst wird unser Hauptwedel niemals seine Zustimmung geben.«

»Du könntest ihnen einfach erzählen, dass die Erde sich nicht zum Besiedeln eignet«, schlug Andrea vor.

»Das geht nicht, ich habe ihnen bereits Bericht erstattet über die grundlegenden Bedingungen.«

»Oder ich könnte dich doch noch ins Eisfach stecken. Wenn du verschwindest, ist unser Problem gelöst.«

Der bloße Gedanke ließ ihn erschaudern, aber nur für den Bruchteil einer Sekunde. Dann plusterte er sich selbstbewusst auf. »Das hast du neulich auch nicht gemacht. Du hast ein Gewissen, ich habe es genau gesehen.«

Andrea hob eine Augenbraue. »Irgendwann wirst du schlafen müssen.«

»Und wenn du mich erfrierst, kommt ein anderer. Nicht hierhin, er könnte irgendwo auf der Welt aussteigen. Du wirst ihn nie finden.« Hätte Bob nicht so eine piepsige Stimme, hätte das vielleicht tatsächlich bedrohlich geklungen.

»Immerhin hätte ich etwas Zeit gewonnen.« Aber wofür? Andrea lehnte sich zurück. Ihr Blick fiel auf die schmelzende Eissuppe in der Plastikschüssel auf dem Tisch. Ein guter Nachtisch. Ruiniert. Seit Stunden drehten sie sich im Kreis.

Die ganze Sache gefiel ihr nicht. Bob war eigentlich ein netter Kerl, und so lustig. Sie hatte wirklich gehofft, die Idee mit der Castingshow würde ihn von diesen lächerlichen Eroberungsplänen abbringen. Jetzt merkte sie, wie absurd das war. Sie hatte sich höchstens eine Verschnaufpause verschafft. Aber vielleicht konnte sie an das anknüpfen, was Sfiande gestern gesagt hatte. Die hatte geklungen wie ein richtiger kleiner Hippie. Was sagten diese Baumumarmer in so einer Situation? »Dir gefällt es hier doch, oder? Der Käse, das Publikum - findest du wirklich, man sollte das alles wegwerfen, damit deine Kumpels sich hier ausbreiten und die Erde für alle anderen Wesen unbewohnbar machen können? Und was ist mit den anderen Tentakelwesen, von denen Sfiande erzählt hat? Was, denkst du, machen deine Leute mit Aussteigern?«

»Ich ... weiß es nicht?« Bob klang mehr als unsicher. Seine Tentakelspitzen vibrierten leicht. »Ich habe noch nie davon gehört, dass irgendwer unsere Gemeinschaft verlassen hätte.«

»Aber offenbar kommt es vor - und ich wette, eure Herrscher sehen das gar nicht gerne.« Andrea dachte kurz nach. »Habe ich dir schon von der DDR erzählt?«

»Ist das eine Band?«

»Nein, das ist ... nach dem zweiten Weltkrieg wurde Deutschland in zwei Staaten geteilt. Die DDR war einer davon. Sie hat sich 1990 selbst abgeschafft.«

Bob war überrascht. »Weltkrieg? Gegen welche Welt habt ihr gekämpft?«

»Nein, wir haben ... verschiedene Länder haben gegeneinander gekämpft.«

»Menschen bekämpfen einander?«, fragte Bob.

»Guckst du nie die Nachrichten?« Der war erstaunlich naiv dafür, dass er schon seit mehreren Wochen auf der Erde war. Es wurde höchste Zeit für eine kleine Lektion in Geschichte. Vielleicht würde ihr das helfen, diesen Schlamassel zu lösen. »Ich habe einen Deal für dich.«

»Eine Diele?«

»Nein, eine Abmachung.«

Bob lehnte sich ein wenig zur Seite. Er sah auf eine

science-fiction-artige Weise aus wie ein neugieriger, etwas dummer Dackel. Mit Tentakeln statt Schlappohren. »Was für eine Abmachung?«

Andrea atmete einmal tief durch. Das hier konnte mächtig schiefgehen. »Wenn ich dir beweisen kann, dass die Erde gut ist, wie sie ist, und dass eure Regierung deinem Volk schadet, hilfst du mir aktiv, diese Invasion zu verhindern.«

»Und wenn du es nicht schaffst?«

»Dann …« Andrea dachte angestrengt nach. »Dann lasse ich dich in Frieden. Ich unterstütze deine Komiker-Karriere UND eure Invasion. Und ich besorge dir so viel Käse, wie du willst.« In Gedanken überkreuzte sie die Finger, wie sie es früher bei ihrem Bruder immer gemacht hatte, wenn sie ihn übers Ohr hauen wollte. Niemals würde sie Bob in Ruhe gewähren lassen. Aber wenn er glaubte, dass sie ehrlich spielte, konnte sie ihn im Auge behalten. Und wer weiß, vielleicht fand sie doch eine Lösung, die nicht in interstellarer Sklaverei oder im Eisfach endete.

Upps, hoffentlich konnten diese Außerirdischen nicht heimlich Gedanken lesen oder so! Andrea riss sich zusammen, beugte sich vor und probierte einen Löffel von der Schokomatsche. Bäh. Sie stand auf, griff nach dem Plastikbehälter und kippte den klebrigen Schaum in die Spüle.

»Einverstanden«, sagte Bob nach einer gefühlten Ewigkeit.

Andrea drehte sich überrascht zu ihm um. Sie sah ein zufriedenes Funkeln in seinen schwarzen Knopfaugen.

Was hatte dieser kleine Kerl jetzt schon wieder ausgeheckt? Egal, die Hauptsache war doch, er spielte für den Moment mit.

Mit vorgetäuschtem Selbstbewusstsein trat sie an den Tisch und ergriff den ausgestreckten Tentakel mit Daumen und Zeigefinger. Für den Bruchteil einer Sekunde war sie versucht, es jetzt zu tun. Bob einfach ins Gefrierfach zu stopfen und die Bedrohung im Keim zu ersticken. Aber er hatte recht. Vielleicht würde dann ein anderer auftauchen, in einer anderen Stadt, und seine Aufgabe beenden. Es war besser, wenn sie ihn im Auge behalten konnte. Außerdem glaubte sie auch nicht, dass sie es tatsächlich übers Herz bringen würde, Bob einfach kaltzumachen. Im wahrsten Sinne des Wortes.

Sie schüttelte den Tentakel feierlich. Etwas von dem getrockneten Schleim blieb an ihren Fingerspitzen kleben. Sie rieb sie aneinander und beobachtete, wie winzige Flocken auf den Tisch rieselten. »Igitt! Los, geh dich waschen, das ist ja eklig!«

Bob schnurrte zustimmend, hopste vom Tisch und wuselte davon Richtung Badezimmer. »Ist nicht bald Zeit fürs Abendessen? Ich habe tierischen Hunger!«

Die Badezimmertür fiel hinter ihm ins Schloss. Mit einem Seufzer ließ Andrea sich auf den Küchenstuhl fallen. Wie zur Hölle sollte sie das nur regeln? Zuerst, das stand fest, würde sie mit Bethari reden müssen. Diese kleine Geheimniskrämerin! Seit Jahren verheimlichte sie ihr das mit dem Portal! Vielleicht wusste sie ja auch, wie man diese tentakeligen Biester wieder loswurde? Sie griff nach ihrem Telefon und wählte die Nummer ihrer ehemaligen Mitbewohnerin.

Es klingelte nicht lange – kein Wunder, Betharis Telefon war bei ihr schon fast ein zusätzlicher Körperteil. Ständig telefonierte sie entweder auf Indonesisch oder verschickte Whatsapp-Nachrichten in einem Kauderwelsch, das kaum jemand verstand. »Hallo?«, meldete sie sich.

»Bethari, hast du gerade etwas Zeit?« Andrea fragte sich, wie sie das Thema am besten anschneiden konnte. Wahrscheinlich nicht am Telefon. Ein persönliches Treffen eignete sich bestimmt besser für so delikate Themen. Genau, beruhigte sie sich. Augenkontakt half bestimmt bei dieser Sache. Es hatte gar nichts damit zu tun, dass sie sich eine Galgenfrist erkaufen wollte.

»Für dich ich immer haben Zeit«, antwortete Bethari fröhlich. »Wir essen Eis? Du musst mir erzählen von Svens Karriere.«

»Wie wäre es mit einem Kaffee?«, schlug Andrea vor. Sie musste wirklich ein wenig auf ihre Linie achten. Das Kostüm für die Convention war schließlich beinahe fertig. Es wäre mehr als ätzend, jetzt noch einmal alles ändern zu müssen.

Bethari stimmte enthusiastisch zu und nannte ein gemütliches Café in der Nähe der Uni, in dem sie früher die Zeit zwischen den Vorlesungen vergammelt hatten. Es hatte beinahe rund um die Uhr geöffnet.

»Bob? Ich muss noch einmal kurz in die Stadt!«, rief Andrea. Sie lauschte, aber außer fließendem Wasser war hinter der Badezimmertür nichts zu hören. Hoffentlich verstopfte Bob nicht wieder irgendwas. Egal, sie musste sich beeilen. Also griff sie nach ihrer Handtasche und ihrem Wohnungsschlüssel und machte sich auf den Weg.

Das Café war laut und überfüllt und natürlich war Andrea spät dran. An sämtlichen Tischen steckten Studenten über Referaten und Hausarbeiten die Köpfe zusammen. Kaffeetassen und Bierflaschen standen auf jeder ebenen Oberfläche. Hier war der Kaffee billig und der Besitzer geduldig, wenn man lange an den Tischen saß, ohne zu bestellen. Zum Glück hatte Bethari noch einen Platz direkt am Fenster ergattert. Sie tippte eifrig in ihr Smartphone.

Andrea drängte sich an den voll besetzten Tischen hindurch und ließ sich auf den freien Stuhl fallen. »Tut mir leid, auf der Römerstraße ist mal wieder eine Baustelle.«

»Kein Problem«, flötete Bethari, »ich habe an meine Masterarbeit gearbeitet.«

»*Meiner* Masterarbeit«, korrigierte Andrea, ehe sie sich selbst bremsen konnte. »Entschuldige.« Das war Teil ihrer Abmachung gewesen, als Bethari noch ihre Mitbewohnerin gewesen war – Andrea hatte ihr Deutsch korrigiert, dafür hatte Bethari jeden Monat einmal indonesisches Essen für sie gekocht. »Wie kannst du auf dem winzigen Ding bloß tippen?«

»Ah, das geht schon. Ich habe kleine Fingern. Wie es geht Sven?« Bethari lächelte.

»Gut, gut«, Andrea zögerte. »Er arbeitet gerade an einer neuen Nummer als Komiker, mit der er groß rauskommen will.«

»Ich habe seine Auftritt gesehen, er ist ziemlich lustig.« Die Indonesierin legte ihr Handy beiseite und sah Andrea aufmerksam an. Ihr Blick flackerte. »Warum wolltest du heute treffen?«

Andrea wusste nicht genau, wie sie anfangen sollte. »Also, ich war vor einigen Wochen im Keller, und da war etwas Merkwürdiges.«

Bethari legte den Kopf schief. »Habe ich etwas vergessen?«

»Nein – ja, vielleicht. Irgendwie schon.« Was sollte sie ihr erzählen? »Du hast doch im Keller immer diese Rituale durchgeführt.«

»Ritualen? Du meinst Beten?«

»Keine Ahnung, was du da gemacht hast.« Andrea wedelte mit der Hand vor ihrem Gesicht. »Auf jeden Fall habe ich etwas im Keller gefunden.« Andrea sah sich flüchtig um.

Bethari musterte sie abwartend. »Falls du meinst die Puppe, mit die Sven auftritt …«

Andrea beschloss, ihre Karten auf den Tisch zu legen. »Wir wissen beide, dass das keine Puppe ist.«

Jetzt war Bethari an der Reihe mit Zögern. »Wenn wir mit die Schamane Ritualen machen …«

»Rituale.«

»… dann sind wir in anderen – Dimensions?« Sie dachte einen Moment lang nach. »Nein, Dimensionen. Wie andere Welt.«

Davon hatte Andrea schon gehört, in Faust, wenn von himmlischen Sphären die Rede war. Mit Religion hatte sie selbst aber generell nicht viel am Hut.

»Und manchmal sind da noch anderen an die Ort«,

fuhr Bethari fort. »Wie das da.«

Andrea fand, das war genug Theorie. So genau wollte sie es gar nicht wissen. »Schön und gut, aber warum hast du nicht hinter dir aufgeräumt?«

»Ich habe alles gemacht wie sonst auch.« Bethari sah sie aus großen Augen an.

»Das erklärt nicht, warum ich einen Tentakelflusen in der Wohnung habe.«

Bethari zögerte. »Nun, vielleicht ich habe … etwas vergessen.«

»Hast du oder hast du nicht?« Die ganze Sache kam Andrea mehr als merkwürdig vor.

»Kann sein, ich habe das Portal nicht richtig verschlossen.«

»Und warum, zum Henker? Du bist doch sonst nicht so schlampig!« Zu spät bemerkte Andrea, dass Bethari ihre Lippen fest aufeinanderpresste und die Nüstern blähte. Die kleine Asiatin war stinksauer. »Es tut mir leid«, ruderte sie zurück, »ich wollte nicht laut werden.«

Bethari beugte sich zu Andrea hinüber. »Erinnerst du an Dennis?«

»Dennis?« Andrea überlegte. »Von dem habe ich ewig nichts mehr gehört. Was ist mit dem?«

»Ihr habt zusammen geschlafen!«

»Ja und? Das war nur einmal, und besonders aufregend war es auch nicht.« Wo war bloß das Problem?

»Du wusstest genau, dass ich ihn gut finde! Jetzt du siehst zu, wie du mit dein Tentakel fertig kommst!« Damit schnappte Bethari sich ihre Tasche und rauschte an den besetzten Tischen vorbei auf die Straße.

Andrea sah ihr perplex hinterher. Was war denn jetzt los? Das waren doch alles alte Kamellen. Und überhaupt … hieß das, Bethari hatte ihr absichtlich solche Schwierigkeiten gemacht? Hatte sie damit gerechnet, dass irgendwelche Monster durch das Portal kamen? Sie hätte Andrea in Lebensgefahr bringen können! Ein Grund mehr, sich keine neuen Mitbewohner zu holen. Man wusste nie, wie verrückt die Leute in Wirklichkeit waren – bis es zu spät war. Sie nippte an ihrem Kaffee und beobachtete die Leute um sich herum. Wie viele von ihnen, schoss ihr durch den Kopf, hatten Sven und Bob inzwischen im Fernsehen gesehen? Die ersten Runden wurden zusammengeschnitten und zeitversetzt ausgestrahlt, aber bestimmt saßen hier Menschen, die den Bauchredner mit dem violetten Oktopus gesehen hatten. Wie wäre es jetzt wohl, wenn sie Bob in einer Kneipe oder einem Café auspackte?

Das war eine müßige Überlegung. Denn zunächst einmal wurde es höchste Zeit, dass sie wieder nach Hause kam. Vielleicht wusste Bob, wie man das Portal unschädlich machen konnte. Falls er das überhaupt wollte.

Sie stand auf und wollte das Café gerade verlassen, als ihr Telefon piepste. Sie hatte von Sven eine Nachricht bekommen: DENK DRAN, MORGEN FAMILIENTREFFEN.

Auch das noch.

Familienbande

Der Motor gab ein merkwürdiges Geräusch von sich, während er abkühlte. Es klang, als würde in großer Entfernung eine alte Frau trauern. Andrea lauschte für einen Moment, während sie versuchte, sich für die bevorstehende Begegnung zu wappnen. Noch waren nicht alle Details geklärt. Endlich drehte sie sich im Fahrersitz um und sah Sven direkt an. »Um das noch einmal klar zu stellen: Keine Witze auf meine Kosten, kein unangemessener Körperkontakt und keine wilden Versprechen, was unsere gemeinsame Zukunft angeht.«

»Klaro«, versprach Sven leichthin und fingerte an seinem Krawattenknoten herum. Er wirkte nicht, als sei ihm die Abmachung wirklich ernst.

Um ihren Standpunkt zu unterstreichen, versetzte Andrea ihm einen Schlag auf den Arm. »Wenn du mich in Schwierigkeiten bringst, mach ich aus deinen Ohren Lesezeichen.«

Anstatt zu antworten, öffnete Sven die Beifahrertür und stieg aus. Dann beugte er sich noch einmal zur Türöffnung herunter: »Eine Bitte noch - kein Wort zu meinen Eltern über die Sache mit dem Führerschein, okay?«

Das sollte machbar sein. Andrea nickte. »Solange du dich an die Regeln hältst.« Dann schnallte sie sich ab und stieg ebenfalls aus.

Svens Elternhaus befand sich in einer beschaulichen Wohngegend in Brühl, an einen Hang geschmiegt und mit Blick auf einen kleinen Wald. Der Vorgarten war gepflegt und leuchtete in den prächtigsten Farben. Zur Linken des Hauses, das aus senffarbenen Backsteinen erbaut war, führte ein rotgepflasterter Weg in den eigentlichen Garten. Der Lieferwagen eines lokalen Delikatessen-Lieferanten parkte davor und junge Menschen in schwarzen Hosen und weißen Hemden schleppten schwer beladene Tabletts hinter das Haus. Andrea sah an sich herunter auf das mit Blumen bedruckte Rockabilly-Kleid, das sie für diesen Zweck aus dem Schrank geholt hatte. Es betonte ihre Figur auf die angenehmste Weise - trotzdem war sie sich auf einmal nicht mehr sicher, ob das wirklich der angemessene Aufzug für diese Gelegenheit war. Sie zupfte an ihrem Dekolleté, um alles ins rechte Licht zu rücken, strich ihren weißen Bolero glatt und warf die Locken einmal probehalber nach hinten. Alles passte. Die Schlacht konnte beginnen.

Sie vermied es eigentlich immer, den Eltern ihrer Freunde zu begegnen. Das war meistens mit peinlichen Gesprächspausen und unangenehmen Fragen verbunden. Dass sie das jetzt für Sven machte, lag wirklich nur an der blöden Castingshow. Sie musste um jeden Preis verhindern, dass er die kommenden Auftritte platzen ließ! Wenigstens war das Essen bestimmt gut. Zeit, sich zusammenzureißen und diesen ganzen Blödsinn hinter sich zu bringen.

Wenn sie nach der Zahl der Autos ging, die am Straßenrand geparkt waren, musste die Party bereits in vollem Gange sein. Trotzdem wurden sie von der Gastgeberin direkt erspäht, als sie durch den gemauerten Durchgang in den Garten traten. Andrea blieb gerade eine halbe Sekunde, um die üppige Rosenpracht zu bewundern, dann stürzte Svens Mutter sich voller Enthusiasmus auf sie. »Sven, Liebling! Wieso hast du nicht gesagt, dass du einen Gast mitbringst?« Sie musterte Andrea mit unverhohlener Begeisterung.

Andrea widerstand der Versuchung, ihrem Begleiter noch einmal einen deftigen Schlag auf den Arm zu versetzen. Gewalt in der Beziehung machte sich beim ersten Treffen mit den Eltern bestimmt gar nicht gut. »Ich dachte, du hättest deine Familie vorgewarnt?«, flötete sie stattdessen zuckersüß.

»Ich dachte, das ist eine schöne Überraschung für so einen schönen Tag«, antwortete Sven beiden Frauen gleichzeitig. Er lächelte entspannt, drückte seiner Mutter einen Kuss auf die Wange und stellte sie dann einander vor: »Mama, das ist meine Freundin Andrea. Andrea, meine Mutter.«

»Nennen Sie mich Karin«, bat Svens Mutter. »Es ist ja so schön, endlich einen Einblick in Svens Privatleben zu gewinnen! Er erzählt nie etwas von sich!«

Andrea begann, sich unwohl zu fühlen. Diese Frau in ihrem eleganten, lachsfarbenen Sommerkostüm war ihr direkt sympathisch - Sven hatte sein freundliches Lächeln von ihr geerbt, das konnte man sofort sehen. Sie wirkte so offen und schien fest entschlossen, Andrea sofort ins Herz zu schließen.

Andrea fühlte sich schlecht. Sie spielte auch noch mit

bei diesem Betrug - aber egal, es war für einen guten Zweck. Also lächelte sie noch breiter und sagte: »Na ja, er legt eben sehr viel Wert auf seine Privatsphäre.«

»Und Sie beide sind also in einer Fernbeziehung? Ich habe vorhin Ihr Bonner Nummernschild gesehen, als ich den Catering-Service dirigieren musste.«

»Wir überlegen, zusammenzuziehen«, erklärte Sven ohne das geringste Zeichen eines schlechten Gewissens.

Meine Güte, die Frau hatte Argusaugen! Unmöglich würden sie diese Farce den ganzen Nachmittag über durchhalten können. Blieb nur zu hoffen, dass sie einander nach diesem Tag nie wieder begegneten. Sven schuldete ihr für den ganzen Blödsinn mindestens noch einen Eisbecher oben drauf! Allmählich verstand sie aber, warum Sven sie seinen Eltern nicht angekündigt hatte - so war die Chance, dass sie ihnen widersprüchliche Geschichten auftischten, einfach geringer. Allerdings würde sie sich jedes Detail, dass sie erzählte, haargenau merken müssen. Das alles artete in richtige Arbeit aus!

Sie bemerkte, dass Sven und seine Mutter sie erwartungsvoll ansahen. »Wie bitte?«

»Ich hatte nachgefragt, worin genau Ihre Arbeit besteht. Sven meinte ja gerade, Sie seien beim Lokaljournalismus tätig.«

»Ich ...« Andrea zögerte. Wenn sie sowieso schon lügen musste, konnte sie auch ein wenig dicker auftragen. »Ich schreibe Artikel über Lokalpolitik und Kunst.« Das war ihr ursprüngliches Berufsziel gewesen, als sie mit dem Germanistik-Studium anfing. Als sie in Corinnas Abteilung gelandet war, hatte sie sich gedacht, das sei besser als nichts. Tja, so konnte man sich irren.

Svens Mutter war beeindruckt. »Wie aufregend. Planen Sie vielleicht auch eine eigene Kolumne? Kultur vielleicht, oder sogar Politik? Es wäre zu schön, Ihren Namen einmal unter einem richtigen Artikel gedruckt zu sehen.«

»Ich habe mich noch nicht festgelegt, was ich als Nächstes machen möchte.«

Karin lachte verständnisvoll. »Natürlich, Sie müssen ja auch ein wenig Rücksicht auf Ihre biologische Uhr nehmen. Aber ich habe es nicht eilig mit Enkelkindern. Noch nicht.«

Andrea warf Sven einen bösen Blick zu. Sag was!, forderte dieser Blick. Hatte allerdings keinerlei Effekt. »Wolltest du mir nicht auch deinen Vater vorstellen?«, fragte sie, um sich aus dieser Situation zu befreien.

»Er müsste da hinten irgendwo sein, an der Bar.« Karin winkte grob Richtung Rückseite des Gartens. »Grüßt ihn von mir - und sagt ihm, wenn er sich wieder vor dem Abendessen betrinkt, schläft er heute Nacht auf dem Sofa.« Sie lachte und wandte sich den nächsten Gästen zu.

»Meine Güte, ist die immer so?«, flüsterte Andrea Sven zu, während sie sich lächelnd von ihm durch den Garten führen ließ.

»Das war noch freundlich. Aber keine Sorge, man gewöhnt sich daran.«

Ein grauenvoller Gedanke - an so etwas wollte Andrea sich gar nicht gewöhnen. Wenn sie daran dachte, dass sie stattdessen auch bei Bob auf dem Sofa sitzen und ihm die kulturelle Bedeutung von Superheldenfilmen erklären könnte ... aber Deal war Deal. Sie nahm sich ein Glas Orangensaft vom Tablett eines Kellners, dankte ihm mit einem Kopfnicken und ließ sich von Sven erklären, mit wem sie es noch alles zu tun hatten.

»Das da drüben ist Tante Margareth, die ist ein wenig wunderlich - und stock-konservativ. Wenn sie anfängt, über das Fegefeuer zu schwadronieren, kann man eigentlich nur noch die Flucht ergreifen. Und neben ihr, das ist mein Cousin Christian. Seine geschiedene Freundin hat er aus nachvollziehbaren Gründen nicht mitgebracht, denn bei Tante Margareth gibt es einiges zu erben.« Und so ging es weiter. Verarmte Onkel, Geschäftspartner, die statt ihrer Frau ihre Sekretärin mitgebracht hatten, die ewig unverheiratete Großcousine, ... schlimmer als in der billigsten Daily Soap.

»Sind hier auch irgendwelche normalen Leute?«, fragte Andrea. Ihr schwirrte der Kopf.

»Wir beide sind hier«, antwortete Sven und fuhr sich mit dem Finger in den Hemdkragen. »Diese spießige Krawatte!«

»Habe ich die nicht großartig ausgesucht? Die Farbe steht dir ganz hervorragend. Außerdem musst DU nicht auf diesen tödlichen Absätzen herumlaufen, also hör auf, zu jammern.«

Die nächste halbe Stunde verbrachten sie damit, sich im leichten Plauderton durch die Menge treiben zu lassen und hier und da ein Häppchen zu naschen. Das Wetter war schön, die Luft duftete nach Rosen und ganz allmählich fing Andrea an, sich zu entspannen. Vielleicht wurde dieser Tag gar nicht so grauenvoll, wie sie zunächst befürchtet hatte. Svens Verwandte waren ganz hingerissen von »der netten jungen Dame«, von der sich offenbar niemand erklären konnte, warum sie ausgerechnet mit Sven zusammen war. Andrea genoss die Aufmerksamkeit und verteilte strahlend Komplimente. Und immer, wenn die Leute anfingen, Anekdoten aus Svens Kindheit zu erzählen, steuerte dieser sie elegant davon. Der wollte wohl verhindern, dass sie Material sammelte, mit dem sie ihn erpressen konnte. Vielleicht konnte sie seine Eltern später in einer ruhigen Minute dazu bringen, ihr die Kinderfotos zu zeigen?

Svens Handy klingelte in seiner Hosentasche. Er warf einen Blick auf das Display, entschuldigte sich bei Andrea und ging ins Haus, um ungestört telefonieren zu können. »Bin gleich wieder zurück!«, flüsterte er im Weggehen.

Sie sah ihm kurz hinterher, ehe sie ihre Aufmerksamkeit wieder auf die fröhliche Versammlung im Sonnenlicht richtete. Unwillkürlich musste sie an ihre eigene Familie denken, die sich einmal im Jahr beim Chinesen traf, wo alte Fehden nur halb unterdrückt über Glückskeksen und Pflaumenschnaps köchelten. Das war vielleicht ehrlicher als diese Versammlung, aber bei Weitem nicht so malerisch. Und die Rosen dufteten wirklich herrlich.

Einer von Svens Cousins, dem sie vorhin vorgestellt worden war, kam auf sie zu und drückte ihr ein Glas Sekt in die Hand. »Es ist schrecklich, wie sehr Sven Sie vernachlässigt!«

Andrea lächelte verlegen. »Danke … Johann.« Johann? War das der richtige Name? Niemand nannte sein Kind heutzutage noch Johann, oder? Aber er schien nicht empört, also hatte sie sich wohl nicht geirrt. Immer diese vornehmen Leute mit ihren Extrawürsten. »Das ist sehr lieb von Ihnen, aber ich bin mit dem Auto da, und da sollte ich vielleicht keinen Sekt …«

»Papperlapapp, da ist ja kaum Alkohol drin. Lassen Sie uns anstoßen. Ich bestehe darauf.«

»Schön«, sagte Andrea und hielt das Glas in der Hand, ohne daran zu nippen. Der Kerl ging ihr jetzt schon auf den Geist. »Was hatten Sie noch gleich erzählt, was Sie beruflich machen?«

»Ich bin Leiter der Vertriebsabteilung für Einweg-Laborbedarf aus Kunststoff.«

»Das ist bestimmt eine aufregende Aufgabe«, murmelte Andrea und hielt nach Sven Ausschau. Wusste Johann etwa nicht, dass es unhöflich war, mit der Freundin seines Cousins zu flirten? Wo war Sven eigentlich? Was war so wichtig, dass er stundenlang telefonieren musste, wenn er mit ihr hier war? »Oh, ich glaube, da vorne winkt jemand nach Ihnen!«

»Wo?« Suchend sah Johann sich um. Er wirkte ja schon ganz chic in seinem Jackett und den gebügelten Jeans - wirklich? Wer bügelte denn seine Jeans? Ach ja, womöglich hatte der eine Perle, die das für ihn erledigte. »Ich glaube, Sie haben sich geirrt. Das ist nur Onkel Gustav, der erzählt wieder vom Krieg. Sie trinken ja gar nichts, Andrea!«

Sie sah auf ihr Glas und tat überrascht. »Oh, wirklich! Wissen Sie, ich bin gerade gar nicht durstig. Aber ich glaube, es ist Zeit, dass ich mich auf die Suche nach Sven mache, der ist schon ziemlich lange verschwunden.« Sie schenkte ihm noch ein letztes bezauberndes Lächeln und flanierte davon. Das Sektglas stellte sie auf das Tablett eines vorbeieilenden Kellners, ohne schlechtes Gewissen. Dann schob sie sich an einigen Geschäftsfreunden von Svens Vater vorbei und betrat das Haus.

Die Küche war überraschend altmodisch, aber gut ausgestattet und perfekt aufgeräumt. So sah das also aus, wenn man einen Catering-Service engagieren konnte. Prüfend ließ Andrea ihren Finger über die marmorweiße Arbeitsfläche gleiten. Kein Körnchen Staub, kein einziger Fettspritzer. So makellos war ihre eigene Küche schon lange nicht mehr gewesen. Nachdenklich drehte sie sich einmal im Kreis. Der Raum hatte mehrere Türen, die alle gleich aussahen, und von keiner einzigen wusste sie, wohin sie führte. Also öffnete sie die Erste aufs Geratewohl.

Und landete in einer Vorratskammer, die wirklich gut gefüllt war. Aber an Andreas eigentlichem Problem änderte das auch nichts. Sven war nicht hier.

Sie setzte ihren Erkundungsgang durch das Haus fort, immer darauf bedacht, nicht auffällig zu wirken. Einmal überraschte sie einen Anzugträger und seine Sekretärin auf einem etwas verschlissenen Sofa und beeilte sich, die Tür wieder zuzuziehen, ehe es für alle Beteiligten noch peinlicher werden konnte. Seit einer Stunde versteckte sie sich jetzt schon vor Johann, diesem langweiligen Schmierlappen, und hatte inzwischen bestimmt schon jedes Zimmer im Haus abgeklappert. Svens Eltern hatten ja einen ganz ordentlichen Geschmack. Etwas konservativ vielleicht, aber alles passte schön zusammen. Nur Sven blieb verschwunden. In der Küche war er nicht, im Bad auch nicht - sie hatte eine halbe Stunde vor der Tür gelauert, bis Onkel Gustav mit hochrotem Kopf herausgekommen war, sie mürrisch angesehen und etwas von »Dränglern« gemurmelt hatte. Und im Schlafzimmer war er erst recht nicht. Dort hatte sie mehrere Minuten atemlos hinter der Tür ausgeharrt, weil sie meinte, Johanns Stimme im Flur zu hören, aber er hatte sie nicht entdeckt. Genau so wenig wie sie Sven.

Schließlich lief sie in der Küche Svens Vater in die Arme, der gerade dabei war, die Keule irgendeines armen Tiers im Ofen mit einem wohlriechenden Sud zu übergießen. Er sah nur flüchtig auf, als sie die Tür etwas zu heftig öffnete und diese gegen die rehfarbene Anrichte knallte. »Manche Dinge kann man dem Catering-Service einfach nicht überlassen«, sagte er und richtete sich stöhnend auf. »Sie sind Svens neue Freundin, nicht wahr?«

»Ja, genau«, Andrea lächelte. »Ich habe mich sehr gefreut, Sie kennenzulernen, aber es ist schon spät und ich muss morgen zur Arbeit, und jetzt finde ich Sven nirgends ...«

»Oh, hat er es Ihnen nicht erzählt?«, fragte Svens Vater. »Er hat vorhin einen wichtigen Anruf bekommen und musste dringend weg. Ich habe ihm meinen Wagen geliehen, und eigentlich wollte er Ihnen noch Bescheid sagen. Muss er in der Eile vergessen haben.«

Genau wie die Tatsache, dass er keinen Führerschein hatte! Andrea war wie vor den Kopf geschlagen. Was hatte dieser Penner sich dabei gedacht? Sie war doch nicht zum Privatvergnügen hier! Und er ließ sie so einfach mir nichts, dir nichts im Regen stehen.

Sie bedankte sich perplex und verließ die Küche. Im Flur, wo sie allein war, zog sie hektisch ihr Telefon aus der Tasche und wählte Svens Nummer. Es klingelte zweimal, dann ertönte das Besetzt-Zeichen. Weggedrückt!

Es gab nur einen Menschen, für den Sven alles stehen und liegen ließ, ohne an die Konsequenzen zu denken: Seine alte Flamme Jochen. Der ihn zweimal verlassen hatte und trotzdem immer wieder in Schwierigkeiten brachte.

Andrea wählte Svens Nummer gleich nochmal. Erst Klingeln, dann besetzt. Ein dritter Versuch, und endlich hatte sie ihn persönlich in der Leitung. »Wo zum Teufel bist du?«, fauchte sie in den Hörer.

»Andrea, tut mir leid, ich musste dringend weg!«

»Ja, das habe ich gehört. Und ich frage mich, was ist das für ein wichtiges Projekt, dass du mich hier bei deiner Familie alleine sitzen lässt?« Sie musste sich beherrschen, nicht laut zu brüllen.

»Jochen hat angerufen, ihm geht es nicht gut, und da dachte ich …«

»Gedacht?«, höhnte Andrea. »Sobald dieser blöde Hampel ins Spiel kommt, hörst du direkt auf mit Denken. Wahrscheinlich wird das ganze Blut unterhalb der Gürtellinie gebraucht.«

Sven klang ein winziges Bisschen beleidigt. »Ich lege jetzt auf, ich bin sowieso gleich da.«

»Du telefonierst während des Autofahrens?«

»Sicher. Was wollen sie tun, mir den Führerschein noch einmal wegnehmen?« Dann knackte es in der Leitung und Andrea war mit ihrer Wut wieder allein. Sie brauchte einen Moment, um tief Luft zu holen und sich zu sammeln. Dann machte sie sich auf die Suche nach Svens Mutter, um sich zu verabschieden.

»Nehmen Sie es dem Jungen nicht übel«, bat diese mit freundlichem Lächeln. »Er hängt sich immer so rein, wenn er ein neues Projekt hat!«

»Oh, das hier ist ein altes Projekt«, brachte Andrea zwischen zusammengebissenen Zähnen hervor. »Das läuft einfach nicht so, wie es sollte.«

Svens Mutter sah nachdenklich aus. »Wahrscheinlich wäre es am besten, das Ganze dann einfach abzuschreiben.«

Andrea nickte übertrieben enthusiastisch. »Das ist eine gute Idee. Sprechen Sie mit ihm da einmal drüber, auf Sie hört er bestimmt!« Sie klimperte mit ihrem Schlüsselbund. »Richten Sie Ihrer Familie liebe Grüße aus, ich habe mich sehr gefreut, Sie alle kennenzulernen.« Damit verließ sie den Garten, knallte ihre Wagentür zu und umklammerte das ausgeblichene Lenkrad mit den Fingern, sodass ihre Knöchel weiß hervortraten. Höchste Zeit, zu Bob nach Hause zu fahren. Sie ließ den Wagen an, manövrierte ihn aus der Parklücke und gab Gas.

Die Autobahn war leer, also brauchte Andrea nur etwas mehr als eine halbe Stunde, bis sie vor ihrer Haustür den Zündschlüssel abzog. Ihre Wut hatte sich noch nicht im Geringsten gelegt. »Dieser Mistkerl braucht sich hier nicht wieder sehen lassen«, knurrte sie.

Bob hatte sich in ihrer Abwesenheit zur Abwechslung einmal nützlich gemacht. Die Küche glänzte, die Anrichte war einladend leer und nicht einmal auf dem Küchentisch fanden sich Krümel. Jetzt saß er auf dem Schreibtisch vor dem Bildschirm und sah … AuraTV. Wie gebannt klebte er mit den Augen am Bildschirm, während Sfiande irgendein esoterisches Geschwurbel von sich gab.

»Verstehst du auch nur ein Wort von dem, was sie sagt?«, fragte Andrea von der Wohnzimmertür aus.

Bob machte einen gigantischen Satz. Die Fernsehzeitschrift von vorletzter Woche flatterte durch den Luftzug vom Schreibtisch und landete mit geöffneter Witzeseite auf dem Fußboden. »Kannst du nicht klopfen?«, schimpfte er und wedelte wütend.

»In meiner eigenen Wohnung? Du tickst wohl nicht richtig!« Andrea hob die Zeitschrift auf und ließ sich auf das Sofa fallen. Sie griff nach der Fernbedienung und begann, durch die Kanäle zu zappen.

Bob war irritiert. »Was machst du da?«

»Du hast recht, das geht so nicht.« Andrea stand wieder auf, ging in die Küche und holte die Martiniflasche aus dem Regal. »Wusstest du«, rief sie, »dass Sven ein gigantisches Arschloch ist?« Sie kehrte ins Wohnzimmer zurück und stellte Flasche und Glas auf den Tisch.

»Was hat er diesmal angestellt?«, fragte Bob resigniert. Er hüpfte auf der Maus herum, bis sich alle Fenster geschlossen hatten, und ließ den Computer herunterfahren.

»Du klingst fast schon wie ein Mensch. Das ist ein Lob. Oh, guck mal, eine Doku über Löwenbabys!« Andrea kickte die Schuhe weg, roch an ihren Füßen und legte sie dann auf die Tischplatte. »Und Sven hat mich bei seiner Familie hängen lassen, damit er sich mit seinem bescheuerten Ex treffen kann.«

»Ex?«

»Exfreund.«

Bob sah sie nur ratlos an.

»Sag bloß, du hast noch nie von sukzessiver Monogamie gehört!«

»Suk-was?«

Meine Güte, wo sollte sie nur anfangen? »Menschen haben für gewöhnlich immer nur mit einer Person auf einmal eine intime Beziehung. Man kann mit vielen Leuten befreundet sein, aber eine romantische Verbindung ist normalerweise exklusiv.«

»Und nicht für immer?« Bob klang verwundert. »Im Fernsehen sagen sie immer: ›Bis das der Tod euch scheidet.‹«

»Das ist nur für Hochzeiten«, wehrte Andrea ab. »Idealerweise hält eine Beziehung ein Leben lang, aber wenn nicht, dann trennt man sich und wird Exfreund beziehungsweise Exfreundin.«

»Das klingt ziemlich kompliziert«, bemerkte Bob.

»Gut erkannt. Und warte erst einmal ab, bis du deinem Ex im Supermarkt begegnest, wenn er Kondome für das nächste Date kauft.«

»Kondome?«

Andrea stöhnte. Das würde sie ihm heute Abend nicht auch noch erklären. Sie hörte ihr Handy klingeln und blieb sitzen. Heute wollte sie mit niemandem mehr zu tun haben. Menschen waren eine enttäuschende Spezies. Aber wer auch immer auf der anderen Seite war, schien sehr erpicht auf eine Konversation. Es hörte einfach nicht auf zu klingeln. Schließlich stemmte Andrea sich hoch, holte ihre Tasche aus dem Flur und sah zu ihrer Verwunderung eine nicht gespeicherte Nummer auf dem Display. Wer war denn das schon wieder? Sie nahm das Gespräch an. »Was ist?«

Giesela war in der Leitung. »Hey, hast du dieses Wochenende schon etwas vor? Sfiande und ich planen einen kleinen Ausflug, und wir dachten, das könnte auch für dich und Bob ganz spannend sein.«

Kleine Auszeit

Obwohl der Juni sein Bestes tat, war es nur knapp über zwanzig Grad warm, und mächtige Wolkenschatten jagten einander über die Bergrücken. Die Straßen, auf denen sie hier heraufgefahren waren, befanden sich in einem schlechten Zustand. Außerdem waren sie so schmal, dass schon ein Transporter aus der anderen Richtung zu schier unlösbaren Problemen führte, bis Giesela den Rückwärtsgang einlegte und ihren Wagen schwungvoll in eine Feldeinfahrt lenkte.

Giesela war keine besonders geduldige Fahrerin und sie schien auch keine emotionale Bindung an ihren SUV oder seine Lackierung zu haben. Andrea saß auf der Beifahrerseite, mit einer weich gepolsterten Kiste für die beiden Tentakelwesen auf dem Schoß, und krallte sich möglichst unauffällig in ihren Sitz. Seit sie die Autobahn verlassen hatten, war ihre Nervosität ständig gestiegen, aber sie hielt sich zurück, denn sie wollte ihre Fahrerin nicht noch zusätzlich verärgern.

Bob und Sfiande schienen sich in ihrer Schachtel prächtig zu amüsieren. Vor allem Bob reckte seinen Zeigetentakel permanent, um möglichst viel durch die Fenster sehen zu können. Insgeheim hatte Andrea ein schlechtes Gewissen, denn sie hatte Bob bislang viel zu wenig von der Welt gezeigt. All die grünen Wiesen, überwucherten Zäune und üppigen Wälder versetzten ihn in blanke Ekstase. Kein Wunder, in Bonn gab es diese Art von Natur nicht.

Sfiande verhielt sich etwas ruhiger, doch auch sie schien von dem Ausflug sehr angetan. Ab und zu wies sie Bob mit einem zierlichen blauen Tentakel auf einen Greifvogel über ihnen oder ein verwunschenes Häuschen am Waldrand hin und summte dabei eine kleine, exotisch klingende Melodie.

Sie waren auf dem Weg zu einem der unzähligen lokalen Grenzmuseen - Monumenten, die an die Zeit der zwei deutschen Staaten und die heutzutage unglaublichen Nebeneffekte der innerdeutschen Grenze erinnern sollten. In einiger Entfernung konnte man eine gerade Linie sehen, die durch Berg und Tal schnitt. Das war der ehemalige Grenzverlauf, liebevoll von überwiegend ehrenamtlichen Mitarbeitern gepflegt.

»Ich bin hier in der Gegend aufgewachsen«, erklärte Giesela, als sie schließlich rasant auf einen kleinen Parkplatz einbogen. Grober Kies spritzte unter den Reifen des Wagens auf und prasselte gegen die Karosserie. Der SUV war das einzige Auto weit und breit. Trotz des schönen Wetters hatte sich niemand die Mühe gemacht, herzukommen. Geschichte stand wohl nicht gerade hoch im Kurs, wenn man auch ein Eis essen gehen konnte.

Andrea atmete einmal tief durch und sah sich um. Sie drehte ihren Kopf nur langsam, denn von der rasanten Fahrt war ihr übel. Sie parkten vor einem langgezogenen Bau aus funktionalen Betonplatten und Flachdach, auf dem mehrere alte Hubschrauber und gepanzerte Fahrzeuge standen. Zwischen ihnen hatte jemand liebevoll ausgeschnittene Silhouetten in Uniform aufgestellt. Sie sahen mit leeren Augen Richtung alter Grenze.

»Eigentlich ist das Museum heute geschlossen. Ich habe mir von einem alten Freund die Schlüssel geben lassen, damit die beiden sich in Ruhe umsehen können«, erklärte Giesela. »Das ist einfacher, als sie im Rucksack durch die Ausstellung zu schmuggeln. Irgendwer kriegt immer was mit und guckt dann komisch.«

Das war natürlich eine andere Erklärung für die fehlenden Besucher. Andrea sah ihre Begleiterin von der Seite an. »Klingt, als hättest du das schon öfter gemacht.«

Die nickte. »Sfiande interessiert sich sehr für Geschichte und Kunst. Ohne sie würde ich den ganzen Tag vor der Glotze hängen und mir irgendwelchen Müll angucken. Komm mit!« Sie ging zur Tür des Museums hinüber und holte einen üppigen Schlüsselbund aus der Jackentasche. Angelaufene Schlüssel klimperten gegeneinander, als sie einen auswählte und probehalber im Schloss drehte. Natürlich passte er nicht, genau so wenig wie der zweite und der dritte. Andrea ertappte sich dabei, nervös nach Fremden auszuschauen. Dabei hielt sie die Kiste mit ihren beiden außerirdischen Freunden vor ihrer Brust fest umklammert. Ein kühler Lufthauch strich über ihren Nacken und ließ sie frösteln. Vor wenigen Minuten erst hatte es geregnet, und der typische Geruch nach Erde und Ozon hing noch in der Luft. Auf dem Parkplatz standen kleine Schlammpfützen. Ein typischer deutscher Sommer.

Das Innere des Grenzmuseums war stickig, aber wärmer als der Parkplatz. Giesela betätigte einen Schalter. Reihen von Neonröhren erwachten flackernd zum Leben. In der Mitte des Raumes standen etliche Reihen von Holzbänken vor einem Podium. An den Wänden entlang hingen stark vergrößerte, grobkörnige Bilder aus den sechziger bis achtziger Jahren. Andrea und die beiden Tentakelwesen lauschten mit ungeheucheltem Interesse, während Giesela ihnen die Geschichte der DDR und ihrer Abschaffung erzählte. Das war ein Aspekt der deutschen Geschichte, der in der Schule und während der Universität nie wirklich zur Sprache gekommen war. Und für Sfiande und Bob war es offenbar völlig absurd, dass verschiedene Nationalitäten auf dem gleichen Planeten, geschweige denn auf demselben Kontinent nebeneinander leben sollten. »Wieso hat nicht ein Staat die anderen einfach annektiert?«, fragte Bob.

Giesela seufzte. »Beide hatten Verbündete, die in etwa gleich stark waren. Es hätte nur ein gigantisches Gemetzel gegeben, bei dem am Ende niemand gewonnen hätte.«

»Aber hätte nicht schließlich ein Staat gewonnen und einer verloren? Dann hätte der Sieger die Kultur des Unterlegenen einfach auslöschen können«, führte Bob seinen Gedanken fort. Friedliche Koexistenz, auch wenn sie erzwungen war, schien ihm keine naheliegende Option.

Sfiande widersprach ihm. »Der Preis wäre viel zu hoch. Stell dir nur vor - all die toten Leute, und die ganzen zerstörten Gebäude! Auch als Gewinner müsstest du viel zu viel investieren, um alles wieder ins Lot zu bringen - und wofür?«

»Am Schluss hassen dich die meisten sowieso«, warf Andrea ein.

Bob wiegte seinen Zeigetentakel hin und her. Er wirkte noch nicht überzeugt.

Sie hatten das Ende der Bilderausstellung erreicht, verließen die Halle und löschten im Hinausgehen das Licht. Giesela schloss sorgfältig ab. Andrea beobachtete sie neugierig. Die Hellseherin musste älter sein, als sie auf den ersten Blick wirkte, wenn sie sich an den Mauerfall und die Grenzöffnung noch erinnern konnte. Sie wies auf eine Wendeltreppe aus Metall, am Rand des Gebäudes, die mit einem Gatter gesichert war. »Die Helikopter können wir uns auch noch ansehen.« Sie suchte den richtigen Schlüssel aus, öffnete das Tor und bedeutete Andrea, die beiden Tentakelwesen hinaufzutragen. »Die beiden können sich in Ruhe umsehen, dieser ganze militärische Kram ist nicht meins. Es besteht bestimmt keine Gefahr, dass sie relevante Kriegstechnik ausspionieren – so veraltet, wie der Krempel hier ist.«

»Traust du ihnen etwa nicht?«, fragte Andrea überrascht.

»Sfiande unbedingt. Bob – nur so weit, wie ich ihn werfen kann.« Giesela sagte das komplett sachlich, ohne den Hauch eines schlechten Gewissens. »Ich warte hier unten und rauche in Ruhe eine Zigarette. Willst du auch?«

Andrea schüttelte den Kopf. »Ich sehe mir die Maschinen an - wer weiß, wann ich das nächste Mal herkomme?« In Wahrheit wollte sie ein wenig mit sich und ihren Gedanken allein sein. Ob Bob aus diesem Ausflug etwas lernte? Und wie sollte es mit seiner Karriere weitergehen? Sven hatte sich seit ihrem Streit vor zwei Tagen noch nicht wieder gemeldet. Wahrscheinlich saß er bei diesem ewigem Loser zu Hause und kiffte, was das Zeug hielt. Damit fingen sie immer an, und dann machten sie irgendwelchen Blödsinn, bis ihnen das Geld ausging oder sie sich in so große Schwierigkeiten brachten, dass nur ein echter Erwachsener ihnen aus der Patsche helfen konnte. Andrea betrachtete die Armee-Gerätschaften mit wenig Enthusiasmus und erhaschte dabei immer wieder einen Blick auf Sfiande und Bob, die mit erstaunlichem Geschick in sämtliche Öffnungen krochen, an anderen Stellen wieder aus den Karosserien quollen und sich alle Schalttafeln und Steuerknüppel ganz genau ansahen. Hoffentlich hatte Giesela recht damit, dass dieses Zeug keine militärische Relevanz mehr hatte. Ab und zu knackte der Dolmetscher in Andreas Ohr und ließ sie Gesprächsfetzen der beiden mitbekommen, aber es war nie genug, als dass sie sich einen Reim auf ihre Unterhaltung hätte machen können. Offenbar sprachen sie über ihren Heimatplaneten und gesellschaftliche Ereignisse wie das große Schleimfest. Andrea war ganz froh, dass sie nicht genug verstand, um sich diesen kulturellen Höhepunkt bildlich vorzustellen.

Nach ungefähr einer Stunde hatten die drei schließlich doch alles gesehen und kehrten zu Gieselas Wagen zurück. Inzwischen hatten die Wolken sich vollends verzogen und der Tag war noch angenehm warm geworden. Giesela hatte ein kleines Picknick vorbereitet und fütterte Sfiande vorsichtig mit kleinen Stücken Harzer Käse. Das Aroma lockte einige Insekten an, die um ihre Köpfe schwirrten.

Andrea nahm sich ein Sandwich aus Vollkornbrot mit Putenbrust und Avocado und aß mit erstaunlichem Appetit. In einiger Entfernung sah sie einen Traktor über ein frisch gepflügtes Feld tuckern. Am gegenüberliegenden Berghang grasten schwarzweiße Kühe.

Bob und Sfiande unterhielten sich während des Essens angeregt über das, was sie gesehen hatten. Für Sfiande schienen die Informationen über die DDR nichts Neues zu sein, aber Bob hatte einige Schwierigkeiten, die moderne Mehrstaatenlandschaft zu verstehen. »... und dass sie die Flüchtenden einfach erschossen haben - warum haben sie keine Gehirnmodulation angewandt?«

»Menschliche Technik war in den achtziger Jahren noch nicht so weit«, erklärte Giesela.

Sfiande kräuselte ihren Zeigetentakel. »Was glaubst du, was mit uns Aussteigern passiert, wenn wir erwischt werden? Die Tentakel-Elite sieht es nicht gerne, dass man sich ihnen widersetzt. Mit Gehirnmodulation werden die sich nicht aufhalten. Darum bringt dein Auftrag uns Aussteiger auch in so große Gefahr.«

Bob erstarrte mitten in der Kaubewegung. »Ich ... was ... Andrea!« Er drehte sich um und sah sie anklagend an. »Hast du ihnen etwas erzählt?«

Aber Andrea war genau so überrascht wie ihr kleiner Freund.

Sfiande kicherte. Es klang, als stecke ein Kobold in einem Standmixer. »Ich weiß doch, warum Expeditionen auf andere Planeten geschickt werden. Du bist nicht der Erste, der hier auftaucht.« Ernster fuhr sie fort. »Es ist sehr wichtig für uns, dass wir die Erde als sicheren Rückzugsort behalten. Sie ist fast perfekt!«

Bob setzte an, etwas zu sagen, aber Sfiande fuhr ihm mit einem Tentakel über den Schnabel. »Psst, sag jetzt nichts. Ich weiß, was für eine große Verantwortung mit so einem Auftrag verbunden ist. Für den Moment bitte ich dich nur, über das, was du hier gelernt hast, nachzudenken.«

Giesela packte unbeeindruckt die Reste des Picknicks zusammen. »Ich denke, es wird Zeit, dass wir uns auf den Weg zum Hotel machen. Hier in der Nähe gibt es einen kleinen Gasthof, der serviert ganz unglaubliche Klöße.«

Andrea half ihr, die Decke und die leeren Verpackungen wieder im Kofferraum zu verstauen. Die beiden Außerirdischen hüpften zurück in ihre Transportkiste und sahen einander dabei nicht an. Der Kies spritzte auf, als Giesela rasant zurücksetzte, den Wagen wendete und den Berg wieder hinunter zum nächsten Ort fuhr.

Das Hotel war minimalistisch, aber gemütlich. In Andreas Zimmer war gerade genügend Platz für ein Bett, einen schmalen Schrank und ihren kleinen Koffer. Bob hüpfte aufgeregt durch das Zimmer, hinterließ überall feuchte Schleimflecken und schreckte nicht einmal vor der fremden Klobürste zurück.

»Hör auf, das ist ja eklig!«, schimpfte Andrea, als sie die Plastikbürste in ihrem Halter klappern hörte. Sie streckte den Kopf in das mikroskopisch kleine Badezimmer und erhaschte einen Blick auf Bob, der im Waschbecken herumrutschte wie in einer Halfpipe. »Wasch dir gefälligst die Flossen, ehe wir essen gehen!«

»Tentakel!«, krähte Bob übermütig. »Das war ein großartiger Tag! Ich habe noch nie in meinem Leben so viel Spaß gehabt! Die Menschen sind ja so aufregend!«

Im Stillen fragte Andrea sich, ob nicht vielleicht auch Sfiandes Anwesenheit mit Bobs Glücksgefühlen zu tun haben könnte. Sie beschloss, ihn im Moment nicht auszufragen. Schließlich gab es ja noch seine Verlobte. Von der hatte er seit Langem nichts mehr erzählt.

Sie rief ihn aus dem Bad und verstaute ihn in einer kleinen Umhängetasche. Dann trat sie auf den Flur hinaus und klopfte bei Giesela, die das Zimmer gegenüber bezogen hatte. Die war auch direkt abmarschbereit. »Wir können zu Fuß gehen, der Gasthof ist nicht weit entfernt.«

In diesem winzigen Kaff war wahrscheinlich nichts weit entfernt, dachte Andrea im Stillen. Sie rückte den Gurt ihrer Tasche zurecht und folgte Giesela die Treppe hinunter.

Tatsächlich dauerte es nur wenige Minuten, bis sie den Gasthof mit den unglaublichen Klößen erreicht hatten. Der Schankraum war schlecht ausgeleuchtet und mit Jagdtrophäen vollgestopft, aber es roch verführerisch.

»Es ist … gemütlich.« Andrea sah sich um. Sie fühlte sie wie in einer Kulisse des bayrischen Volkstheaters. Die meisten der ausgestopften Kleintiere an den Wänden kannte sie nicht einmal.

Giesela steuerte auf eine Nische in der Ecke des

Raums zu. Sie setzte sich und breitete eine dunkelrote Papierserviette auf ihrem Schoß aus. »Ja, die Dekoration gefällt mir auch nicht. Aber sie machen ein wundervolles Omelette. Außerdem sind die Besitzer alte Freunde meiner verstorbenen Großtante, sie hat nebenan gewohnt.« Sie beugte sich zu Andrea hinüber und sagte halblaut: »Ich denke, niemand beobachtet uns. Wir könnten für die beiden eine Käseplatte bestellen.«

»Hältst du es für eine gute Idee, sie auf den Tisch zu lassen?«, fragte Andrea.

»Es ist ein Abenteuer für die beiden, findest du nicht?«, erwiderte Giesela. »Sie haben sich ein wenig Abwechslung verdient.« Sie holte Sfiande aus der Tasche und setzte sie auf die Bank am Ende des Tisches.

Dem hatte Andrea nichts entgegenzusetzen. Sie öffnete die Tasche, und Bob purzelte neben seine neue Freundin. Die Gaststätte war dunkel genug und nur die Hälfte aller Tische besetzt. Bestimmt würde niemand ihnen Aufmerksamkeit schenken.

Bis auf die Kellnerin, die sich ihnen freudestrahlend mit zwei Speisekarten näherte und bei Gieselas Anblick in meerschweinartige Geräusche ausbrach. »Gitti! Du hier! Was für eine Überraschung!« Sie legte die Karten auf die Tischdecke und beugte sich vor, um Giesela zu umarmen. »Wie geht es dir?«

»Ganz gut, meine Sendung läuft und alle sind zufrieden.« Gieselas Lächeln wirkte ein wenig gequält. Andrea warf einen raschen Blick auf die beiden Außerirdischen. Keiner von ihnen hatte sich auch nur einen Millimeter bewegt. Gute Überlebensinstinkte. Unauffällig beugte sie sich vor und drehte sich so, dass sie die beiden verdeckte.

Inzwischen hatten die beiden Frauen ihren Small Talk beendet. »Ich lass euch zwei heiße Feger mal einen Moment allein, damit ihr euch überlegen könnt, was ihr essen wollt. Wir haben heute übrigens gebacken.« Damit drehte sie sich um und marschierte festen Schrittes Richtung Küchentür. Ihr förstergrüner Rock schwang energisch hin und her - eine Bewegung, die von der pendelnden Tür elegant aufgenommen wurde. Ein langohriger, gesprenkelter Jagdhund schnaufte neben der Theke, als der Luftzug aus der Küche den Duft von brutzelndem Speck hereintrug.

Bob hopste auf dem Tisch herum. »Das ist ein Hund, nicht wahr? Habe ich gelernt. Ich beobachte manchmal vom Wohnzimmer aus die Nachbarn mit ihrem hässlichen Vieh, wenn sie die Straße entlanggehen. Der kriegt sein Bein wirklich hoch.«

»Der Nachbar oder der Hund?«, fragte Andrea und kicherte.

Bob sah sie nur verständnislos an. »Menschen sind ziemlich albern. Haben die hier wirklich Käse?«

Kurze Zeit später kehrte die Kellnerin zurück, und während die beiden Frauen ihre Bestellung aufgaben, saßen Sfiande und Bob vorbildlich still unter der langen Tischdecke versteckt. Dann hüpften sie zurück auf die Tischplatte. Sie saßen stocksteif, als die Getränke gebracht wurden. Wirklich vorbildlich, so konnte der Ausflug funktionieren. Andrea entspannte sich, ignorierte die zwitschernden Außerirdischen und begann mit Giesela eine Unterhaltung über den Zustand der Autobahnen.

Plötzlich stand ein sommersprossiger Junge in khakifarbenen Shorts und einem senfgelben T-Shirt vor ihrem Tisch und staunte mit offenem Mund. »Den kenne ich doch!«

Andrea war verwirrt.

»Das ist doch Bob, aus dem Fernsehen!« Die Stimme des Jungen schlug eine vorwitzige Kapriole.

Wieso hatten sie nicht aufgepasst? So ein Mist! »Gut erkannt«, antwortete Andrea schwach.

»Mama, Papa, kommt her!«, rief der Junge einem Paar mittleren Alters zu, die an einem Tisch am Fenster saßen. »Hier ist jemand aus dem Fernsehen!« Und ehe Andrea reagieren konnte, hatte er Bob vom Tisch gepflückt, hielt ihn in die Höhe und drehte ihn neugierig in alle Richtungen. »Wie funktioniert der?«

Nach einer Schrecksekunde stand Andrea auf und nahm dem Jungen Bob freundlich, aber bestimmt aus der Hand. »Da steckt ein komplizierter Mechanismus drin.«

»Cool.« Der Junge ließ Bob keine Sekunde aus den Augen. »Ist Sven auch in der Nähe? Ich will ihn unbedingt kennenlernen.«

»Der ist …«

»… auf seinem Zimmer«, fiel Giesela Andrea ins Wort. »Er ist sehr müde und hat sich hingelegt, um sich ein wenig auszuruhen. Können wir ihm etwas von dir ausrichten?« Sie lächelte dem Jungen breit zu. »Möchtest du ein Autogramm von Bob?«

»Aber das ist doch nur eine Puppe!«

»Papperlapapp«, widersprach Giesela. Sie schüttete etwas Ketchup aus der Flasche, die auf dem Tisch stand, auf einen Bierdeckel, drückte einen von Bobs Tentakeln hinein und hinterließ dann auf einer Serviette einen fein gemusterten Tentakel-Saugnapf-Abdruck. »Hier ist dein Autogramm. Und liebe Grüße an deine Eltern!«

Die Augen des kleinen Jungen strahlten. Er rannte zu seinen Eltern zurück, die bekleckerte Serviette über dem Kopf schwenkend.

Giesela lehnte sich zu Andrea hinüber und flüsterte: »Du musst eine Menge lernen über Öffentlichkeitsarbeit, wenn du Bob managen willst.«

»Wie kommst du darauf, dass ich seine Managerin bin?«

»Na, du hast die ganze Sache doch angeleiert!« Giesela machte ein Gesicht, als sei das die logischste Sache der Welt. »Und da kommt auch schon unser Essen!«

Schwungvoll stellte die Kellnerin zwei Teller und ein großes Holzbrett mit verschiedenen Käsesorten auf dem Tisch ab. »Lasst es euch schmecken!«

Kaum war sie verschwunden, machte Bob einen empörten Satz. »Ich habe noch Ketchup am Tentakel!«

»Du hast gerade dein erstes Autogramm gegeben!«, zwitscherte Sfiande entzückt. »Ist das nicht aufregend?«

Bob stoppte seinen Angriff auf die Käseplatte mitten in der Bewegung und blickte auf den rotverschmierten Saugnapf. »Du hast Recht! Ich habe Fans!« Sein Schnabel zog sich in die Breite. Hätte er ein menschliches Gesicht gehabt, hätte er bestimmt gegrinst.

Andrea beobachtete die beiden. Ein warmes Gefühl breitete sich in ihrer Magengrube aus - eine Mischung aus Besitzerstolz und Zuneigung. Und natürlich hatte Giesela auch irgendwo recht. Wer sollte Bob und Sven managen, wenn nicht sie? Jetzt musste sie nur Sven rechtzeitig wieder auf den richtigen Weg bringen, damit die beiden fit wurden für ihren nächsten Auftritt. Vielleicht konnte sie diesmal sogar mit ins Studio fahren? Schließlich fanden die Live-Shows außerhalb der üblichen Bürozeiten statt. Das wäre ein richtiges Abenteuer! Verträumt beobachtete sie, wie die beiden Tentakelwesen sich einträchtig über den Käse hermachten. Dann begann sie mit minimaler Verspätung, ihre eigene Bestellung in Angriff zu nehmen.

Es dauerte nicht lange, bis das gesamte Geschirr blankgeputzt war. Die Klöße waren tatsächlich großartig, wie versprochen. Giesela bestellte die Rechnung und einen Kräuterschnaps aus der Region, den sie in einem Zug herunterkippte. »Das habe ich jetzt gebraucht.« Sie griff nach ihrer Umhängetasche. »Komm, lass uns ins Hotel zurückkehren.«

So vollgestopft und zufrieden kam Andrea der Weg zum Hotel direkt doppelt so lang vor. Sie unterdrückte ein Keuchen, als sie die Stufen zur Seitentür des Hotels erklomm. Die Tür schien eine Tonne zu wiegen. Sie betrat den Flur und verlagerte das Gewicht der Tasche auf die linke Hüfte. Dann lächelte sie den jungen Mann hinter dem Empfangstresen im Vorbeigehen an. »Einen schönen Abend noch«, flötete sie ihm mit einem bezaubernden Lächeln zu. Er errötete bis unter die Haarwurzeln. Andrea winkte ihm im Umdrehen und beeilte sich, hinter Giesela die Treppe hinauf zu kommen. Es ging vorbei an abstrakten Kunstdrucken, die Andrea bislang meistens in Zahnarztpraxen gesehen hatte, und großen Sträußen getrockneter Blumen. Nirgends war auch nur das kleinste Körnchen Staub zu sehen. Aus dem Fenster blickte man auf den beinahe komplett leeren Parkplatz hinab. Das Licht der untergehenden Sonne verlieh dem geschlossenen Nagelstudio auf der gegenüberliegenden Straßenseite, in dessen Fenster ein ZU VERMIETEN-Schild hing, einen malerischen Akzent.

Andrea schloss die Tür auf und trug ihre Tasche ins Zimmer. Sie drehte sie in der Luft und ließ Bob in hohem Bogen auf das freie Bett fallen.

»Du kannst mich nicht einfach ausschütten!«, klagte Bob.

Giesela stand in der Zimmertür und grinste.

»Das war ein weiteres Abenteuer«, erklärte Andrea müde.

»Das war körperliche Gewalt«, schimpfte er, hüpfte vom Bett und begann, das Zimmer noch einmal in Augenschein zu nehmen.

»Ich denke, ich geh ins Bett«, sagte Giesela und drehte sich um, um ihr eigenes Zimmer zu betreten. »Fühlt euch wie zu Hause!«

»Das geht nicht, es gibt doch gar keinen Computer!«

»Du wirst doch wohl eine Nacht ohne Computer auskommen, oder etwa nicht?«, tschilpte Sfiande aus ihrem Taschenversteck. Nur ihr Zeigetentakel war sichtbar.

Bob sah seine Gefährtin an, als habe sie den Verstand

verloren. Anstatt etwas zu antworten, wuselte er ins Bad und sah sich um. »Hier liegt übrigens viel weniger Staub herum als bei uns zu Hause. Ich kann nicht behaupten, dass ich mich hier wohl fühle«, hörten sie seine Stimme durch die offene Tür hallen.

»Halt die Klappe«, rief Andrea aus dem angrenzenden Raum. Sie suchte in ihrer Tasche nach ihrem Handy. Das Display war voller Schleim. »Ich muss eben runter und telefonieren. Könntest du solange auf Bob aufpassen, damit er nicht den Zimmerservice ruft oder andere Dummheiten macht?«

Giesela nickte entspannt. »Ist okay, dann bleibe ich noch einen Moment hier. Wenn du sie später noch eine halbe Stunde nehmen kannst, damit ich zum Meditieren komme …«

Andrea versprach es und drückte sich an ihrer neuen Freundin vorbei. Raschen Schrittes ging sie den Flur entlang und die Treppe hinunter. Der Portier klemmte sich einen Telefonhörer ans Ohr und machte Notizen in einem großen Buch mit dünnen Seiten, aber er fand trotzdem noch die Gelegenheit, ihr zuzulächeln. Sie winkte flüchtig und stemmte sich gegen die schwere hölzerne Eingangstür.

Auf der Straße vor dem Hotel strömte erstaunlich lebhafter Verkehr vorbei. Die Geräuschkulisse erlaubte es nicht, in Ruhe zu telefonieren. Andrea orientierte sich kurz an einem Pfahl voller touristischen Wegweiser und schlug nach kurzer Überlegung den Weg zum Kurpark ein. Jetzt im Sommer würde es noch lange genug hell bleiben, um ihre eigene Sicherheit musste sie sich also keine Sorgen machen.

Ein Park war ein guter Ort, um den Kopf freizukriegen. Der Weg war nicht lang, wie alle Wege hier, und gesäumt von Geschäftsräumen mit hohen Fenstern, die wahlweise zu vermieten oder in der Geschäftsaufgabe begriffen waren. Andrea warf einen Blick über die Schulter, um sicher zu gehen, dass sie das Gebäude auf dem Rückweg finden und erkennen würde. Dann bog sie ab, überquerte eine stark befahrene Straße und erreichte den Eingang zu einem malerischen Park.

Andrea musste ein wenig unter den alten Bäumen herumgehen, bis sie einen Fleck mit gutem Empfang gefunden hatte. Im Verlauf ihrer Suche hatte sie sich hügelanwärts bewegt und wurde mit einem malerischen Ausblick auf den historischen Ortskern belohnt. Sie sah die kleine Kirche und die Reste des Gutshofes, in dem sich, wie Giesela ihr erzählt hatte, viele Jahre lang eine Mädchenschule befunden hatte.

Aus dem elektronischen Telefonbuch wählte sie Svens Nummer und wartete ungeduldig, während sich das Tuten im Gerät in die Länge zog. Schließlich meldete sich die Mailbox. Entnervt unterbrach sie die Verbindung und wählte die Nummer direkt noch einmal. Dieses Spiel wiederholte sich einige lange Minuten, während Andrea mit sinkender Laune beobachtete, wie ältere Paare gemächlich zwischen den Grünflächen flanierten. Aber letztendlich schien Sven das Gebimmel doch auf die Nerven zu gehen, denn plötzlich hörte sie seine Stimme mürrisch aus dem Gerät scheppern. »Was willst du?« Er klang ein wenig desorientiert.

»Wir sollten uns die Tage treffen und Bobs nächsten Auftritt planen.« Andrea bemühte sich, ruhig und neutral-freundlich zu klingen.

»Hat das nicht Zeit? Ich bin gerade mit etwas Wichtigem beschäftigt.«

»Ich weiß. Grüß Jochen von mir. Und morgen schwingst du deinen Knack-Po nach Bonn. Du weißt, was auf dem Spiel steht«, fügte sie eindringlich hinzu.

»Und was, wenn ich keine Lust habe?«, maulte Sven.

»Das ist mir egal. Wir beide haben eine Abmachung!« Andrea bemerkte ein älteres Paar, das ihr im Vorbeigehen neugierige Blicke zuwarf. Sie drehte sich um und ging ein paar Schritte weiter. »Willst du etwa, dass Bob seine Mission erfüllt?«

Sven war nicht überzeugt. »Das ist mir egal! Dieser ganze Castingscheiß geht mir auf den Sack. Und Jochen sagt, das ist total peinlich!«

Andrea verdrehte die Augen und bemühte sich um einen freundlichen Tonfall. »Guck, es tut mir leid, dass wir gestritten haben. Du machst deine Sache ganz hervorragend. Ich war nur genervt wegen … du weißt doch, wie deine Familie ist.«

»Ich war dabei«, warf Sven ein.

Ja, dachte Andrea, und du hast mich mit diesen Langweilern sitzenlassen. Aber sie verkniff sich den Kommentar. »Wir hatten beide einen schlechten Tag«, lenkte sie stattdessen ein. »Aber jetzt wird es Zeit, dass wir wieder daran denken, was wirklich wichtig ist. Stell dir vor, Bob hat heute sein erstes Autogramm gegeben!«

»Was? Und ich war nicht dabei!« Sven klang – empört? Verletzt?

Andrea fasste ihm die Begegnung mit dem kleinen Jungen zusammen. »Der war so begeistert! Ihr habt da wirklich eine tolle Sache am Laufen! Bitte, komm nach Bonn zurück und zieh das mit Bob und mir durch. Danach bitte ich dich nie wieder um etwas!«

Sven schwieg eine Weile, ehe er nachgab. »Na gut.« Er nannte ihr eine Adresse, an der sie ihn Dienstagabend abholen konnte. Er klang immer noch genervt, aber - oder bildete sie sich das nur ein? - auch ein kleines bisschen erleichtert. Diese Wiedervereinigungen mit Jochen waren nie von langer Dauer. Es gab exzellente Gründe dafür, dass sich die beiden getrennt hatten. Andrea bedankte sich, versprach, pünktlich zu sein, und beendete das Gespräch, ehe irgendein dummer Zufall alles wieder ruinieren konnte. Es wurde Zeit, zu den anderen ins Hotel zurückzukehren.

Sie sah sich um und setzte sich in Bewegung. Die Sonne war inzwischen zur Hälfte hinter den Bergen verschwunden, und Schatten füllte das Tal. Der Park hatte sich geleert, und in den Fenstern der umliegenden Häuser flackerten die Fernsehbildschirme.

Die Entlobung

Nervös sah sich Xhi'lao im Keller um. Sobald Andrea heute Morgen ins Büro verschwunden war, hatte er einige Teelichter aus einer Schublade gemopst und sich auf den Weg in den Keller gemacht. Ihm war ein wenig unwohl bei seinem Vorhaben, aber er wollte das jetzt hinter sich bringen. Eine kurze Nachricht, im Telegramm-Stil über den Mechanismus des Portals übermittelt, hatte gereicht, um ein Treffen mit Bao'bhat zu vereinbaren. Der kleine Ausflug in dieses Grenzmuseum hatte ihm die Augen geöffnet. Er würde Nägel mit Köpfen machen.

Seit Stunden hielt er sich damit auf, den Keller gemütlich herzurichten, aber er wusste immer noch nicht, was er seiner zukünftigen Ex-Verlobten genau sagen wollte. Wie im Traum erinnerte er sich an den Tag, an dem die Prophezeiung verkündet worden war. Daran, wie verliebt er gewesen war. An Bao'bhats zierliche, rosafarbene Saugnäpfe und die Begeisterung, mit der sie ihren frischen Schleim am Stiel gegessen hatte. Und vor allem daran, wie stolz sie auf ihn gewesen war. »Du wirst Geschichte schreiben!«, hatte sie gequietscht und ihn mit ihren überraschend starken Tentakeln an sich gedrückt. Dann hatte sie sich beruhigt, ihm noch einmal aufmunternd auf den Hintertentakel geklopft und ihn mit den Priestern alleingelassen. Damals hatte er geglaubt, das sei seine Chance. Er wollte unbedingt beweisen, aus welchem Holz er geschnitzt war, und ihre Verbindung endlich offiziell bekanntgeben. Aber jetzt … jetzt kam ihm das alles vor wie ein absurdes Abenteuer aus einer anderen Welt. Und er war sich nicht ganz sicher, ob es nur an der Geschichtslektion lag oder an Sfiandes Gesellschaft.

Er hatte fleißig Staub gewischt, die verklebten Zeitschriften gestapelt und alle Kartons, die er im Eifer der letzten Monate durchwühlt hatte, wieder vollgestopft und zugeklappt. Beim besten Willen konnte er sich nicht daran erinnern, ob Andrea eine bestimmte Ordnung in den Kisten gehalten hatte. Hoffentlich wusste sie das auch nicht mehr. Es war ihm wichtig, dass die Atmosphäre für das bevorstehende Gespräch so angenehm wie möglich war, wenn der Inhalt es schon nicht sein konnte.

Andrea würde bestimmt wütend werden, wenn sie wüsste, dass er das Portal immer noch für seine Besprechungen benutzte. Xhi'lao wusste nicht, ob sie ihm glauben würde, dass er jetzt auch gegen die Eroberung war. Nicht nur, aber auch wegen Sfiande mit ihrer Gruppe Tentakel-Aussteiger, von denen sie ihm nur vage erzählt hatte. Woher sollte sie wissen, hatte sie argumentiert, dass er das Wissen nicht gegen die Gruppe verwenden würde? Sie war so standhaft!

Xhi'lao war ein wenig verletzt, dass sie ihm nicht vertraute, andererseits machte ihre Loyalität sie für ihn nur noch anziehender. Er wusste, falls die Invasion stattfand, stand ihr Leben auf dem Spiel. Natürlich würde er nie etwas tun, um ihr zu schaden. Schließlich war sie so sanft und lieb und klug und … beim Gedanken an ihre blauen

Tentakel zitterte etwas in seinem Innern, in genau dem Moment, in dem das Portal zu pulsieren begann. Er war verliebt.

»Oh Xhi'lao, mein Held!«, hauchte Bao'bhat auf der anderen Seite der Verbindung. »Ich habe dich ja so vermisst!«

»Ähm, hallo, Bao'bhat. Schön dich zu sehen.« Xhi'laos Zunge schien in seinem Schnabel anzuschwellen. Sein Hals war auf einmal unglaublich trocken. Verflixt, warum hatte er nicht daran gedacht, sich etwas zu trinken mit in den Keller zu nehmen? Dabei war es hier doch so staubig! Er räusperte sich.

»Du Ärmster! Die Erdatmosphäre bekommt dir nicht!« Bao'bhat klang besorgt. »Hast du ein Mittel gegen die giftigen Gase gefunden?«

»Die giftigen Gase?« Xhi'lao brauchte einen Moment, um sich an diese spezielle Geschichte zu erinnern, die er seinen Vorgesetzten aufgetischt hatte. Offenbar hatten sie seine Erkenntnisse weitergegeben. »Oh, ähm, ja, die treten nur jeden zweiten Mittwoch auf. Dann machen wir die Fenster zu und bleiben zuhause. Ansonsten geht es.«

Sie lächelte und wedelte kokett mit ihren pinkfarbenen Tentakelspitzen. »Der Bote meinte, du wolltest mir etwas Wichtiges sagen?«

Da war er, der kritische Moment. Xhi'lao holte tief Luft. »Nun … wie du bestimmt bemerkt hast, zieht sich die Mission unerwartet in die Länge. Und ich weiß, wie ungeduldig du darauf wartest, dich endlich fortpflanzen zu können.«

»Ich kann es kaum erwarten!«, hauchte sie. Das Portal schien zu vibrieren. Zum Glück gab es die Sicherung, die verhindern sollte, dass jemand aus Versehen von einer Dimension in die andere purzelte. Er musste nicht befürchten, dass sie sich, von Lust überwältigt, auf ihn stürzte. Was ja nur verständlich wäre angesichts seines Ruhms.

»Nun, also … ich möchte dich nicht länger davon abhalten, deinen Traum zu verwirklichen«, platzte Xhi'lao heraus, ehe die Stimmung sich weiter aufheizen konnte. Sein Blick irrte umher und blieb wie hypnotisiert an einem Staubkorn hängen, das direkt in eine Kerzenflamme taumelte.

Bao'bhat schien in der Bewegung einzufrieren. Sie brauchte einen Moment, um das Gehörte zu verarbeiten. »Was hast du gesagt?«

»Ich möchte, dass wir unsere Verbindung lösen - zumindest, bis ich erfolgreich zurückgekehrt bin«, fügte Xhi'lao schnell hinzu, als er sah, wie ihr zarter Schnabel sich zitternd öffnete. Wenn sie jetzt zu schreien anfing …

Aber Bao'bhat lächelte stattdessen. »Die Gase müssen deine Sinne vernebelt haben. Wir sind wie für einander geschaffen! Und wenn du erst zurückkehrst und ein Held bist …«

»Und was passiert, wenn ich nicht zurückkehre?«, gab Xhi'lao zu bedenken. Seine Gedanken rasten auf etwas zu, von dem er hoffte, dass es die Lösung dieses Problems sei. »Willst du etwa auf ewig als die Verlobte eines Versagers bekannt sein?«

»Oh nein«, tschilpte sie mit schriller Stimme, »bist du

etwa in Gefahr? Sind die Menschen dir auf die Schliche gekommen? Ich habe gehört, sie sollen ganz grobschlächtig und langsam sein, aber man weiß ja nie ...«

»Ich bin nicht in Gefahr«, wehrte Xhi'lao ab. »Also, nicht unmittelbar«, schob er schnell hinterher. »Aber es könnte doch sein, dass - aus welchem Grund auch immer - die Mission nicht erfolgreich zu Ende geführt werden kann. Stell dir nur das Gerede vor! Niemand außer mir würde dich mehr anschauen!«

Bao'bhat jubilierte. »Oh, du bist so ein Süßer! Sogar jetzt, wo du in allergrößter Gefahr schwebst, sorgst du dich nur um meinen Ruf!« Ihr Gesicht verzog sich fast unmerklich, nahm einen ungnädigen Zug an. »Du würdest mich doch niemals belügen, nur um dich aus dieser Verbindung herauszuwinden?«

Beinahe hätte Xhi'lao sich verschluckt. »Natürlich nicht!«

»Gut, dann werde ich auf deinen Rat hören. Unsere Verlobung ist bis auf Weiteres aufgehoben.« Bao'bhat wedelte noch einmal kokett mit ihrem Zeigetentakel. »Aber glaube nicht, dass du mir so einfach entkommst, mein kleiner Held! Ich werde die Erste sein, die ihre Tentakel bei deiner Rückkehr um dich schlingt!«

Vor Erleichterung hätte Xhi'lao beinahe laut geseufzt. Er beherrschte sich im letzten Moment - und wäre gleich darauf beinahe vor Schreck von den Zeitschriften gefallen, als seine Ex-Verlobte hinzufügte: »Wenn es dich beruhigt, rede ich mit dem Hauptwedel. Ich will nicht, dass du ganz alleine Angst haben musst in der Fremde. Vielleicht kann er dir Verstärkung schicken.«

»Halt, warte!«, krächzte Xhi'lao. Aber es war schon zu spät. Das Portal wurde wieder dunkel.

Stolpersteine

»Ich verstehe es einfach nicht!«, schimpfte Sven und ballte die Faust. »Unser Auftritt war wirklich allererste Sahne!« Er ließ sich aufs Sofa fallen und kickte seine Sneakers in die Ecke.

Bob saß auf dem Wohnzimmertisch wie ein Häufchen Elend. »Und ich dachte, das Publikum liebt uns!« Trauer färbte seine Haut dunkel.

Andrea wusste nicht, was sie dazu sagen sollte, also zog sie sich für einen Moment in die Küche zurück. Zuerst setzte sie Teewasser auf, denn Tee beruhigte immer. Sie schnitt eine Scheibe Harzer Roller in exakt gleich große Stücke und öffnete eine Flasche Kölsch. Es zischte leise. Dann goss sie zwei Tassen Kamillentee auf, stellte alles auf ein Tablett und trug es hinüber ins Wohnzimmer.

Die beiden Männer hatten sich noch keinen Millimeter vom Fleck gerührt. Sven wippte mit dem besockten Fuß, als warte er auf eine wichtige Entscheidung.

»Hier, erfrischt euch erst einmal«, sagte Andrea und stellte ihre Fracht auf dem Tisch ab. Doch entgegen seiner Gewohnheiten ignorierte Bob die aromatische Nascherei. Er blinzelte mehrmals rasch, und dann brach es aus ihm hervor: »Diese Strolche hätten es verdient, dass man sie in die Minen wirft! Ich weiß gar nicht, warum ich diesen Mist überhaupt mitmache!«

Alarmiert sahen Andrea und Sven einander an. Hoffentlich hatten diese dämlichen Juroren nicht gerade den Untergang der Menschheit besiegelt. »Was haben sie denn überhaupt gesagt?«, fragte Andrea zögerlich. Sie bedeutete Sven mit einer Geste, dass er Sendepause hatte. Mochte sein, dass sein männlicher Stolz verletzt war, aber er hatte schließlich keine Kumpels, die die komplette Welt unterjochen wollten und nur auf ein Zeichen warteten. Um seine Gefühle konnte sie sich später immer noch kümmern. Zu schade, dass sie nicht mit nach Köln gefahren war. Die Wäsche hätte durchaus warten können, wie sie jetzt mit reichlich Verspätung erkannte.

»Sie haben gesagt, unsere Nummer wäre nicht mehr frisch genug - es wäre immer das Gleiche! Was für ein Schwachsinn! Wir hatten mindestens drei neue Witze dabei!«

»Nun … vielleicht meinten sie, eure Aufstellung war die gleiche wie bei den Auftritten davor. Wenn ihr das Ganze ein wenig variiert … vielleicht müsst ihr einfach ein paar Requisiten einbauen«, schlug Andrea vor.

»Von wegen Requisiten«, maulte Bob. »Die glauben doch, ICH bin eine Requisite! Die werden sich wundern!«

Sven stand auf und sammelte seine Schuhe ein. Soviel Ordnungssinn war für ihn ungewöhnlich. Deswegen folgte Andrea ihm auch bereitwillig, als er sagte: »Zeig mir mal eben, wo ich meine Sachen heute Abend parken kann.«

Sven schloss die Wohnzimmertür hinter sich und bog ab ins Schlafzimmer. »Wir müssen dringend etwas tun.«

»Ja, er tut mir total leid. Das ist das erste Mal, dass er einen Misserfolg hatte.«

Sven starrte sie an, als sei sie nicht ganz bei Trost. »Du machst dir Sorgen um Bobs Gefühle?« Er schnaubte. »Ich mache mir mehr Sorgen, dass er hier gleich mit seiner Armee einmarschiert, als wären das hier die RISIKO-Brettspielmeisterschaften.«

Andrea sah ihn überrascht an. »Und was sollen wir deiner Meinung nach mit ihm machen?«

Sven begann, sich auszuziehen.

Überrascht wich Andrea zurück Richtung Tür. »Was soll denn das jetzt?«

»Halt die Klappe – so heiß bist nicht einmal du, dass ich das Lager wechsle«, fuhr Sven sie an. »Ich ziehe mich nur um, damit Bob nicht misstrauisch wird.« Er zog sich das Pyjamaoberteil über den Kopf. Seine Stimme klang gedämpft. »Wenn es hart auf hart kommt, werden wir ihn ins Gefrierfach packen müssen.«

Andrea schüttelte den Kopf. »Das könntest du wirklich tun? Bob ist unser Freund!«

»Nur so lange, bis er die Apokalypse einleitet.«

Verdammt, da hatte er recht. Andrea sah sich hilflos um. Ihr Schlafzimmer hätte sie auch mal wieder aufräumen können. »Lass uns erst einmal gucken, ob es nicht auch ohne die Castingshow geht. Ihr könntet euch bei Theatern und so bewerben! Die haben euch bestimmt schon auftreten sehen, und ihr müsstet auch eine riesige Fangemeinde im Internet …« Ihre Stimme verlor sich, während ihre Gedanken sich überschlugen. »Ich muss dringend mit Bob an den Rechner!«, brach es aus ihr hervor. Sie riss die Tür auf, stürmte ins Wohnzimmer und schaltete den Computer ein.

Bob war so tief in Gedanken versunken gewesen, dass er bei ihrem Auftritt einen Satz machte. Der Käse stand immer noch unberührt vor ihm.

»Hast du eigentlich schon mal deinen Namen gegoogelt?«, fragte Andrea betont fröhlich. Sie konnte nur hoffen, dass die dummen Medienschafe, die sich diese ganzen albernen Shows ansahen, sie diesmal nicht im Stich ließen. Bitte, flehte sie im Stillen, lass die Foren nicht voller Trolle sein! Wenn Bob es im Voting so weit geschafft hatte, musste er Fans haben, und nicht gerade wenige. Im Viertelfinale auszuscheiden war wirklich keine Schande. Bestimmt waren seine Fans empört. Sie schaltete den Computer ein.

Zögernd hopste Bob vom Sofa und kam zu ihr an den Schreibtisch gewuselt. Sie bückte sich und hob ihn auf die Tischplatte. »Hast du dir schon einmal angeschaut, was eure Fans zu euch zu sagen haben?«

»Wieso sollten die etwas sagen?«, fragte Bob mürrisch.

»Das ist … guck mal, ich bin doch in etlichen Comic- und Graphic-Novel-Foren unterwegs. Du hast doch bestimmt schon die ganzen Bookmarks gesehen.«

»Ja, das ist langweiliges Zeug«, grummelte Bob. »Lauter Freaks, die sich stundenlang darüber unterhalten, aus was für Material Supermans Unterwäsche ist und ob Batman lieber mit Catwoman oder mit Poison

Ivy ausgehen sollte.«

»Genau, das sind deren Fans«, erklärte Andrea geduldig, wenngleich ihr Stolz schon ein wenig angeknackst war. Freaks? Sie sollte ihm einen Kühlakku in seinen Schlafkarton schmuggeln. »Und du und Sven, ihr müsstet auch Fans haben.«

»Reden die über unsere Unterwäsche?«, fragte Bob alarmiert. »Ich habe nämlich gar keine Unterwäsche an.«

»Darüber, und noch über viel mehr.« Andrea öffnete die ersten paar Links in neuen Tabs und überflog die Unterhaltungen. Natürlich gab es einige negative Stimmen und auch ausgewachsene Trolle, aber die meisten Leute auf diesen Plattformen äußerten sich begeistert über Svens »Bauchrednernummer«.

BOB IST JA SOOOO SÜSS! *herzchen* WARUM GIBT ES DEN NOCH NICHT ALS STOFFTIER? DANN KÖNNTE ICH JEDEN ABEND MIT IHM KUSCHELN!

ICH WÜRDE JA LIEBER MIT SVEN KUSCHELN - DER IST ECHT HEISS.

WARUM NEHMT IHR NICHT BEIDE MIT INS BETT?

DAS KLINGT WIE DER ANFANG EINER HENTAI-KARRIERE. *smilie*

Bob hatte sich weit genug aus seinem Trübsinn geschält, dass er die Unterhaltung mitlesen konnte. »Was ist Hentai?«, wollte er wissen.

»Google das lieber nicht«, antwortete Andrea ausweichend. »Das sind anzügliche Comicfilme für Erwachsene.«

Bob sah vom Bildschirm auf. »Guckst du die? Du magst doch Comics.«

»Ja, Andrea, du magst doch Comics«, ertönte es spöttisch von der Wohnzimmertür. »Sag schon, guckst du Hentais?«

Andrea warf Sven einen giftigen Blick zu. »Für so etwas müsstest du doch der Experte sein.«

»Das war in meiner wilden Phase, da bin ich drüber hinweg«, erklärte Sven mit einer Gelassenheit, die in krassem Gegensatz zu seinem breiten Grinsen stand.

Oh mein Gott, fiel es Andrea in dem Moment siedend heiß ein, wenn die Leute sich schon so in den Foren unterhielten - gab es dann etwa auch erotische Bob-Fanfiction? Regel vierunddreißig, rief sie sich ins Gedächtnis: Es gibt von ALLEM pornographische Abwandlungen im Internet. Sie musste dringend die Kindersicherung an ihrem Browser aktivieren, ehe Bob etwas las, das ihn verstörte … oder auf dumme Gedanken brachte. »Ich finde, ihr solltet euch als Komiker für Auftritte bewerben«, erklärte sie, um von der Richtung abzulenken, die ihre Unterhaltung nahm. »Vielleicht könnt ihr bei Nachwuchsshows im Pantheon auftreten, oder fragt bei der Springmaus nach.« Das waren die ersten Veranstaltungsorte, die ihr dazu einfielen.

Sven dachte kurz darüber nach. »Eigentlich gar keine so schlechte Idee. Wir könnten coole Fotos machen und uns ein lustiges Anschreiben einfallen lassen.«

Die Aussicht darauf schien Bob ein wenig zu trösten. »Und das funktioniert?« Wenigstens war er von seinen Invasionsplänen für den Moment abgelenkt.

Andrea stand von ihrem Bürostuhl auf, ging zum Wohnzimmertisch hinüber und nahm die improvisierte Käseplatte vom Tisch. »Vielleicht, aber du hast ja jetzt gelernt, wie man mit Enttäuschungen umgeht. Das ist ein wichtiger Teil der menschlichen Erfahrungswelt.« Sie stellte den Snack wie zufällig neben Bob und beobachtete mit Erleichterung, dass er sich einen ordentlichen Brocken von dem stinkenden Zeug in den Schnabel steckte. Wenn er wieder Appetit hatte, konnte seine Laune nicht mehr so schlecht sein, nicht wahr? »Am besten, wir nehmen das direkt in Angriff«, erklärte sie. Damit wäre Bob erst einmal wieder beschäftigt. Diese blöde Castingshow konnte sie mal gernhaben. Was war das überhaupt für eine nachlässige Einstellung zu ihrer Verantwortung gegenüber dem Publikum? Mit ihrer Entscheidung hatten sie schließlich die Menschheit an den Rand eines interdimensionalen Eroberungsfeldzuges gebracht. Eigentlich müsste man denen einen geharnischten Brief schreiben. Andrea schüttelte den Kopf, um diese absurden Überlegungen zu vertreiben. »Ich hole nur schnell meine Kamera.«

Ein klassisches Bewerbungsbild fiel für Sven und Bob als Option natürlich weg. Andrea ließ die beiden auf dem Sofa herumtollen und knipste, was das Zeug hielt. Bob im Schwitzkasten, Sven im Tentakel-Würgegriff, beide lächelnd nebeneinander in Schwiegersohn-Pose, komplett mit Topfpflanze. »Vielleicht sollten wir auch noch ein paar Aufnahmen draußen probieren?«, schlug sie vor.

»Aber draußen ist es doch dunkel, packt deine Kamera das?«, wandte Sven ein.

Andrea bestand darauf. »Lass uns mal zur nächsten Straßenlaterne gehen und das einfach ausprobieren. Vielleicht kommt da etwas Gutes bei heraus. Und unter der Brücke müssten wir auch ein paar aufregende Motive finden. Oder habt ihr heute Abend noch etwas Wichtigeres zu tun?«

Die Männer sahen sich kurz an und schienen einen dieser »Versteh' einer die Frauen«-Moment zu haben, aber sie äußerten keine weiteren Einwände. Sven griff nach seiner Jacke, aber Andrea hielt ihn zurück. »Hier, probier den mal an.«

»Hast du sie noch alle?« Sven starrte auf den Leopardenprint-Trenchcoat in ihrer Hand, als stecke da noch eine lebendige Raubkatze drin. »So etwas ziehe ich nicht an!«

»Das wird witzig!«, sagte Andrea.

Bob saß neben ihnen auf dem Boden und nickte begeistert mit dem Zeigetentakel. »Du wirst sehr chic aussehen, Andrea hat recht.«

Andrea grinste in sich hinein. Chic war jetzt nicht das Wort, das sie benutzt hätte. Aber Bobs Enthusiasmus hatte die gewünschte Wirkung.

Widerwillig griff Sven nach dem Mantel. »Gut, aber glaubt ja nicht, dass auch nur irgendein Mensch diese Bilder jemals zu Gesicht kriegen wird.«

Andrea hielt den Mund. Das würden sie ja sehen.

Draußen war es kälter, als sie erwartet hatten. Nach wenigen Metern bereute Andrea, dass sie Sven ihren

Trenchcoat überlassen hatte. Obwohl es immer noch Sommer war, kühlten die Tage schnell ab, sobald es dunkel wurde. Über ihren Köpfen brauste der Verkehr auf der Autobahn dahin. Sven trug Bob in der Armbeuge wie einen verwöhnten Handtaschenköter, damit er sich nicht die Tentakel an Rollsplit und Glassplittern verletzte. Sie entschieden sich für eine Laterne auf dem Parkplatz direkt unter der Autobahnbrücke. Bob schlang seine Tentakel um den metallenen Pfosten und begann, lustig zu pulsieren. Sven räkelte sich wie eine Go-go-Tänzerin. Und Andrea fotografierte. Sie konnte beinahe nicht so schnell auf den Auslöser drücken, wie Sven und Bob von einer grandiosen Pose in die nächste fielen. Schließlich entschied sie mit einem Lachen: »Genug, es reicht! Wir sind hier nicht bei den Topmodels!«

»Bring Bob doch nicht auf neue Ideen«, scherzte Sven. »Nachher will er noch zu Heidi in die Show!«

»Was ist eine Heidi?« Bob ließ sich vorsichtig ein Stück die Stange hinuntergleiten. Er hinterließ einen zarten Schleimfilm. Sven fing ihn auf und kraulte geistesabwesend seinen Zeigetentakel, als halte er wirklich ein Haustier im Arm.

Zufrieden schweigend gingen sie zum Haus zurück. Andrea schloss die Haustür und ein paar Schritte später die Wohnungstür auf und komplimentierte ihre Männer hinein.

»Am besten, wir schlafen alle im Schlafzimmer heute Nacht«, erklärte sie wie nebenbei. »Ist doch albern, wenn Sven mir das Sofa vollschwitzt, wenn im Bett genug Platz für uns beide ist.«

Sven und Bob sahen sie an, als sei ihr ein zweiter Kopf gewachsen.

»Wie komme ich denn zu der Ehre?«, wollte Sven wissen.

»Stell dich nicht so an. Du hast doch neulich schon bei mir geschlafen. Hast du etwa Angst, dass ich mich dir unsittlich nähere?« Andrea zwinkerte ihm zu. »So schlimm schnarchst du auch nicht, habe ich mir überlegt.«

Sven zuckte die Achseln. »Soll mir recht sein.« Gehorsam trug er Bob ins Schlafzimmer.

»Ich muss noch eine Kleinigkeit erledigen!«, rief Andrea den beiden hinterher und wartete, bis die Geräusche aus dem Nebenzimmer leiser wurden. Dann schaltete sie den Computer wieder an. Ihre Hand schoss zum Lautstärkeregler der Boxen, ehe der verräterische Sound des Betriebssystems die beiden wieder auf den Plan rufen konnte. Sie schob die Speicherkarte der Kamera in das Lesegerät und fummelte den USB-Stecker in den entsprechenden Steckplatz. Huch, das waren ja viel mehr Bilder als erwartet! Mit einigen schnellen Tastenbefehlen kopierte sie ihre Ausbeute zuerst auf die Festplatte und begann dann, sie zu sichten. Einige waren verwackelt, aber es gab auch etliche, die perfekt für ihre Zwecke geeignet waren.

Nachdem sie sich entschieden hatte, öffnete sie das Schreibprogramm und begann zu tippen. Vielleicht konnte sie auf diese Weise schnell ein neues Erfolgserlebnis für Bob schaffen, ehe er seinen Vorgesetzten Meldung machte und doch noch die Invasion einläutete.

Es dauerte länger als erwartet, bis sie das Anschreiben und den imaginären Lebenslauf fertig hatte. Sie zwang sich, alles noch einmal gründlich auf Tippfehler und wildgewordene Satzzeichen zu überprüfen, ehe sie die Datei und die drei Bilder, für die sie sich letztendlich entschieden hatte, an eine E-Mail anhängte. Sie benutzte Svens Postfach – es war gut, dass er sich nie ausloggte. In die E-Mail fügte sie zwei Links zu Fernseh-Auftritten von Sven und Bob ein – für den Fall, dass der Empfänger unter einem Stein gelebt hatte. Ein Foto zeigte Sven und Bob in einer übertrieben fröhlichen Pose, die ein wenig an das Video zu »Singing in the rain« erinnerte. Der Mantel mit dem Leopardenprint blähte sich elegant auf, als wehe eine milde Brise, und das orangefarbene Licht der Straßenlaterne ließ Svens Haar rötlich leuchten. Er grinste wie ein drittklassiger Schauspieler, der dabei versagte, frisch verliebt zu tun. Bob hing über ihm am Laternenpfahl und wedelte, was das Zeug hielt. Das Bild brachte Andrea zum Lächeln.

Auf dem zweiten saß Bob auf Svens Gesicht wie der berüchtigte »Facehugger« aus den Alien-Filmen. Nicht viel Action, aber es wirkte unglaublich beklemmend.

Und das dritte war ein Action Shot, bei dem Sven Bob in die Luft warf. Er stand übertrieben breitbeinig und lachte diabolisch, während Bob über ihm wild mit den Tentakeln fuchtelte. Die Bewegung ließ das Bild verwackelt aussehen. Vor der tristen Kulisse aus geparkten und verlassenen Autos zwischen Betonpfeilern wirkten die beiden gleich doppelt absurd.

Andrea fand, das war ein guter Ausblick auf das Programm, das sie anzubieten hatten. Ehe sie es sich anders überlegen konnte, klickte sie auf »Senden«.

Karten auf den Tisch

Einmal mehr hatte Andrea den Kaffeetisch gedeckt. Im Gegensatz zum letzten Mal sorgte sie sich allerdings eher darum, dass ihr Arrangement zu gediegen und bürgerlich war. Über einen Versandhandel hatte sie kandierte Veilchenblüten als Dekoration für ihre Blaubeermuffins mit Lemon Curd als Topping bekommen. Auf einem zweiten Teller standen herzhafte Muffins, die eigentlich nur aus einer dünnen Teighülle mit einem fädenziehenden Kräuterkäseherz bestanden. Um Müll zu vermeiden, hatte sie die guten Stoffservietten ihrer Großmutter ganz hinten aus dem Schrank geholt. Sie rochen ein wenig verstaubt, aber sie sahen aus, als seien sie gerade erst liebevoll gebleicht und gepresst worden. Sven hatte sie losgeschickt, um Kaffeesahne zu holen - in erster Linie, damit er nicht im Weg herumstand - und Bob hielt nebenan noch schnell ein Nickerchen in seiner Box. Es war kurz vor drei, und schon konnte sie durch das Wohnzimmerfenster sehen, wie Giesela sich abmühte, ihren SUV in eine der winzigen Parklücken am Straßenrand zu bugsieren. Mit ihrem struppigen Haar sah sie durch das Seitenfenster aus wie ein fahrender Besen. Auf der gegenüberliegenden Straßenseite bewegte sich ein Vorhang, denn die Nachbarn hatten diesen Wagen hier natürlich noch nie gesehen. Man musste ja gut aufpassen, wer sich in der

Straße herumtrieb. Die Wagentür klappte, und Giesela marschierte mit ihrer gigantischen Umhängetasche über der Schulter auf die Haustür zu. Andrea beeilte sich, aufzumachen, und begrüßte ihren Gast herzlich.

Sfiande streckte ihren Zeigetentakel aus dem offenen Reißverschluss der Tasche und zirpte eine Begrüßung. Ihr Blau schien heute besonders intensiv. »Hast du keine Angst, so dicht an der Autobahn zu wohnen?«, fragte sie als Nächstes. »Das sind haufenweise negative Energien!«

Andrea schüttelte den Kopf. »Die Fenster sind gut isoliert, ich komme zurecht. Setzt euch doch.«

»Wo sind Sven und Bob?«, fragte Giesela und sah sich neugierig um.

»Sven musste noch zum Laden, und Bob schläft. Ich wollte vorher kurz mit euch alleine reden.« Andrea setzte sich ans Ende des Sofas, schenkte Kaffee ein und zwang sich zu einem Lächeln. Dann erzählte sie in kurzen Sätzen von Bobs Misserfolg bei der Castingshow und ihrer geheimen E-Mail, auf die sie immer noch keine Antwort erhalten hatte. »Ich habe Angst«, schloss sie, »dass er jetzt den Anstoß gibt für den nächsten Schritt seiner Mission, und ich wollte euch fragen, was man machen kann.«

Giesela wechselte einen schnellen Blick mit Sfiande. »Weißt du, dass die Tentakelwesen keine Kälte vertragen? Du könntest warten, bis er schläft, und ihn ins Gefrierfach stecken.«

Dieser Vorschlag aus Gieselas Mund überraschte Andrea dann doch. »Aber das ist doch Bob!«, war alles, was ihr dazu einfiel.

Giesela nickte und stellte ihre Kaffeetasse ab. »So hatte ich mir das schon gedacht. Ich finde es gut, dass du nicht den einfachen Weg nimmst. Eigentlich macht er nämlich einen ganz vernünftigen Eindruck.«

»Ja, aber das Ausscheiden aus der Show hat ihn ziemlich mitgenommen. Wir haben ihn zwar ein wenig aufgemuntert, aber so richtig raus sind wir noch nicht aus dem Schlamassel. Könntest du nicht irgendwas für ihn tun?«

»Ich glaube nicht, dass AuraTV eine eigene Comedy-Sparte braucht«, gab Sfiande zu bedenken. »Aber vielleicht kann man Bobs Auftritte ein wenig aufpeppen.«

»Wie das?«, fragte Andrea. »Ich finde ein sprechendes Alien schon ziemlich peppig. Soll er mit brennenden Kettensägen jonglieren?«

»Nein, aber wie wäre es mit zwei sprechenden Aliens?«

Dieser Vorschlag erwischte Andrea unerwartet. »Aber woher sollten wir denn einen zweiten Außerirdischen nehmen?«

»Hallo?« Sfiande schüttelte ihre Tentakel. »Bin ich etwa ein Wasserkessel?«

Giesela lehnte sich leicht vor. »Ich weiß nicht, ob das eine so gute Idee ist.«

»Aber warum nicht? Hast du Angst, ich kriege Lampenfieber?«

Andrea grinste Giesela an. »Hast du ihr den bissigen Humor beigebracht?«

»Nee, den hatte sie schon immer. Wahrscheinlich war

das auch der Grund dafür, dass sie abgehauen ist. Nach allem, was ich weiß, mögen die Tentakelwesen keinen Humor.«

Andrea nickte, das bestätigte ja, was Bob ihr über seinen Heimatplaneten erzählt hatte. Lauter langweilige Spießer.

Sfiande hatte diesen kurzen Austausch aufmerksam verfolgt. »Es wäre gute Werbung für uns, wenn ich auch andernorts zu sehen bin. Und es würde Bob Spaß machen. Ich mag Bob.«

Andrea trank einen Schluck Kaffee. Das war kaum zu übersehen.

In diesem Moment war die Wohnungstür zu hören. Andrea zuckte zusammen. »Kein Wort zu Sven, okay? Wir müssen das erst in Ruhe besprechen.« Sie stand auf, strich ihren Rock glatt und glitt aus dem Wohnzimmer. »Ich wecke eben Bob, ja?«

Im Flur strahlte sie Sven an. »Giesela und Sfiande sind schon da – macht euch doch kurz alleine bekannt und kümmere dich eben um sie, während ich unseren Wonneproppen hole.«

Sven schien ein wenig abgelenkt, aber er nickte mit einem breiten Grinsen. »Beeil dich, ich habe Neuigkeiten!«

Andrea war schon an der Schlafzimmertür. Was konnten das schon für großartige Neuigkeiten sein, die er aus dem Supermarkt mitbrachte? Hatten sie die Kondensmilch jetzt etwa dauerhaft im Preis reduziert? Sie schlich zum Regal und rüttelte sanft an Bobs Schuhkarton. »Hey, unser Besuch ist da. Aufstehen!«

Bob schlief in einem winzigen Knäuel. Jetzt streckte er im Halbschlaf einen Tentakel nach dem anderen, räkelte sich und zwinkerte. Dann fuhr er zusammen. »Wir haben Besuch? Ich habe mich doch noch gar nicht zurechtgemacht!« Er machte einen kleinen Satz. »Warum hast du mich nicht früher geweckt?«

»Ich dachte, du brauchst die Erholung«, verteidigte Andrea sich. Was wollte der schon groß zurechtmachen? Seinen Schleim parfümieren? Sie stellte den Karton aufs Bett und hantierte an den Schubladen ihres Nachttischchens. »Bist du soweit?«

»Ich muss noch … geh ruhig schon, ich bin sofort bei euch.« Bob klang tatsächlich nervös.

Ein strahlendes Grinsen breitete sich auf Andreas Gesicht aus. »Du magst Sfiande mehr als die meisten anderen Wesen.«

»Natürlich mag ich sie. Sie ist klug und hübsch und freundlich und …«

»… du willst ihr Gelege befruchten!«, beendete Andrea den Satz für ihn.

»Natürlich nicht!« Bob war empört. »Ich verbitte mir diesen vulgären Tonfall, wenn du von ihr sprichst!«

Na, damit hatte er ja all ihre Bedenken direkt zerstreut. Andrea bemühte sich um ein ernstes Gesicht und lenkte ein: »Es ist ja auch gar nicht meine Angelegenheit. Ich sage den anderen, dass du noch eben richtig wach werden musst.« Damit ging sie zur Tür.

Bob sah ihr zufrieden nach. »Sehr gut.«

»Und dass du definitiv nicht in sie verliebt bist!«, sagte Andrea noch schnell, ehe sie durch die Zimmertür schlüpfte. Sie lehnte sie vorsichtig an. Es machte Spaß, Bob zu ärgern. Fast wie bei ihrem Bruder früher.

Im Wohnzimmer saßen die anderen drei einträchtig beieinander. Sven wirkte nervös und wippte mit dem Fuß. Er bemühte sich, mit Giesela freundlich Small Talk zu machen, aber man merkte ihm direkt an, dass er nicht bei der Sache war.

Andrea zog sich den Schreibtischstuhl heran und setzte sich zu den anderen. »Bob braucht noch einen Moment.« Sie griff nach einem der herzhaften Muffins und biss vorsichtig hinein. Sofort hingen ihr klebrige Käsefäden am Kinn. Aber der Senf in der Füllung harmonierte perfekt mit dem Dill. Warum war sie nicht eher auf die Idee gekommen, herzhafte Muffins zu backen?

Auch die anderen beschäftigten sich zufrieden mit ihren Snacks. Nur Sven war sichtbar aufgeregt, krümelte auf den Boden und schien aus irgendeinem Grund mit sich und der Welt sehr zufrieden. Ein Stück Cupcake fiel ihm in den Kaffee, aber nicht einmal das konnte seiner Laune etwas anhaben.

Nach einigen Minuten öffnete die Wohnzimmertür sich wie von Geisterhand, und Bob wuselte über den Boden. »Entschuldigt die Verspätung, ich musste mich eben zurechtmachen.«

Giesela hätte sich beinahe an ihrem Cupcake verschluckt. Sven blieb mit offenem Mund sitzen wie eine in einem ungünstigen Moment erstarrte Statue und Sfiande tschilpte überrascht. Andrea registrierte all das mit ein wenig Verspätung, denn sie hatte einen großen Bissen Käse und Gewürze über den Teppich geprustet.

An der Spitze von Bobs Zeigetentakel prangte eine große rote Schleife. Es war eine von denen, die Andrea normalerweise für ihre Hochsteckfrisuren verwendete, um kleine Unebenheiten zu überdecken und ihrem Outfit das gewisse Etwas zu verleihen. Sie wurde mit einer kleinen Metallklammer festgeklemmt. Jetzt wackelte sie auf dem Tentakel, den Bob hoch erhoben hielt, und neigte sich in alle Richtungen wie ein Papierschiffchen auf rauer See.

Zum Glück hatten sich alle innerhalb weniger Augenblicke wieder unter Kontrolle. »Möchtest du einen Käsemuffin?«, fragte Andrea unschuldig, während sie versuchte, möglichst unauffällig ein paar Krümel von ihrem Rock zu schnipsen. Sie stand auf, beugte sich vor und rückte Bob ein Gebäckstück zurecht.

»Vielen Dank, meine Liebe«, antwortete Bob freundlich und hopste auf den Tisch. Dabei kam seine Dekoration verdächtig ins Wanken, gab aber glücklicherweise den Kampf um ihren Platz auf dem Tentakel noch nicht auf.

»Du siehst heute sehr festlich aus«, sagte Sfiande vorsichtig.

Bob setzte sich in Position. »Vielen Dank! Ich dachte, ich probiere einmal etwas Neues.«

Giesela sah aus, als wolle sie etwas sagen, aber ehe sie sich in Schwierigkeiten bringen konnte, hielt Sven es nicht mehr aus, seine Neuigkeiten unter Verschluss zu halten. »Wir können uns später noch über ihn lustig machen. Ich hatte vorhin einen Anruf vom Sender!«

Das erstickte wirklich alle Häme im Keim.

Andrea fing sich als Erste. »Was wollten sie von dir? Hast du beim Parken das Auto vom Chef beschädigt?«

»Tu nicht so, als könne ich nicht fahren.«

»Du hast keinen Führerschein, du Armleuchter. Aber jetzt sag, worum ging es?«

Sven war eingeschnappt. »Ich weiß nicht, ob ich dir das jetzt noch sagen will.

Bob sah ihn nervös an. »Haben wir etwas gemacht, das wir nicht hätten machen dürfen?«

»Warum denkt ihr alle nur das Schlimmste?«, fragte Sven. Seine Nervosität hatte sich reduziert, er wippelte nicht mehr auf seinem Stuhl herum. Stattdessen schien er sich in seiner neuen Rolle als Überbringer wichtiger Neuigkeiten zu gefallen. »Der Typ mit dem singenden Kamel ist aus der Sendung geflogen.«

»Ist das dein Ernst?«, fragte Andrea. Natürlich hatte sie jede einzelne Folge aufmerksam verfolgt.

»Sicher. Der hatte irgendwelche Probleme mit seiner Arbeitserlaubnis, und das Kamel war sowieso illegal hier und nicht geimpft oder so. Auf jeden Fall haben sie mich angerufen und gesagt, wenn wir uns wirklich etwas Neues einfallen lassen, kriegen wir noch eine Chance.« Sven sah zufrieden in die Runde. Dann drehte er sich zu Bob um: »Hast du kapiert, Kumpel? Wir sind wieder dabei! High Five!« Er hielt Bob die Hand hin, und tatsächlich - der kleine Kerl hatte etwas gelernt. Er hüpfte in die Luft und klatschte seine Tentakel gegen Svens vollgekrümelte Handfläche. Die Schleife wackelte und rutschte von seinem Zeigetentakel. Das störte Bob jedoch in diesem Moment überhaupt nicht.

Sfiande jauchzte. »Das ist großartig! Und ich komme dann mit dir!«

Diese Eröffnung traf Bob unvorbereitet. »Was?«

»Na, du musst deine Vorstellung ja steigern. Also, warum nicht zwei Tentakelwesen statt einem?«

»Ich … nun ja, was ist … mit dem Lampenfieber?«

Sfiande kicherte. »Ich kriege doch kein Lampenfieber! Ich mache das seit Jahren!«

Hilfesuchend sah Bob von ihr zu Giesela und wieder zurück. »Aber wie findet Giesela denn die Idee? Die muss ja auch ihren Ruf wahren, wenn du auf einmal anfängst und Blödsinn machst …«

Andrea zwinkerte ihm zu. »Du hast Angst, sie stiehlt dir die Show!«

»Was? Habe ich gar nicht!« Wäre es möglich gewesen, wäre Bob an dieser Stelle errötet.

»Du alter Schmeichler«, kicherte Sfiande. »Als ob ich ernstzunehmende Konkurrenz für deinen Humor wäre!«

Jetzt war Andrea sich sicher, dass auch sie ihn mochte. »Hey, hört auf mit dem Geschmuse!«, schimpfte sie im Spaß. »Ich halte es für eine gute Idee, dass Sfiande mit auftritt. Wir können sie ja verkleiden, damit niemand sie aus eurer Sendung erkennt. Wenn den Leuten die Ähnlichkeit bis jetzt nicht aufgefallen ist, sollten wir da sicher sein.«

Giesela nickte und faltete das Papierchen ihres Cupcakes sorgfältig zusammen. »Und falls seine Karriere einen kleinen Schub braucht, können wir immer noch einen Plagiatsvorwurf in einem der Klatschblätter drucken lassen.«

Sven sah sie beeindruckt an. »Du bist ganz schön gerissen!«

Giesela nahm das als Kompliment. »Ich mache bei diesem Zirkus ja auch nicht erst seit gestern mit.«

In diesem Moment klingelte Svens Telefon.

»Ist das der Sender?«, fragte Bob aufgeregt. »Sag ja!«

Aber Sven runzelte die Stirn. Also kein Fernsehproduzent mit einem mysteriösen, verlockenden Angebot. An seinem Blick konnte Andrea auch schon erkennen, wer da auf der anderen Seite in der Leitung warten musste. Bitte, flehte sie im Stillen, drück das Gespräch weg! Sie hatten so oft über diesen Idioten von Exfreund gestritten, dass sie es nicht laut sagen wollte. So eine Einmischung konnte nicht gut gehen. Andererseits juckte es ihr in den Fingern, das Telefon zu nehmen und in hohem Bogen aus dem Fenster zu werfen. So teuer war eine neue Scheibe gar nicht, das wusste sie ja inzwischen.

Nach einer gefühlten Ewigkeit nahm Sven das Gespräch doch an.

Verdammt, fluchte Andrea im Geiste.

Er hörte dem, was die andere Person zu sagen hatte, eine ganze Zeit lang zu und nickte nur ab und zu geistesabwesend. Der Wortschwall war nicht zu verstehen, aber die Stimmlage klang energisch und aufgeputscht. Da hatte Jochen wohl wieder jemanden gefunden, der ihm Geld für Stoff leihen konnte. Na super. In ihrer Fantasie sah Andrea Sven bereits zur Tür hinausmarschieren.

»Tut mir leid«, unterbrach dieser den Redeschwall seines Exfreundes schließlich, »aber ich bin in einer wichtigen Besprechung.«

Jochen antwortete. Es klang bittend. Sven hörte ihm weiter zu, griff nach seiner Kaffeetasse und stellte sie auf den Tisch zurück, ohne einen Schluck zu trinken. »Nein, es geht heute wirklich schlecht. Ja, das hast du richtig verstanden. Aha. Klar. Nein, werde ich nicht.« Und er drückte auf den roten Knopf.

Am liebsten wäre Andrea ihm vor Freude um den Hals gefallen, aber sie beherrschte sich und setzte sich zur Sicherheit lieber auf ihre Hände. »Wer war das?«, fragte sie betont harmlos. Sie bemerkte Gieselas fragenden Blick und schüttelte leicht den Kopf. Bloß nicht einmischen!

»Niemand Besonderes.« Sven stellte das Handy auf lautlos und steckte es in seine Hosentasche. »Entschuldigung, dass ich euch habe warten lassen. Aber jetzt reicht es auch, wir haben schließlich Wichtigeres zu tun. Oder etwa nicht?«

Verplappert

»Als Hauptwedel ist es meine Pflicht, dir mein Beileid zu der gelösten Verlobung auszusprechen.« Der Hauptwedel sah kein bisschen so aus, als täte es ihm leid, fand Xhi'lao. In den Gesichtern der beiden Kampftentakel, die links und rechts von ihm standen, spiegelte sich eine merkwürdige Emotion, die er nicht ohne Weiteres deuten konnte. Das machte ihn nervös. Er bemühte sich, diese Nervosität nicht nach außen dringen zu lassen, und verdrehte sich in eine gezielt entspannte Pose. Im Versuch, lässig zu wirken, wollte er sich anlehnen - und plumpste vom Zeitschriftenstapel. Er konnte einen überraschten Schrei nicht unterdrücken und landete in einem chaotischen Tentakelknäuel zwischen Kistchen mit Schrauben und Schuhen, die nie wieder in Mode kommen würden.

Der Hauptwedel beugte sich vor, um Xhi'lao besser im Blick zu behalten. Von hier unten sah es beinahe so aus, als beuge er sich durch das Portal hindurch in diese Welt. Xhi'lao erstarrte vor Schreck. Der würde doch wohl nicht - nein, dem Himmel sei Dank! Nur eine optische Täuschung.

»Hast du dich verletzt?«, fragte der Hauptwedel mit falscher Besorgnis in der Stimme.

»Nein, alles prima!«, krächzte Xhi'lao und kletterte wieder auf den Zeitschriftenstapel hinauf. Der Turm kam bei dieser Anstrengung verdächtig ins Wanken. »Ich hatte nur ... einen Fehler in meinen Berechnungen.«

»Dann bin ich beruhigt«, antwortete der Hauptwedel. Seine karamellfarbene Haut wölbte sich über seinem prall gefüllten Futtersack. »Außerdem möchte ich dich persönlich darüber in Kenntnis setzen, dass ich mit Bao'bhat gesprochen habe, und sie ...«

»Das ist ein Missverständnis!«, entfuhr es Xhi'lao, ehe er sich unter Kontrolle bringen konnte. Er hatte es geahnt! Nichts war so gefährlich wie ein Weibchen, das man verlassen hatte. Bestimmt hatte sie dem Hauptwedel etwas erzählt, was er gar nicht wissen sollte! Fieberhaft ging Xhi'lao in Gedanken ihr Gespräch durch. Hatte er sich mit irgendetwas verplappert? Wusste sie etwas, was ihm gefährlich werden konnte? »Ich bin sicher, sie hat nur etwas missverstanden!«

»Also, Bao'bhat und ich sind uns nähergek... - was hat sie missverstanden?«, unterbrach der Hauptwedel sich selbst mitten im Satz.

»Nichts?«, antwortete Xhi'lao zögerlich.

Der linke Kampftentakel beugte sich vor. Seine Augen glänzten wie schwarze Knöpfe. »Xhi'lao, gibt es irgendetwas, das wir über die Mission wissen sollten?«, schnarrte er.

»Ich würde euch doch nie etwas verheimlichen, was den Erfolg der Mission gefährden könnte! Es ist nur so, dass ... hat Bao'bhat irgendetwas gesagt, das man mir falsch auslegen könnte? Sie klang bei unserem Gespräch sehr verwirrt. Vielleicht hat sie Sturmmeeralgen geschnüffelt.«

»Du benimmst dich heute sehr merkwürdig«, konstatierte jetzt auch der rechte Kampftentakel. »Vielleicht sollten wir dich zurückbeordern. Der Stress der Mission scheint dir nicht gut zu bekommen. Die permanente Gefahr, der du ausgesetzt bist, vernebelt offenbar deine Sinne.«

Diese Deppen brachten seine Fernsehkarriere in Gefahr. »Nein, bitte nicht!«

Der Hauptwedel war überrascht. »Wir hatten nie den Eindruck, dass dir besonders viel an dieser Mission gelegen sei.«

»Aber das ist es! Ich hatte nur Sorge, dass Bao'bhat vielleicht über die geplatzte Verlobung enttäuscht sei und deswegen eventuell etwas Falsches erzählt hätte.«

»Was hätte sie erzählen sollen?«

Xhi'lao hatte das Gefühl, dass dieses Gespräch gar nicht gut verlief. »Wie ich bereits sagte … nichts?«

Der rechte Kampftentakel richtete sich zu seiner vollen Größe auf. Die Venen pulsierten unter seiner glatten grünen Haut. »Xhi'lao, bei der Macht des Großen Tentakels verlange ich von dir, dass du uns die ganze Wahrheit erzählst!«

Xhi'lao erschrak. Die Macht des Großen Tentakels rief man nicht einfach so an, da steckte etwas Ernstes hinter! »Man könnte sagen … vielleicht … habe ich die Gefahren, die hier herrschen, nicht völlig akkurat dargestellt. Schließlich habe ich keine Vergleichsmöglichkeiten, dies ist meine erste Mission.«

Drei Zeigetentakel richteten sich anklagend auf ihn. Und da geriet Xhi'lao in Panik. Er machte einen gewaltigen Satz vom Zeitschriftenstapel herunter und quietschte den Wortbefehl, der das Portal von dieser Seite aus temporär verschloss. Die leuchtende Scheibe zitterte und wurde langsam dunkler. Auf der anderen Seite brach Chaos aus. Die Kampftentakel versuchten, das Portal offen zu halten, und ein Tentakel reckte sich durch die Dimensionen in den Keller hinein.

Xhi'lao sprang hoch und biss zu.

Der Schleim des Kampftentakels schmeckte bitter. Xhi'lao hielt einige Sekunden fest, ehe er abgeschüttelt wurde. Der Tentakel bäumte sich über ihm auf und schlug dabei gegen den Rand des Portals. Mit der Spitze geriet er in die leere Glühbirnenfassung, die von der Decke baumelte. Es gab einen lauten Knall, der Kampftentakel jaulte, dann wurde das Portal schwarz. In der Ferne hörte man jemanden brüllen: »Macht die Truppen bereit! Auf zum Zweitp…« - und dann wurde es still.

Entsetzt starrte Xhi'lao auf die rußfarbene Scheibe, die in der Mitte des Raumes hing wie eine moderne Kunstinstallation. Was hatte er angerichtet? Und was hatten die anderen jetzt vor? Er musste sofort los und Andrea warnen!

Mühsam rappelte er sich auf und hopste durch den Kellerflur Richtung Treppe. Da hörte er energische Schritte auf den Stufen. »Was ist denn jetzt schon wieder passiert?«, hörte er eine Stimme schimpfen, die er als die der Vermieterin erkannte. »Diese grässlichen alten Sicherungen«, murmelte sie, während sie die Kellertür öffnete. »Irgendwann fackle ich alles ab, kassiere die Versicherung und wandere nach Spanien aus.«

Erschrocken presste Xhi'lao sich gegen die Wand und versuchte, sich so klein wie möglich zu machen. Was, wenn sie ihn entdeckte? Er saß direkt neben der Nische, in der sich der Sicherungskasten befand. Und zum Verstecken war es zu spät.

Blauadrige Beine in grauen Plüschpantoffeln schlurften an ihm vorbei und blieben direkt neben ihm stehen. Vorsichtig linste er nach oben und erhaschte einen Blick auf den Saum eines abgetragenen Satinmorgenmantels. Vorsichtshalber guckte er nicht genauer hin. Er hielt den Atem an und versuchte, mental eins zu werden mit der weiß gekalkten Kellerwand.

Die Vermieterin schraubte eine altmodische Keramiksicherung in die entsprechende Fassung und schlug die Tür des Sicherungskastens zu. Dann drehte sie sich um und stutzte. »Was liegt denn hier?« Sie beugte sich zu Xhi'lao herunter … entsetzt versuchte er, sich kleiner zu machen, ohne auch nur einen Muskel zu bewegen … und pickte ihn mit spitzen Fingern auf. »Das ist sicher eins von diesen schrecklichen Comicdingern, die die Frau Aster sammelt.« Damit steckte sie ihn in die Tasche ihres Morgenmantels zu ihren Zigaretten und verließ den Keller.

Vom Elend, ein Superheld zu sein

Andrea zerrte an dem roten Satinstoff und fummelte gleichzeitig nach dem Knopf, der die elektronischen Türen öffnen sollte. »Mist-Cape!«, fluchte sie. »Wer ist eigentlich auf diese dämliche Idee gekommen?«

»Du«, antwortete Sven. »Ich wäre jetzt lieber bei dir zu Hause und würde Playstation zocken.«

»Nicht die Con, diese blöden Capes!« Mit einem Zischen gab die Tür Andrea endlich frei. Der Stoff hatte einen länglichen dunklen Fleck knapp über dem Saum. Wenigstens waren die Türen hier gut geschmiert. Sie beäugte den Schaden einen Moment und entschied, dass sie daran jetzt sowieso nichts ändern konnte. Wahrscheinlich würde es ohnehin niemandem auffallen. Ansonsten konnte sie immer noch behaupten, The Amazing Amazon sei in einen Kampf mit einem schmierigen Schurken verwickelt worden - wie der andere Typ erst aussah!

Es hatte einiges an Überredung gekostet, Sven auf die Comichelden-Convention mitzuschleppen. Für so einen Spaß war er während ihres Studiums immer wieder zu haben gewesen, so lange andere Leute sich um sein Kostüm kümmerten. Jetzt allerdings gefiel ihm die Idee, in Spandex durch die Menschenmengen zu paradieren, nicht mehr. Andrea hatte tagelang auf ihn eingeredet, ehe er wenigstens sein altes Bee-Boy-Kostüm anprobierte. Zu ihrer beider Überraschung passte das schwarz-gelb gestreifte Trikot immer noch, auch wenn sich unter dem erstaunlich dehnbaren Stoff inzwischen ein kleiner Bauch abzeichnete. Wenn Sven nicht aufpasste, wäre er in fünf Jahren Hummel Boss. Aber das hatte Andrea lieber nicht laut gesagt.

Die gelbe Spray-Haarfarbe aus dem Karnevalsladen kontrastierte auf weniger schöne Weise mit Svens rosigem Teint, aber er hatte sich standhaft geweigert, sich dunkler anmalen zu lassen. »Blackfacing ist politisch nicht korrekt«, hatte er erklärt und darauf beharrt, dass Bee Boy, entgegen der Comicvorlagen, nicht unbedingt ein Waisenkind mit Sklavenvorfahren aus New Orleans sein müsse. Andreas Frage nach Authentizität hatte er abgeschmettert und stattdessen auf künstlerische Freiheit verwiesen.

Letztendlich hatte sie nachgegeben - allerdings eher, damit sie es pünktlich zur Eröffnung der Convention zum Kongresszentrum schafften und weniger wegen seiner Argumente. Wenn es um Comics ging, machte ihr niemand etwas vor. Für die Helden ihrer Kindheit war Andrea bereit, beinahe unbegrenzt Opfer zu bringen. Beispielsweise hatte sie eine fünftägige Saft-Detox-Kur hinter sich, damit The Amazing Amazon in ihrem hautengen Body nicht so aufgeschwemmt aussah wie der Blob. Auch jetzt knurrte ihr Magen, aber sie widerstand der Versuchung und machte einen Bogen um den Brezelstand, der direkt neben dem Eingang zur großen Halle aufgebaut war. Eine Traube hungriger Besucher scharte sich um den Verkäufer.

In den letzten Jahren hatte das Publikum auf diesen Conventions sich verändert - und nicht notwendigerweise zum Vorteil, wie Andrea fand. Seit die großen Comicverlage das Wettrennen um die Pole Position an den Kinokassen austrugen, schossen oberflächliche Fangirls aus dem Boden wie Pilze nach einem Sommerregen. Von ihrem Platz am oberen Ende der großen Treppe, die in die Halle hinunter führte, konnte Andrea mindestens ein Dutzend Pirate-Precious-Verschnitte und eine schier unüberblickbare Zahl an magischen Heldenspeeren mit leuchtender LED-Spitze der Wahrheit ausmachen. Ein sicheres Zeichen dafür, dass diese Leute sich vor den Filmen auch nicht eine Sekunde mit den entsprechenden Comic-Universen auseinandergesetzt hatten. Sie drängten sich vor den Ständen, an denen man Autogramme der großen Hollywoodstars kaufen konnte. Wahrscheinlich waren die nicht einmal wirklich signiert, sondern nur gedruckt. Aufgeregte Stimmen trugen zum allgemeinen Chaos bei und aus dem Roleplay-Dungeon - das war die kleinere Halle im Untergeschoss - drang dramatische Musik zu ihnen hinauf, die Andrea vage bekannt vorkam.

»Wo sind denn jetzt die Leute, mit denen du dich treffen wolltest?«, fragte Sven und sah sich um. Sein Blick heftete sich an ein unnötig erotisiertes Supersass Girl, das in Lackstiefeln an ihnen vorbeistolzierte. Die Cosplayerin hatte offenbar ihre eigene Entourage mitgebracht, von der sie sich bewundern ließ. Andrea wusste, dass einige Cosplayer tatsächlich Leute dafür bezahlten, dass sie ihnen folgten und zujubelten, um an Bekanntheit zu gewinnen. Das war fast schon peinlich - aber oft genug funktionierte es auch, und dann wurde aus einer bezahlten Meute innerhalb weniger Minuten eine bewundernde Menge.

Plötzlich hörte sie hinter sich ihren Namen. »... Bee Boy und The Amazing Amazon! Komm, lass Foto machen!« Sie drehte sich um, warf sich in Pose und lächelte strahlend. Sven bekam einen Stoß in die Rippen, als er nicht reagierte.

Bei den Amateur-Paparrazzi handelte es sich um zwei Jungs von höchstens fünfzehn Jahren, die über das ganze Gesicht strahlten und ihre Handys zückten. Die Blitzlichter zuckten. Andrea posierte ein wenig für die beiden, nahm Bee Boy in einen gespielten Würgegriff. Zum Schluss hielt sie zwinkernd den Daumen hoch und lächelte den beiden zu.

»Das war stark!«, brüllte der eine dem anderen im Weglaufen ins Ohr. Andrea sah, wie sie die Treppe hinunter rasten und auf die Stände mit den MYSTERYX Spielkarten zuhielten. Jemand müsste ihnen sagen, dass sie nicht so rennen sollten. Nachher verletzten sie sich noch.

Verdammt, allmählich klang sie wie ihre eigene Mutter. Andrea schüttelte den Kopf und drehte sich um. »Komm, wir besorgen uns noch einen Kaffee.«

Sven sah sie von der Seite an. »Das ist dein vierter, seit wir hier sind. Bist du sicher?«

»Ich habe seit fünf Tagen keine feste Nahrung zu mir genommen«, antwortete Andrea mit schneidender Stimme. »Kaffee, jetzt!«

Gehorsam trabte Sven neben ihr her. Er wusste, wann weitere Warnungen nutzlos waren … oder sogar gefährlich für ihn sein konnten.

Der erste Kaffeestand, den sie fanden, war komplett überlaufen. Anstatt sich anzustellen, ging Andrea den Flur entlang und aus dem Gebäude hinaus auf den Vorplatz. Hier versammelten sich all diejenigen, denen die Tickets für die Convention zu teuer waren. In den meisten Jahren gab es hier auch weitaus bessere Kostüme als drinnen, denn von diesen Leuten kümmerte sich niemand um die Beschränkungen, was die Größe der Cosplay-Waffen aus Latex anging. Einige sahen beeindruckend echt aus.

»Guck mal!« Sven war stehengeblieben und wedelte aufgeregt mit dem Arm Richtung Parkplatz.

Andrea war genervt. Ihr Kostüm kniff im Schritt, und unter den Gummi-Armschienen schwitzte sie so sehr, dass sich bestimmt schon kleine Pickelchen gebildet hatten. Trotzdem blieb sie stehen und sah in die Richtung, in die Sven wies.

Zuerst dachte sie, es habe einen unerwarteten Zwischenfall gegeben. Bob wuselte auf sie zu, mehr als zwei Meter groß. Das Herz rutschte ihr in die Hose. Wie war das möglich? Dann entdeckte sie das Paar Turnschuhe, das zwischen den Tentakeln über den Boden schlurfte. Dieses Kostüm musste mindestens eine Tonne wiegen! Wer war denn so verrückt? »Komm, wir gehen rüber und machen ein Foto!«, schlug sie vor. »Bob wird ausrasten, wenn er das sieht!«

Gesagt, getan. Riesen-Bob konnte in seinem Kostüm

zwar nicht sprechen, aber er wackelte freudig mit den Tentakeln, die sich bewegten wie kalte Wienerwürstchen frisch aus dem Glas. Erst machte Andrea ein paar Bilder von ihm und Sven, dann posierte sie in heroischem Kampf gegen das Tentakelmonster und kuschelte sich zuletzt in die Fangarme, als sei dies ihr lang verschollener Liebhaber. Sven grinste und tippte auf den Bildschirm ihres Telefons. »Danke, Kumpel!«, rief er. Eine vorbeikommende Feuerelfe machte noch ein Bild von ihnen zu dritt. Dann trabten Sven und Andrea endlich weiter dahin, wo die unlizensierten Kaffeestände unten am Rheinufer aufgebaut waren. In Studentenstädten gab es davon ja immer reichlich. Das Coffeebike. Die rollende Espressomaschine. Den komischen Kerl mit dem Tank auf dem Rücken, bei dem man seine Koffeinration höchstens aus Verzweiflung kaufte, wenn alle anderen schon dichtgemacht hatten. Im Sommer im Hofgarten, spät abends, wenn die Studenten sich mit Bier und Frisbees auf der Wiese trafen, machte dieser Verrückte mit seinem schwarzen Spülwasser das Geschäft seines Lebens.

Heute sollten sie allerdings nicht in die Versuchung kommen, sich zwischen den verschiedenen kaffeehaltigen Spezialitäten entscheiden zu müssen. Auf einmal vibrierte es nämlich in Andreas Hose.

Genervt hielt sie im Lauf inne und steckte sich die Hand hinter den Gürtel.

»Zwickt es so schlimm?«, feixte Sven.

»Mein Telefon klingelt, du Penner!«, schimpfte Andrea und nestelte an der Innentasche, die sich mal wieder verzogen hatte. Endlich hatte sie das Smartphone erwischt und zerrte es ans Tageslicht. Das Display war ein wenig feucht von ihrer Körperwärme. Auf dem Display stand ihre eigene Festnetznummer. Verwirrt drückte Andrea den grünen Knopf. »Hallo?« Der Dolmetschfisch in ihrem Ohr verursachte eine ohrenbetäubende Rückkopplung und Bob zwitscherte durch den Hörer etwas, das sie nicht verstand. »Halt, halt!«, rief sie dazwischen. »Die Technik spielt verrückt, du musst Deutsch reden!«

»Sie sind untenwegs!«

Andrea sah Sven an und formte das Wort »Bob« mit ihren Lippen, damit er verstand. Laut fragte sie: »Wer ist unterwegs?«

»Die Grünen!«

Andrea verstand nicht. Was hatte Bob mit Politik am Hut?

»Nein, sie - die ...« Bobs Stimme überschlug sich: »Der Alphawellenmodulator!«

Und auf einmal begriff Andrea. Die Kacke war am Dampfen. »Wir kommen sofort und holen dich ab.« Sie beendete das Gespräch, griff nach Svens Hand und zerrte ihn mit sich Richtung Römerstraße. »Komm, wir müssen sofort nach Hause!«

Sven protestierte. »Die Convention war sauteuer! Willst du wirklich jetzt schon gehen?« Er stolperte über einen losen Pflasterstein und machte sich von Andrea los.

Andrea sah sich hektisch um, ob ihnen jemand Aufmerksamkeit schenkte. »Bob sagt, die anderen sind hier!« Sie konnte genau erkennen, in welchem Augenblick es in Svens Kopf Klick machte. Der Schreck fegte ihm alle Farbe aus dem Gesicht. »Was ist passiert?«, fragte er.

»Keine Ahnung, er war ganz durcheinander. Los, lass uns schnell nachsehen!« Sie sah auf der anderen Seite des Platzes das Dach eines Linienbusses, der sich der nächsten Haltestelle näherte. Ein beherzter Sprint ließ sie gerade noch keuchend die Tür erreichen. Sven war dicht hinter ihr. Die Antennen auf seiner Stirn wedelten auf lächerliche Art und Weise.

Der Fahrer grinste. »Solltet ihr Superhelden nicht fliegen können?«

»Verbietet die Straßenverkehrsordnung«, ächzte Andrea und ließ sich in den erstbesten Sitz fallen. Dieser Witzbold. Der ältere Herr neben ihr warf ihr einen entrüsteten Blick zu. In seiner Jugend hatte man sich bestimmt nicht so benommen. Oder so angezogen. Oder generell Spaß gehabt.

Die Fahrt dauerte nur einige Minuten, aber für Andrea schien eine Ewigkeit vergangen, als sie endlich am Supermarkt aus der hinteren Tür sprangen und auf die Fahrbahn rannten. Ein aus der entgegengesetzten Richtung kommendes Auto bremste laut hupend dicht vor ihr ab. Sie lief einfach weiter. Ihr rotes Cape flatterte im Wind. Sie vertraute darauf, dass Sven ihr folgen würde. Bis zu ihrer Wohnung war es nicht mehr weit. Sie bog um die Ecke, prallte beinahe gegen ein Cabrio mit geflicktem Verdeck und wäre vor Ungeduld fast durch die Hecke vor dem Haus gesprungen. Die Mülltonnen rumpelten unter dem Ansturm widerwillig beiseite.

Sven war einige Schritte hinter ihr. »Beeil dich!«, keuchte sie von der Haustür aus. »Du hast den Schlüssel!«

Sie sah Sven im Trab mit der Hand in die linke, innen gelegene Hosentasche und dann in die Rechte fahren. Ein schmaler blasser Streifen Bauch wurde zwischen Oberteil und Hose sichtbar. Sven runzelte die Stirn, murmelte etwas und schüttelte den Kopf. Mein Gott, hatte er den Schlüssel etwa verloren? Nein, endlich! Aus der Tasche über seinem Steißbein holte er den klimpernden Schlüsselbund hervor. Es konnte nur wenige Sekunden gedauert haben. Triumphierend schwenkte er ihn in der Luft, ließ ihn prompt fallen und verschwendete wertvolle Augenblicke damit, ihn unter Frau Müller-Westerwalds Audi zu suchen. Am liebsten hätte Andrea ihn erwürgt, aber das hätte nur noch mehr Zeit gekostet. Schließlich erreichte Sven sie und drückte ihr die Schlüssel in die Hand. »Du bist ja gerannt, als sei der Teufel hinter dir her!«

Mit zitternden Händen fummelte Andrea den Schlüssel ins Schloss. Die wenigen Stufen bis zu ihrer Eingangstür fiel sie hinauf, die Schlüssel klimperten, und dann gab die Wohnungstür ihren Widerstand auf und öffnete sich mit einem leichten Schaben. Andrea holte tief Luft und sah sich um, auf das Schlimmste gefasst.

Auf den ersten Blick wirkte alles wie immer. Sie registrierte einige Wollmäuse in der Ecke unter der Garderobe und machte sich geistesabwesend eine gedankliche Notiz, dass sie wieder gründlich putzen musste. Nachdem die Erde vor der drohenden Invasion gerettet war.

»Bob?«, rief sie halblaut und drehte sich um Richtung Küchentür.

Die Küche war leer, und Glassplitter lagen auf dem Linoleum. Ihr Herz blieb vor Schock einen Augenblick stehen. »Bob? Bob!« Sie stürzte zur Terrassentür, in der auf Kniehöhe ein verräterisches Loch klaffte.

»Ist er abgehauen?«, fragte Sven hinter ihr.

Sie schüttelte den Kopf. »Die Splitter liegen innen, da ist jemand reingekommen.« Sie fuhr vorsichtig mit der Fingerspitze über den Rand der Zacken, die noch im Türrahmen steckten. Trockener Schleim. Das konnte nichts Gutes bedeuten. Vielleicht hatten sie Bob entführt und …

»Da seid ihr ja endlich!«, zwitscherte es hinter ihnen.

Andrea sprang auf und fuhr herum. Sie stieß sich das Knie am Knauf der Heizung. »Bob, Gott sei Dank! Was ist passiert? Bist du verletzt?«

Sven ging vor dem Tentakelkerl in die Hocke und musterte ihn besorgt. »Hat dir jemand was getan?« So besorgt hatte Andrea ihn noch nie gesehen. Fast schon rührend.

»Es tut mir leid wegen der Scheibe«, knurrte Bob zerknirscht. »Aber ich musste zum Telefon und …«

»Du warst das mit der Scheibe?«, fragte Andrea.

»Die Vermieterin hatte mich im Flur abgelegt, vor der Tür.«

Sie begriff nicht. »Warum hatte die Vermieterin - ach, egal. Was war das mit den anderen Tentakelwesen?«

In kurzen Sätzen erzählte Bob, was im Keller passiert war. »Es war mein Fehler, ich habe mich verplappert, das ist so ärgerlich!«

Sven nickte. »Ärgerlich, was für eine Untertreibung. Wohl eher eine Katastrophe!«

»Schimpf nicht mit ihm«, mischte Andrea sich ein. »Wir müssen etwas unternehmen! Weißt du, wo sie hinwollen?«

Bobs Zeigetentakel kräuselte sich beim Denken. »Es muss irgendwo noch ein zweites Portal geben. Sie wollen den Alphawellenmodulator installieren und in Betrieb setzen.«

»Von wo aus ginge das am besten?«, fragte Sven. »Brauchen sie dazu nicht eine Fernsehstation?«

»Oder eine Webseite, die viele Menschen besuchen - Google beispielsweise, oder die mit dem Hamster.«

Andrea brauchte einen Moment, um zu verstehen. Dann errötete sie. Selbstverständlich müsste das hervorragend funktionieren. »Aber dazu müssten sie nicht hier nach Bonn kommen, sondern ins Silicon Valley oder wenigstens nach Köln in den Sender. Hier gibt es nur die ...«

Sven sah aus, als wolle er die Antwort aus ihr herausschütteln. »Was gibt es hier?«

Natürlich! »Die Internationale Kulturwelle!«

Bob sah verwirrt aus. »Was ist das?«

Gleichzeitig schnaubte Sven verächtlich. »Glaubst du wirklich, dass da jemand zuhört?«

»Immerhin ist es eine Radiostation, die weltweit empfangen wird. Und sie haben diese großen Antennen auf dem Dach. Das haben die Außerirdischen bestimmt schon auf einem ihrer Satellitenbilder gesehen.« Andrea ließ sich auf den Küchenstuhl fallen. »Dank uns wissen sie ja bestens über den Medienkonsum der Menschheit Bescheid.« Es war vorbei. So ein Mist. Wie sollten sie denn allein etwas ausrichten? Hätte sie doch nur rechtzeitig jemanden informiert!

Warte mal ... es gab doch wen, der von Bob wusste. Und der ihr glauben würde. Und der direkt ein paar Leute an der Hand hatte, die ihr helfen konnten! »Sven, hast du noch Georgs Nummer?«

»Keine Ahnung, vielleicht ist er noch im Anrufspeicher.«

»Gib schon her!« Ungeduldig streckte sie die Hand aus.

Sven gab seine PIN ein, rief die Anrufliste auf und scrollte ein wenig nach unten. »Das hier müsste sie sein.«

Andrea nahm ihm das Gerät aus der Hand. Ehe sie es sich anders überlegen konnte, drückte sie auf den Eintrag und hielt sich das Gerät ans Ohr.

»Warum ruft sie ausgerechnet den an?«, fragte Bob Sven.

»Keine Ahnung, so sind Frauen eben.« Sven wandte sich wieder wichtigeren Themen zu. »Wie können wir deine Kumpels besiegen?«

»Gar nicht«, sagte Bob resigniert. »Das sind speziell gebrütete Kampftentakel, die sind größer und stärker als der Durchschnitts-R'nazoo, und mit mehr Armen.«

»Aber du bist doch gerade auch nicht so klein, wie du mal warst«, warf Sven ein.

Andrea hörte den beiden nur mit einem Ohr zu. »Georg?«, fragte sie, als am anderen Ende das Gespräch angenommen wurde. »Hier ist Andrea. Die dir den Kinnhaken verpasst hat. Halt, nicht auflegen!«, schob sie schnell hinterher. »Es ist soweit, trommle deine Freunde zusammen! Die Außerirdischen werden landen - und zwar an der Internationalen Kulturwelle! Nein, ihr habt keine Zeit für ein Gebet. Es geht jeden Moment los!« Dann legte sie schnell auf, wechselte das Telefon und wählte als nächstes Gieselas Nummer. Sie wusste nicht, ob die es noch rechtzeitig aus Köln schaffen würde, aber falls nicht, hatte sie so wenigstens die Chance, Sfiande in Sicherheit zu bringen. In hektischen, hoffentlich zusammenhängenden Sätzen erklärte sie ihrer Freundin, was los war. Giesela versprach, sich direkt auf den Weg zu machen.

Jetzt stand nur noch ein weiterer Anruf an. Und bei dem zögerte Andrea. Bei ihrem letzten Treffen hatten sie gestritten. Was, wenn Bethari sich weigerte, das Portal zu schließen? Oder wenn sie es vielleicht gar nicht konnte? Sie hörte die Männer Pläne schmieden, deren Sinn sich ihr nicht erschloss, und drückte schnell die grüne Taste auf dem Bildschirm.

Es klingelte eine Ewigkeit.

Als Bethari antwortete, klang sie angespannt. »Was du willst?«

Andrea fiel ein Stein vom Herzen. »Bethari, wie gut, dass ich dich erreiche! Du musst uns helfen - wir sind alle in Gefahr!«

Keine Zeit

»Wir hätten uns umziehen sollen«, murmelte Sven auf dem Beifahrersitz.

»Das hätte zu lange gedauert!«, widersprach Andrea und gab Gas. Der rote Toyota schoss in eine Lücke im Verkehr auf der B9. Hinter ihnen wurde gehupt.

»Bethari hatte noch keine Zeit, in ihrer neuen Wohnung ein Portal aufzusetzen, sagt sie. So können die Angreifer nicht auf die Erde gekommen sein.« Natürlich gab es in Bonn eine lebhafte Esoterik-Szene. Vielleicht hatte einer von denen einen Zugang in eine andere Dimension bei sich im Schlafzimmer und wusste nicht einmal davon. Auf jeden Fall wussten sie nicht, wo die Kampftentakel auf der Erde landen würden. Deswegen waren sie direkt auf dem Weg zur Internationalen Kulturwelle, wo die UFO-Spinner sie treffen würden. Georg hatte versprochen, seine Truppe so schnell wie möglich zu mobilisieren. Andrea hatte ihm mit deutlichen Worten erklärt, dass diese Außerirdischen auf keinen Fall in friedlicher Mission kamen. Das würde die Gruppe hoffentlich davon abhalten, erst lang und breit zu diskutieren.

Die Ampel vor ihnen sprang auf Gelb. Andrea setzte den Blinker, gab Gas und brauste um die Kurve, als die rote Lampe gerade aufleuchtete. Sie schossen an der Klinik für ästhetische Chirurgie auf der linken Seite und einigen herrschaftlich aussehenden Häusern auf der rechten Seite vorbei. Majestätische Bäume säumten die Straße, die zum Rhein hinunterführte. Vor ihnen reckte sich das UN-Gebäude in den spätsommerlichen Himmel. In der Ferne glitzerte der Fluss. Die Straße machte einen Knick nach rechts. Andrea setzte den Blinker, nahm die Kurve zu schnell und schlitterte mit dem Wagen in eine Parklücke vor der Kindertagesstätte. Als sie sich abschnallen wollte, bemerkte sie, dass ihre Finger eiskalt und klebrig waren. Sie öffnete die Wagentür, aber ihre Beine gehorchten ihr nicht. So ein Mist! Musste sie ausgerechnet jetzt Nervenflattern kriegen?

Sven war schon ausgestiegen und ließ Bob in seinen Rucksack hüpfen. Zuerst hatten sie den kleinen Kerl zu Hause lassen wollen, damit er nicht im Getümmel unter die Räder käme. Allerdings wusste er natürlich besser, wozu die Kampftentakel in der Lage waren und wozu nicht. Im Rucksack wäre er vor den Augen unbedarfter Zuschauer sicher.

Die UFO-Sekte stand bereits in der Nähe des Eingangs. Allerdings warteten sie nicht unauffällig, wie vereinbart. Die Truppe bot ein absurdes Bild - in Roben gekleidet, mit Besenstielen und Plakaten in der Hand und laut skandierend. Plakate? Wo hatten sie die so schnell her? Der Sicherheitsdienst der Internationalen Kulturwelle interessierte sich bereits für sie. Ein glatzköpfiger Hüne in einer hellblauen Uniform näherte sich ihnen gewichtigen Schrittes.

»Das hätte ja auch einmal gutgehen können«,

schimpfte Andrea halblaut. Hoffentlich lenkte Georg nicht die Aufmerksamkeit auf sie, ehe sie im Gebäude waren. Schnell hastete sie auf die langgezogene Fensterfront zu, das Cape hinter sich in der Brise flatternd. Über ihnen hockten gigantische Antennen auf dem Dach des Gebäudes wie futuristische Kröten. Wahrscheinlich hätten sie sich tatsächlich etwas Unauffälliges anziehen sollen. Zu spät, zu spät. Ihre Reflektion in den Glastüren am Eingang ließ sie zögern. The Amazing Amazon und Bee Boy, gemeinsam gegen das Böse. Dabei stammten die beiden aus komplett unterschiedlichen Comic-Universen. Sie zog die Tür auf und betrat die klimatisierte Eingangshalle. Hinter sich hörte sie, ehe die Türen wieder zuschwangen, die bestimmten Befehle des Wachmanns und Georgs sich vor Aufregung überschlagende Stimme. Dazwischen skandierten seine Anhänger esoterische Slogans. Das Chaos war perfekt.

Der Aufruhr vor der Tür hatte die Aufmerksamkeit einer jungen Dame mit schwarzem Haar geweckt, die am Empfang stand und eifrig Daten in einen Computer tippte. Sie sah auf und wirkte befremdet, als sie Andrea und Sven und voller Cosplay-Montur bemerkte. Wahrscheinlich wünschte sie sich in diesem Moment den Wachmann ins Gebäude.

Andrea bemühte sich um ein harmloses Lächeln. Sie schwitzte hinter der Maske, die die überirdische Schönheit von The Amazing Amazon vor den Blicken der Sterblichen verbergen sollten. »Guten Tag, wir würden gerne mit einem Verantwortlichen sprechen.« Unauffällig ließ sie ihren Blick schweifen, ob ihr etwas Merkwürdiges auffiel. Aber noch war alles ruhig.

Die Empfangsdame blieb äußerlich ruhig. »Haben Sie einen Termin?«

»Leider nein, das war ein eher spontaner Einfall ...«

Betont enttäuscht wandte die junge Frau sich wieder ihrer Tastatur zu. »Ich fürchte, dann kann ich Ihnen nicht helfen.«

Verdammt, was jetzt? Einer Eingebung folgend griff Andrea nach Svens Rucksack, öffnete den Reißverschluss und holte Bob hervor. Hoffentlich war der so schlau und hielt still. »Den kennen Sie doch sicher?«

Die Augen der Empfangsdame wurden ganz dunkel vor Begeisterung. »Das ist doch Bob! Aus dem Fernsehen!«

»Genau - wir waren gerade in der Nähe und dachten, vielleicht hätte einer Ihrer Leute Zeit und Interesse an einem kleinen Feature?« Irgendwie mussten sie es doch schaffen, an diesem adretten Wachhund vorbeizukommen.

»Darf ich ihn mal halten?«, fragte die Empfangsdame und streckte ihre Hand aus.

»Anfassen gerne«, antwortete Andrea notgedrungen. »Natürlich ist das ein komplizierter Mechanismus, darum dürfen nur Bee B- Sven und ich ihn bedienen.«

»Ach, Sie sind Sven!« Die Empfangsdame strahlte, und plötzlich war Andrea abgemeldet. »Hinter dieser Maske hätte ich Sie beinahe gar nicht erkannt! Das Kostüm ist wirklich hinreißend.«

Sven verzog den Mund zu einem gewinnenden Lächeln. Andrea sah, dass er etwas aufrechter stand als noch vor wenigen Sekunden.

»Warten Sie einen Moment, ich werde sehen, was ich für Sie tun kann. Nur erlauben Sie mir vorher eine Frage: Warum die Kostüme? Sie wissen schon, dass wir ein Radiosender sind.«

»Die sind … um uns auf unsere nächste Aktion vorzubereiten«, brachte Andrea hervor. »Als mentale Unterstützung.«

»Ah, natürlich.« Die Dame lächelte noch einmal und verließ ihren Platz am Empfang, um mit irgendwem zu sprechen, der wichtig war. Hoffte Andrea. Genauso, wie sie hoffte, dass sie sich nicht irrten und die Kampftentakel inzwischen den Bundestag in Berlin überrannt hatten. Aber müsste man das hier nicht als Erstes merken? Die Internationale Kulturwelle war schließlich auch ein Nachrichtensender.

Gerade, als Andrea dachte, der Moment sei günstig, um sich tiefer ins Gebäude zu schleichen, dröhnte hinter ihr eine Stimme: »Sind das da draußen also nicht die einzigen Spinner, die heute unterwegs sind!«

Sven machte einen Satz. Andrea fuhr herum und hielt instinktiv Bob vor sich wie einen Schild. Und es wirkte.

Der Wachmann in der hellblauen Uniform grinste und streckte einen Finger aus, um Bob anzustupsen. »Den Winzling kenne ich doch!«

»Nicht!«, quäkte Bob kläglich.

Andrea erstarrte. Dieser Dussel wusste doch, dass er sich leblos stellen musste!

Aber der Wachmann war nicht erschreckt, nur überrascht. »Hat der etwa eine Sprachautomatik? Ich dachte, das ist eine Bauchrednernummer!«

»Das ist … ein kleiner Trick«, antwortete Sven geistesgegenwärtig und schob sich zwischen Bob und den Fremden. »Bob ist natürlich nicht irgendeine billige Latexpuppe, sondern ein Gerät mit ausgeklügelter und überaus empfindlicher Technik. Möchten Sie ein Autogramm von ihm?«

Der Wachmann nickte.

Andrea wartete gespannt, wie Sven das regeln würde. Aber der angelte vom Schreibtisch der Empfangsdame einfach ein Stempelkissen, drückte Bobs Zeigetentakel kurz in die feuchte Farbe und produzierte einen wunderbaren Saugnapf-Abdruck auf einem unbenutzten Notizzettel. Daneben setzte er mit einem ebenfalls temporär herrenlosen Kugelschreiber schwungvoll seinen eigenen Namen. »Bitte sehr, es ist mir ein Vergnügen!«

Andrea staunte. Den Umgang mit seinen Fans hatte Sven richtig gut drauf.

Der Wachmann strahlte wie ein kleines Kind. »Cool, danke!« Er steckte das Papier in seine Brusttasche. »Wenn ich das meiner Verlobten erzähle, wird die aber Augen machen!«

In dem Moment kehrte die Empfangsdame mit einem jungen Mann südländischen Aussehens zurück. »Das hier ist Herr Singh, einer unserer Programm-Verantwortlichen. Er wird mit Ihnen besprechen, was wir für Sie tun können.« Sie schenkte Sven noch ein hingerissenes Lächeln und wandte sich dann wieder ihrer Arbeit zu.

Herr Singh bedachte den Wachmann mit einem strengen Blick über seine Brille hinweg. »Möchten Sie sich nicht lieber um die Demonstranten am Eingang kümmern? Diese Menschen sehen sehr bedenklich aus.«

Der Wachmann trollte sich mit einem bedröppelten Gesichtsausdruck, schob sich durch die Glastür und begann, wieder auf Georg und seine Freunde einzureden. Die standen immer noch mit ihren Plakaten und gewichtigen Mienen auf dem Platz vor dem Gebäude. Andrea hätte natürlich sagen können, dass diese Leute eigentlich harmlos waren, wenn man sie erst einmal kannte, aber sie wollte lieber nicht mit denen in Verbindung gebracht werden.

Herr Singh wandte seine Aufmerksamkeit dem seltsamen Trio zu, das vor ihm stand. »Sie haben also gedacht, Sie spazieren hier einfach so rein und geben ein Interview?«

»Also, ich … wir …« Weiter kam Andrea nicht.

»Ich weiß, dass einige meiner Kollegen sich in ihrer Freizeit mit diesen hirnaufweichenden Massenmedien beschäftigen, aber nach kurzer Rücksprache mit den anderen Programmverantwortlichen kann ich Ihnen versichern, dass die Internationale Kulturwelle sicherlich nicht der richtige Ort für Ihre Art der Unterhaltungskunst ist.«

Andrea fehlten die Worte.

Sven hingegen plusterte sich auf. »Seit wann ist die Bauchrednerkunst etwas, worauf so ein kleines Hemd beim Radio hinabsehen kann?«

»Ich rede nicht von der Bauchrednerkunst, sondern von Ihrem lächerlichen Versuch, mit einer Castingshow

Ruhm einzuheimsen.«

Andrea legte Sven die Hand auf den Arm, damit er sich - und sie und Bob - nicht in noch größere Schwierigkeiten brachte. Sie waren schon so lange hier, wenn die Kampftentakel hätten auftauchen wollen, hätten sie das bestimmt inzwischen getan. Soweit sie sehen konnte, war alles ruhig und friedlich, und weiter als ins Foyer würden sie offensichtlich nicht kommen. Es wäre besser, wenn sie zu Bethari fuhren und mit ihr gemeinsam überlegten, wo die Kampftentakel noch den Durchtritt versuchen konnten. Hätte ihr jemand vor wenigen Wochen gesagt, dass sie die Existenz von tentakelbewehrten Kampf-Aliens aus einer anderen Dimension einfach so hinnehmen könnte - sie hätte ihn ohne Weiteres in die Landeskliniken einweisen lassen.

Aus dem Augenwinkel sah sie einen SUV vorfahren, der ihr inzwischen nur zu bekannt war. Er hielt mitten auf dem Gehsteig, stieß noch eine letzte Abgaswolke aus und verstummte dann. Die Tür klappte auf, und Giesela stieg auf der Fahrerseite aus. Sie trug einen Henkelkorb am Arm, wie man ihn sonst nur bei Erzieherinnen und organisierten Hippies sah. Das bedeutete wohl, dass Sfiande darauf bestanden hatte, mitzukommen. Die Kleine war ganz schön mutig. Schade, dass die beiden mit dieser Fahrt nur ihre Zeit verschwendet hatten. Schlimmer wäre es höchstens gewesen, wenn sie in einen Hinterhalt gestolpert wären. Wenigstens konnten sie ihnen jetzt beim Brainstorming helfen. Sie mussten die bevorstehende Invasion um jeden Preis verhindern.

Irgendwo in der Nähe kreischte jemand wie ein kleines Mädchen.

Herr Singh drehte sich irritiert um. »Was ist denn jetzt schon wieder los?«

Auf der Rückseite des Raumes befanden sich die Türen zu den Toiletten. Die mit dem Männer-Piktogramm wurde weit aufgestoßen. Ein leichenblasser Anzugträger mit halb heruntergelassener Hose stürzte ins Foyer. Sein Hemdzipfel flatterte im Wind wie die weiße Fahne der Franzosen. Von ihm musste dieses mädchenhafte Geräusch gekommen sein. Er holte nur einmal kurz Luft und kreischte dann weiter. Ein zweiter Herr mit dunkler Hautfarbe, markanter Hornbrille und geöffnetem Reißverschluss verließ die sanitären Einrichtungen genauso fluchtartig wie der erste. Und ehe die Tür komplett ins Schloss fiel, konnte man gigantische, warzenbesetzte grüne Tentakel aus einer der Kabinen hervorquellen sehen.

»Sie kommen durch die Rohre!«, rief Andrea überflüssigerweise und stürzte los, ehe sie überhaupt wusste, was sie machen sollte, wenn sie die Kampftentakel erreicht hatte.

»Sie können da nicht rein!«, schrie hinter ihr aufgebracht Herr Singh. »Das ist die Herrentoilette!«

Gut, dann würde sie die eben Sven überlassen. Jetzt schrien nämlich auch Leute in der Damentoilette, die sich direkt links daneben befand. Andrea riss die Tür weit auf und brüllte: »Alle raus hier, sofort!«

Das ließen sich die anwesenden Damen nicht zweimal sagen. In einem Wirbel aus Röcken, Blazern und Blusenfetzen rasten sie an ihr vorbei, stürzten quer durch das Foyer und rissen die Eingangstüren weit auf.

Sie mussten unbedingt verhindern, dass die Kampftentakel das Erdgeschoss verließen! Andrea drehte sich um und rief: »Verriegeln Sie sämtliche Türen!«

Der Wachmann stand erstarrt in der Nähe des Eingangs und schaffte es nicht, das plötzlich über das Gebäude hereinbrechende Chaos mit seinem eigentlich eher gemächlichen Job zu vereinbaren. Er sah Andrea an und schüttelte den Kopf. »Das geht nicht! Die Brandschutzbestimmungen!«

Andrea lief auf ihn zu, griff nach seinem Arm und schleifte ihn auf die Türen zu, hinter denen das Grauen aus allen Rohren quoll. »Wollen Sie etwa zulassen, dass die auf die Straße gelangen?«, fragte sie.

Der Wachmann schüttelte entsetzt den Kopf, machte sich los und lief davon. Hoffentlich betätigte er noch die Schließanlage, ehe er die Flucht ergriff.

Andrea warf einen kurzen Blick Richtung Sven, der die Herrentoilette inzwischen erfolgreich evakuiert hatte. Er stemmte sich mit dem Rücken gegen die Tür, um die Kampftentakel daran zu hindern, den kleinen Raum zu verlassen. Sein Gesicht hinter der Maske war feuermelderrot und harmonierte gar nicht mit seinem schwarzgelben Kostüm. Schweißflecken breiteten sich auf seinem Trikot aus. Trotz aller Anstrengungen war klar, dass er die Tür nicht ewig würde halten können.

»Bob, hilf mir!«, rief sie ihrem kleinen Tentakelfreund zu, der völlig überfordert auf dem Boden hockte. Er schüttelte sich, als erwache er aus einer Trance - und brachte sich mit einem gigantischen Satz vor der Empfangsdame in Sicherheit, ehe sie ihm einen Tritt verpassen konnte.

»Lassen Sie das!«, herrschte Andrea sie an. »Helfen Sie mir lieber, etwas Schweres vor die Tür zu schieben!« Sie stemmte sich gegen die Toilettentür, hinter der etwas Gewaltiges mit aller Macht seiner Tentakel gegen das Sperrholz prügelte.

Die Empfangsdame zerrte an einem der Regale mit Informationsbroschüren, aber es bewegte sich erst, als der Wachmann auftauchte und mit ihr gemeinsam Hand anlegte. Sie warfen es um, und die Broschüren flatterten durch die Luft wie aufgeregte Paradiesvögel. Gemeinsam zerrten sie das Regal über den Boden und schoben es quer vor die Tür der Damentoilette.

»Das wird sie nicht lange aufhalten!«, keuchte Andrea und wischte sich den Schweiß von der Stirn. Dann rannte sie zu Sven hinüber und warf sich mit ihm gemeinsam gegen die zweite Tür. Sie stand einen Spalt weit offen. Etwas fauchte. Ein graugrüner, mit Warzen übersäter Tentakel schlängelte sich über den Boden. Aus dem Augenwinkel sah Andrea, wie das Regal vor der Tür der Damentoilette erbebte. Die Tür unter ihren Händen vibrierte. »Bob«, brüllte sie, »haben diese Biester irgendeine Schwachstelle?«

Bob stemmte sich heroisch zu ihren Füßen gegen die Fußleiste der Tür, ohne wirklich etwas auszurichten. »Die meisten von uns sind … kitzlig an den Saugnäpfen.«

Na super, dachte Andrea, das half ja gigantisch. Oder? »Dann los!«, rief sie und stupste ihn mit dem Fuß Richtung Tentakelspitze.

Bob zögerte. »Die sind mindestens viermal so groß wie ich! Und wütend!«

Sven grunzte. »Was glaubst du, wie wütend die auf dich sind, wenn die erst da rauskommen?«

Vorsichtig kroch Bob auf den Türspalt zu, reckte seinen Zeigetentakel in die Länge und ließ ihn über den äußersten Saugnapf flattern. Die Bewegung hatte etwas Erotisches.

Hinter der Tür ertönte ein empörtes Gejaule. Der Tentakel zog sich zurück. Andrea hatte nicht damit gerechnet und stolperte zurück, als der Widerstand hinter der Tür für einen Moment verschwand. Dann warf sie sich mit aller Macht gegen das Holz. Die Tür krachte ins Schloss. Gleich darauf prallte etwas auf der anderen Seite dagegen, dass die Angeln ächzten.

Die Empfangsdame und der Wachmann hatten ein zweites Regal umgekippt und es über den Boden Richtung Herrentoilette gezerrt. Als sie es vor die Tür schoben, konnten Andrea und Sven einen Moment verschnaufen.

Andrea zerrte den Saum ihres Capes unter dem Regal hervor. Wer war eigentlich auf diese blöde Idee mit den Capes gekommen? Und was sollten sie jetzt mit den Außerirdischen machen? Sie konnten schlecht darauf hoffen, dass sie irgendwann aus Langeweile wieder durch die Kanalisation verschwanden und auf ihren Planeten zurückkehrten. Nein, jetzt war es höchste Zeit für einen Plan.

EINGEFROREN

»Wir brauchen einen Plan.«

»Meine Güte, Giesela, du bist ein Genie!« Sarkasmus tropfte aus Svens Stimme.

»Lasst den Unsinn«, fauchte Sfiande. »Wir haben nicht viel Zeit. Durch die Anstrengung haben die Kampftentakel viel zu viel Sauerstoff aufgenommen. Sie werden bald so sehr gewachsen sein, dass sie die Toiletten einfach sprengen.«

Bob wiegte sich auf der Stelle. »Wir haben versagt!«

»Papperlapapp«, fuhr Andrea ihm über den Schnabel. »Es ist noch nicht vorbei!« Woher sie diese Entschlossenheit nahm, wusste sie selbst nicht. Das Foyer lag verwüstet vor ihnen, und aus den oberen Etagen drang aufgeregtes Stimmengewirr zu ihnen herunter. Alle anderen hatten sich rechtzeitig in Sicherheit gebracht, und der Wachmann hatte den Lockdown-Mechanismus betätigt. »Eigentlich ist das für Terroristen gedacht«, erklärte er, während er den Schlüssel in einer verborgenen Konsole hinter einem Wandpaneel drehte. »Nicht einmal die Polizei kommt hier jetzt rein.« Er schüttelte den Kopf. »Ich wüsste sowieso nicht, was wir denen erzählen sollten, wenn die auftauchen.«

Wenigstens bedeutete das auch, dass die Kampftentakel nicht ohne Weiteres das Gebäude verlassen konnten.

Und in die Senderäume in den oberen Etagen kamen sie auch nicht rein, solange das Gebäude hermetisch abgeriegelt war.

Sie hatten sich in eine Pattsituation manövriert.

»Glaubt ihr, die Biester sind schon zu groß, um durch die Abwasserrohre zu entkommen?«, fragte Giesela.

Bob nickte. »Wahrscheinlich. Wir sitzen hier drinnen mit ihnen fest.«

In dem Moment schlug etwas so heftig gegen die Tür der Damentoilette, dass sich ein Riss im Holz bildete. Alarmiert sahen die Wartenden einander an. »Wir müssen etwas unternehmen!«

Andrea dachte angestrengt nach. »Gibt es hier irgendwo Eis?«

»Nur Erdbeer-Sahne«, sagte die Empfangsdame mit leerem Blick.

»Sie vertragen keine Kälte«, erklärte Andrea ungeduldig. »Wenn wir sie weit genug herunterkühlen, können wir sie vielleicht unter Kontrolle bringen.«

Der Wachmann dachte kurz nach. »Wir haben Kohlendioxid-Feuerlöscher.«

Das könnte klappen. »Wie viele?«

»Hier unten - drei. In den anderen Etagen sind noch mehr, aber da kommen wir nicht ran.«

Dann würden drei reichen müssen. »Bob, wie schnell kann man die Kampftentakel einfrieren?«

Bob räusperte sich. »Bei den großen dauert das länger.«

Genau das hatte Andrea befürchtet.

Sfiande meldete sich zu Wort: »Ich finde es nicht gut,

Wesen umzubringen, nur weil sie … weil sie …«

»Weil sie uns unterjochen und versklaven wollen?«, vollendete Giesela den Satz für sie. »Du kennst mich, normalerweise bin ich Pazifistin, aber in diesem Fall werden wir wohl eine Ausnahme machen müssen.«

Sfiande sah nicht sehr glücklich aus mit dieser Lösung, aber sie schwieg.

Es krachte noch einmal und ein Loch in der Größe eines Kinderkopfes öffnete sich in der Tür der Damentoilette. Gleich darauf hörte man es klirren. Eine Betonstaubwolke stieg auf.

»Die dekorieren um«, murmelte Sven und kam auf die Beine. »Gut, wo sind die Feuerlöscher?« Zusammen mit dem Wachmann machte er sich auf die Suche.

»Die Feuerlöscher alleine werden sie nicht lange aufhalten«, gab Giesela zu bedenken.

Andrea nickte. »Die Tentakel kommen zwar nicht raus, aber dafür müssen wir mit dem auskommen, was hier drinnen ist.« Sie wandte sich an die Empfangsdame. »Habt ihr hier nicht auch eine Kantine?«

Die Angesprochene nickte. »Im Untergeschoss.«

Verflixt, da kämen sie auch nicht so einfach hin. »Da gibt es doch sicher einen großen Kühlraum, nicht wahr?« Wenn sie die Kampftentakel da irgendwie hineinbekämen, hätten sie gewonnen. Gesetzt den Fall, die kühlten schnell genug ab, ehe sie alles demolieren und ausbrechen konnten.

Währenddessen hatten sich Sven und der Wachmann bewaffnet. Sven richtete den Schlauch seines Feuerlöschers auf das Loch in der Tür und jagte einen kräftigen Stoß chemischen Nebels durch die Öffnung. Andrea meinte, eine Welle kalter Luft zu spüren, die sich durch den Raum bewegte. Die Kampftentakel brüllten vor Wut.

Sie sprang auf und lief hinüber zur Wand. Dort hing ein Plan mit allen Notausgängen. »Kommen Sie her und zeigen Sie mir, wo die Kantine ist!«, rief sie der Empfangsdame zu. Die erhob sich folgsam und studierte den Plan einen Moment. »Das hier ist nur der Plan für das Erdgeschoss. Aber die Kantine müsste direkt unter dem Foyer sein, und dann links.«

»Heißt das, wir kommen mit der Treppe direkt in die Kantine?«, fragte Andrea.

»Ja, aber dazu müssten wir den Lockdown aufheben, und dann können diese Dinger tun und lassen, was sie wollen. Außerdem hat die Kantine eine riesige Fensterfront mit Blick auf den Rhein.«

»Mist«, fluchte Andrea mit viel Gefühl. Das Glas würde die Außerirdischen keinesfalls davon abhalten, zu entkommen. Wenn sie ausreichend Leute mit Feuerlöschern unten stationieren könnten vielleicht … aber sie hatten nur drei Feuerlöscher, nicht genügend Leute und vor allem keine Möglichkeit, sie nach unten zu bekommen. Sie warf einen Blick auf die gläserne Eingangstür, hinter der sich in einiger Entfernung ein aufgeregter Mob versammelt hatte. Georg und seine UFO-Jünger standen ganz vorne. Sie hatten als Einzige eine Idee davon, was sich hier drinnen abspielte. Allerdings hinderten schwere Gitter sie daran, ihnen zu Hilfe zu eilen. »Wir müssen den Lockdown aufheben.«

Die anderen sahen Andrea an, als sei sie wahnsinnig geworden. »Hast du sie noch alle?«, fragte Sven.

»Alleine schaffen wir das nicht!« Ein Plan hatte begonnen, in Andreas Kopf Gestalt anzunehmen. »Wir brauchen die Spinner von draußen, um mit uns zusammen die Fluchtwege zu blockieren.«

»Und was, wenn die Kampftentakel entkommen?«, fragte Sfiande. »Was, wenn jemand verletzt wird?«

»Sollen wir die Viecher etwa mit drei Feuerlöschern und ein paar netten Worten besiegen?« Das würde nicht funktionieren, da war Andrea sich ganz sicher.

Widerwillig stimmte Giesela ihr zu. »Ich denke, du hast recht. Im Moment sitzen wir hier drinnen in der Tinte. Aber was machen wir, wenn die Türen wieder offen sind?«

Andrea ließ sich Svens Telefon geben und wählte Georgs Nummer aus ihrem Anrufspeicher. Hoffentlich hatte der Kerl sein Handy dabei!

In der Tat, durch die Glasscheibe sah sie, wie er stutzte, in seine Tasche griff und ein altmodisches Handy mit allerlei absurdem Zierrat an der Hülle hervorzog. Er drückte einen Knopf und hielt sich das Gerät ans Ohr. »Ist das die Invasion, auf die wir gewartet haben?«

»Es ist eine Invasion, aber …« Weiter kam Andrea nicht.

»Ich hatte recht!«, rief Georg seinen Mit-Spinnern zu. Einige fingen an zu jubeln, andere wirkten eher verstört.

»Hör mir zu!«, fauchte Andrea. »Das ist keine Invasion von der guten Sorte. Ihr müsst uns helfen, die Kampftentakel aufzuhalten!«

»Kampftentakel?«

»So wie … mein Außerirdischer.« Es laut auszusprechen, verursachte ihr dann doch Unbehagen. »Nur viel größer und bösartiger. Sie sind hergekommen, um die Menschheit zu unterjochen und unseren Planeten auszubeuten.«

Georg war noch nicht überzeugt. »Bist du sicher?«

»Glaubst du etwa, die kommen in Frieden? Dann würde ich ihnen den roten Teppich ausrollen.«

In diesem Moment gab praktischerweise die obere Hälfte der Tür zur Damentoilette endgültig unter dem wütenden Ansturm der Tentakelwesen nach. Es krachte. Holzsplitter flogen durch die Gegend und ein giftgrüner Tentakel quoll durch die Tür. Andrea riss ihren Blick von dem entsetzlichen Schauspiel los und drehte sich gerade noch rechtzeitig wieder zur Tür, um einen Anflug von Grauen in Georgs Miene zu sehen. Er sagte kein Wort.

Der Wachmann sprang auf, schnappte sich den Feuerlöscher und zielte auf die Öffnung. Es zischte, jemand fauchte, dann kehrte für einen Moment wieder Ruhe ein.

»Hast du deine Zunge verschluckt?«, fragte sie ungeduldig. »Wir können die Biester mit Feuerlöschern einen Moment aufhalten, aber ihr müsst uns schnell Käse besorgen - viel Käse. Und alles, was kalt ist!«, fügte sie noch schnell hinzu.

»Warte mal«, antwortete Georg. Er klang, als denke er angestrengt nach. »Wer sagt mir, dass das nicht eine Falle ist, damit ihr in der Gunst der Außerirdischen steigt, während wir das Nachsehen haben?«

Dieser Typ brachte sie zur Weißglut! Andrea fragte

sich, wie Sven ihn jemals mehr als fünf Minuten am Stück ertragen hatte. »Ihr werdet uns wohl vertrauen müssen.«

»Oder du gibst uns ein Pfand.«

»Ein Pfand? Du hast sie wohl nicht alle!«

»Wir können das den ganzen Tag fortsetzen.«

»Gut, du kriegst dein Pfand.« Andrea fragte sich, woran er dabei gedacht hatte. Als sie seine Antwort jedoch hörte, verschlug es ihr für einen Moment die Sprache. Sie krächzte, räusperte sich und brachte dann endlich raus: »Was willst du?«

»Du gibst uns Bob mit. Sonst rühren wir keinen Finger.« Georg klang sehr zufrieden mit sich.

Andrea rang mit sich, aber sie wusste, dass sie keine andere Wahl hatte. Der erste Feuerlöscher war wahrscheinlich schon fast leer. Sie würden sich beeilen müssen. »Gut. Ich sage dem Wachmann, dass er die Tür öffnen soll. Aber wenn Bob irgendwas passiert, reiße ich dir persönlich den Arsch bis zu den Ohren auf.« In ihrem gegenwärtigen Aufzug fühlte sie sich sogar stark genug, das auch durchzusetzen.

Die anderen waren nicht notwendigerweise einverstanden mit ihrem Plan, aber für lange Diskussionen war keine Zeit. Der Wachmann stellte sich neben dem Paneel mit der Lockdown-Schaltung in Position, während Giesela und Sven mit Feuerlöschern im Anschlag vor den Toilettentüren lauerten. Die Empfangsdame sah ein wenig verloren aus. Andrea klopfte ihr aufmunternd auf die Schulter, obwohl ihr selbst viel eher nach Panik und Davonlaufen war. »Wir beide schleichen uns gleich ins

Treppenhaus, und die anderen halten die Außerirdischen im Schach. Sie müssen mir den besten Weg in die Küche zeigen.«

Die Frau nickte geistesabwesend. Andrea hoffte, dass sie jetzt keinen Nervenzusammenbruch bekäme. Das war die eine Katastrophe, auf die sie wirklich nicht vorbereitet waren. Sie schnappte sich Bob und ging zur Eingangstür hinüber. »Du musst dich jetzt unbedingt zusammenreißen«, impfte sie ihrem kleinen Freund ein. »Ich bin sicher, dass die dir nichts tun werden.« Zumindest ziemlich sicher. Sie sah zum Wachmann hinüber, nickte und riss die Tür auf, sobald sie das Schloss schnappen hörte. »Hier!«, rief sie Georg zu und drückte ihm Bob in die Hand. »Pass mir gut auf ihn auf!« Damit warf sie die Tür wieder ins Schloss, griff nach der Hand der Empfangsdame und lief hinüber zu der Tür, die ins Treppenhaus führte. »Auf mein Zeichen! Verrammelt die Tür irgendwie - ich klopfe SOS, wenn wir zurück sind!« Sie zählte im Kopf bis drei, gab dem Wachmann das OK-Zeichen mit der linken Hand und zog die Empfangsdame hinter sich her durch die schwere Brandschutztür.

Das Echo der zuschlagenden Tür hallte durch das Treppenhaus wie der Klang einer Totenglocke. Gleich darauf rumste es im Foyer.

»Wohin geht es da oben?«, fragte Andrea und nickte die Treppe hinauf.

»In die Aufnahmestudios. Das Büro des Leiters ist auch da oben.«

»Wir müssen den Weg versperren«, beschloss Andrea. Sie konnten nicht riskieren, dass die Kampftentakel an dieser Stelle entkamen. Also machten sie sich auf den Weg in die erste Etage.

Die Flure waren menschenleer. An den Wänden standen Regale mit mobilem Aufnahme-Equipment. Kurzerhand warfen die beiden Frauen eines davon um. Glas splitterte. Etwas machte ein ungesundes technisches Geräusch. Die Empfangsdame zuckte zusammen. »Das ziehen die mir bestimmt vom Gehalt ab.«

»Keine Sorge, die werden Sie als Heldin feiern«, beruhigte Andrea sie. »Kommen Sie, fassen Sie mit an!«

Gemeinsam schleppten sie das Regal ins Treppenhaus und schoben es quer vor die Tür, sobald sie sich wieder geschlossen hatte. Das musste reichen. »Was ist hier drüber?«, fragte Andrea mit einem Blick die Treppe hinauf.

»Nur ein paar Konferenzräume, die meistens niemand benutzt«, antwortete die Empfangsdame.

»Hat man von dort aus Zugang zu Sende-Equipment?«

»Nicht dass ich wüsste. Und Durchgänge zu anderen Räumen gibt es auch nicht.«

Eine Sackgasse also. Andrea wischte sich mit einem Zipfel ihres Capes den Schweiß aus der Stirn und lief die Treppe hinunter. Im Erdgeschoss hörte sie durch die schwere Metalltür hindurch dumpfes Pochen und Rufen. Hoffentlich ging da drinnen nicht gerade alles schief. Sie legte einen Zahn zu.

Im Untergeschoss gab es auf beiden Seiten des Treppenabsatzes jeweils eine Tür. »Wohin führen die?«, fragte Andrea.

»Hier links geht es in die Tiefgarage.« Die Empfangsdame zog die Tür auf und gab den Blick frei auf eine Sammlung mehr oder minder hochwertiger Fahrzeuge.

»Wo geht es nach draußen?«

Die Empfangsdame wies grob nach rechts. »Wir könnten das Gitter herunterlassen, denke ich. Damit niemand entkommt.«

»Gut mitgedacht«, nickte Andrea. Mit reichlich Verspätung streckte sie dann ihre Hand aus. »Übrigens, ich bin Andrea. Falls das hier in die Hose geht, will ich mich wenigstens vorgestellt haben.«

»Sarah«, lächelte die Empfangsdame nervös. »Freut mich sehr, Sie kennenzulernen.« Sie musste eine solide Erziehung genossen haben, wenn sie in dieser Situation noch auf die grundlegenden Höflichkeiten Acht gab. Ihr Händedruck war kurz und ein wenig zögerlich, aber nicht unangenehm. »Kommen Sie, ich weiß, wo der Portier die Schlüssel versteckt.«

Eis, Eis, Baby!

»Uiuiuiuiuiui, nicht so schnell!« Bob klammerte sich am kaputten Anschnallgurt auf dem Beifahrersitz fest. Hatte Andrea nicht mal gesagt, Menschen müssten alle erst eine Fahrprüfung absolvieren, ehe sie sich hinters Steuer setzen durften? Dieser Georg hatte dabei garantiert gemogelt. Bob verdrehte die Tentakel und sah nach hinten in den Kofferraum des Kombis.

In einer verbeulten Metallkiste türmte sich Rolle um Rolle Harzer Käse, der sogar durch die Verpackung noch verführerisch roch. Daneben standen mehrere Tüten mit gefrorenen Erbsen und in Blöcken gepresstem Tiefkühlspinat, auf denen sich bereits Wasserperlen sammelten. Es war viel zu heiß, um die Munition in gefrorenem Zustand bis zur Internationalen Kulturwelle zu bekommen.

Georg saß mit zusammengepressten Kiefern hinter dem Steuer und pfiff durch die Zähne, während er unter einer roten Ampel hindurch raste. Links und rechts von ihnen quietschten Bremsen. Ein Hupkonzert folgte ihnen die baumgesäumte Straße zum Radiosender hinunter. Plötzlich tauchte von rechts ein kleiner, weißbunter Kastenwagen auf und tuckerte um die Ecke - genau in ihre Fahrbahn. Georg fluchte, trat auf die Bremse und riss das Steuer nach links. Das Heck des Kombis kreiselte herum. Bob wurde auf das Armaturenbrett geschleudert und saugte sich panisch an der Frontscheibe fest. Es krachte. Der Kombi wurde vorwärts geschubst und bohrte seine Nase in einen geparkten Transporter. Draußen erstarb eine quäkende Melodie. Irgendwas zischte.

»Mist!«, fluchte Georg. Er sprang aus dem Wagen und lief zur Heckklappe, um die wertvolle Fracht zu retten. Bis zur Internationalen Kulturwelle waren es nur noch wenige hundert Meter. So weit konnten sie das Zeug gerade noch tragen. Hoffentlich kamen sie nicht zu spät!

Aus dem anderen Wagen stieg auf wackligen Beinen ein untersetzter Mann mit schütterem schwarzem Haar unter einer weißen Mütze. Sein weißer Kittel war mit pastellfarbenen Flecken überzogen. »Wase ihr macht? Rechtse vor linkse, Arschelock! Rechtse vor linkse!«

Georg schüttelte drohend die Faust. »Verzieh dich, Spaghetti!«

Bob sprang auf den Knopf, der das Fenster öffnete, und quetschte sich aus dem Wagen. Die Aufregung hatte seinen Stoffwechsel beschleunigt. Er passte kaum noch durch den Spalt. Es wurde höchste Zeit, dass er sich ein wenig Käse in den Schnabel schob. Aber erst musste er noch die Welt retten.

Bei Bobs Anblick fiel dem Fahrer des anderen Wagens beinahe die Kinnlade aus dem Gesicht. »Wase das ist?«, stammelte er. Sein Gesicht wurde so weiß wie die sauberen Gebiete seines Kittels. Als Bob ihm mit einem Tentakel zuwinkte, nahm er die Beine in die Hand.

Bob gönnte sich einen kleinen Moment des Triumphs. Dann drehte er sich zu Georg um, aber der war mit der Kiste in den Händen bereits losgelaufen. Die Tüten mit dem Tiefkühlgemüse türmten sich vor seinem Gesicht.

»Warte«, rief Bob, »warum nimmst du nicht den anderen Wagen?« Er hatte das bunte Symbol auf der Seite direkt erkannt, so etwas kam in der Werbung immer wieder vor. Als Georg nicht stoppte, kletterte Bob selbst in die Fahrerkabine und zog sich unter großer Anstrengung durch eine viel zu schmale Lücke nach hinten. Hier gab es mehrere Kisten mit Glasdeckeln. In einer befanden sich Metallwannen mit verschiedenen bunten Massen, wie er sie in Andreas Gefrierfach auch schon gesehen hatte. In zwei weiteren befanden sich, ebenfalls gekühlt, kleine Päckchen mit farbenfrohen Aufdrucken. Er hatte recht - das war ein Eiswagen! Die perfekte Waffe im Kampf gegen die Außerirdischen! Aber wie sollte er ihn bis zur Internationalen Kulturwelle bekommen? Vorsichtig quetschte er sich wieder nach vorne und zerbrach dabei sämtliche Eiswaffeln, die in dem Halter neben der Seitentür steckten. Da war das Lenkrad, dieser komische Hebel in der Mitte - und da unten waren so lustige Pedale, wie die, die Sven beim Fahren immer bediente! Bob versuchte, sich daran zu erinnern, was die Menschen immer zuerst machten, wenn sie ins Auto einstiegen. Sie nahmen den Schlüssel - oh, warte! Bob guckte sich hektisch um, aber er hatte Glück. Der Zündschlüssel steckte noch im Schloss. Eine italienische Flagge aus Gummi baumelte neben der Lenksäule. Mühsam fummelte er so lange am Schlüssel herum, bis der sich drehte und der Wagen zum Leben erwachte. Der Motor röchelte und zischte. Bob streckte sich und trat auf die Pedale. Es gab drei davon. Das eine tat nichts, das in der Mitte genau so wenig. Als er aber mit dem Tentakel auf das rechte drückte, brüllte der Motor des Wagens plötzlich auf. Bob erschrak und hätte fast einen Satz bis unter die Decke gemacht. Warum fuhr der Wagen nur nicht? Es musste etwas mit diesem merkwürdigen Hebel zu tun haben. Er bewegte ihn probehalber hin und her und entschied sich dann aufs Geratewohl für eine Position. Fest umklammerte er das Lenkrad und drückte auf das rechte Pedal.

Der Eiswagen schoss vorwärts.

Bob heulte vor Schreck auf, genau so laut wie der Wagen. Im letzten Moment wich er einem parkenden Auto aus. Metall knirschte über Metall. Der rechte Außenspiegel verabschiedete sich. Jetzt fuhr er in die richtige Richtung. Es ging immer geradeaus, auf das Gebäude der Internationalen Kulturwelle zu. Auf dem Platz vor der gläsernen Eingangstür hatte sich eine Menschenmenge versammelt. Alle Köpfe waren Richtung Foyer gedreht. Sie bemerkten den heranrasenden Eiswagen nicht.

Wie bremste man das Ding eigentlich? Panisch schlug Bob mit allen freien Tentakeln auf sämtliche Knöpfe, die er erreichen konnte. Die Hupe blökte los - das war ein gutes Zeichen. Außerdem erklang eine lustige Melodie, die so gar nicht zum Hupen passen wollte.

Die Kakophonie reichte, um die Menschenmassen beiseite springen zu lassen. Das war auch gut so, denn die Bremse hatte Bob immer noch nicht gefunden. Er krallte sich am Lenkrad fest und schloss die Augen.

Mit einem ohrenbetäubenden Krachen durchbrach der Eiswagen die gläserne Tür.

Das Tentakeldebakel

»Bist du verletzt?«, fragte Andrea und beugte sich über Bob. Der Aufprall hatte ihn mitsamt der Frontscheibe aus dem Eiswagen geschleudert. Die Menschen im Foyer hatten sich im letzten Augenblick in Sicherheit bringen können, als der bimmelnde Wagen die Tür zerschmetterte. Sie griff eine Rolle Harzer Käse und entfernte die Folie. Beim Anblick von Bobs riesigem Schnabel zögerte sie. So gigantisch hatte sie ihn noch nie gesehen - er war beinahe so groß wie sie selbst. Bald wäre er so gigantisch wie die Kampftentakel, die völlig desorientiert immer wieder versuchten, die Toilettentüren zu überwinden. Außer den Rahmen der Pressholzplatten, die offenbar etwas stärker gebaut waren, war von den Türen nicht mehr viel übrig. Auch die Angeln waren halb aus den Wänden gerissen, und die Regale lehnten in den Öffnungen wie betrunkene Seemänner nach einer Kneipenschlägerei. Sven stand zwischen den Löchern, das schwarzgelbe Cape über die Schulter zurückgeworfen, und zielte mit dem letzten Feuerlöscher, der noch nicht komplett geleert war, auf die umhertorkelnden Gestalten. »Beeilt euch!«, brüllte er den anderen zu. »Ich will nicht als Sushi-Futter enden!«

Giesela nahm Andrea den Käse aus der Hand und stopfte ihn dem halb betäubten Bob in den Rachen.

»Hier, und kauen nicht vergessen!«

»Warum ist Sfiande nicht gewachsen?«, fragte Andrea Giesela halb abgelenkt. Sie meinte, beobachten zu können, wie Bob schrumpfte.

»Sie meditiert. Aus irgendeinem Grund scheint das zu helfen. Und natürlich futtert sie zu Hause tonnenweise Käse. Sonst hätte ich das eklige Zeug garantiert nicht im Kühlschrank.« Ächzend kam Giesela auf die Beine. »Lass uns loslegen, es bleibt nicht mehr viel Zeit.«

Die Empfangsdame Sarah und der Wachmann wussten, was sie zu tun hatten. Auf ein Zeichen von Andrea nahmen sie ihre Positionen links und rechts des Eiswagenwracks ein, jeder mit einer Kiste voll Eis am Stiel als Munition - und Feuerlöschern neben sich, von denen die Kampftentakel hoffentlich nicht bemerken würden, dass sie bereits leer waren. Das aus dem Takt geratene Gedudel des Wagens, das einfach nicht verstummen wollte, gab ihrer Entschlossenheit etwas Absurdes. Sie nickten grimmig und richteten ihre Aufmerksamkeit dann auf die Toilettentüren. Ihre Aufgabe war es, um jeden Preis zu verhindern, dass die Außerirdischen das Gebäude durch die Vordertür verließen.

Giesela zog sich zur Tür zurück, die ins Treppenhaus führte. Sfiande hatte ihre Position auch schon bezogen. »Sven, auf das Zeichen trittst du zurück. Passen die Biester noch durch die Tür?«

»Ich hoffe es, denn zu denen rein gehe ich garantiert nicht freiwillig.«

Andrea half Bob auf die Beine. Er reichte ihr gerade noch bis zum Knie und wirkt ein bisschen verwirrt. »Ich habe Eis mitgebracht«, murmelte er und schüttelte sich.

»Ich weiß, das war eine großartige Idee!«

»Wo ist Georg?«

»Er bildet mit den anderen Spinnern draußen eine Menschenkette.« Andrea wies dahin, wo die Eingangstür gewesen war. »Inzwischen gibt es da einen ziemlichen Auflauf - die Polizei ist auf dem Weg, und die Feuerwehr wird auch nicht lange auf sich warten lassen.« Eigentlich komisch, dass sie noch nicht eingetrudelt waren. Es kam Andrea vor, als hielten sie hier schon seit einer Ewigkeit die Stellung. Aber wenn man sich mal auf die Bonner Polizei verließ … »Wir beide locken die Kampftentakel jetzt gleich ins Foyer. Und dann -«

»Bist du verrückt?«, tschilpte Bob.

»Lass mich ausreden! Wir müssen ihre Aufmerksamkeit auf die Tür da hinten lenken, da wo Giesela steht. Wir haben eine Spur aus Harzer Käse bis in die Kantine gelegt.«

»Haben wir noch mehr Feuerlöscher?«

»Leider nicht.«

»Schade.« Es war Bob anzusehen, dass er auch gerne bewaffnet gewesen wäre. »Sie werden uns in der Luft zerreißen.«

»So darfst du nicht denken«, wies Andrea ihn zurecht. »Und vor allem machst du den anderen mit deinem Gerede Angst!«

Bob zeigte sich zerknirscht. »Entschuldigung.« Er reckte seinen Zeigetentakel in die Höhe und holte tief Luft. »Dann lass uns loslegen.« Er begann, wie wild auf der Stelle auf und ab zu hüpfen. »Hey, Tentakelfresse!«, brüllte er in seiner Sprache. »Willst du nicht rauskommen und dir eine Tracht Prügel abholen, du hässlicher Mondschleimfelsen?«

Sven wich schnell zurück in Richtung zerbrochene Fenster, als Leben in die Tentakelwesen kam.

Der Dolmetscher-Fisch in Andreas Ohr summte und knisterte, als er die Schimpfwörter übersetzte. Diese Außerirdischen hatten eine sehr blumige Sprache, das musste man ihnen lassen.

Die Kampftentakel gerieten in Wallung. Zunächst eher träge. Weißer Schaum flockte von ihrer Haut, als seien sie gerade einer Bubble-Party entkommen. Ihre Tentakel wiegten sich hin und her, fanden einen Rhythmus und gewannen an Fahrt. Das Monster in der Damentoilette grummelte bedrohlich. Dann warf es sich brüllend durch die zerstörte Tür.

Andrea konnte sehen, wie Bob erbleichte. Das Monster war etliche Male so groß wie er und konnte mit seinen Tentakeln ohne Probleme die Decke berühren. Als es eine Neonröhre aus ihrer Fassung wischte, regnete es Glassplitter und Funken.

Das zweite Ungeheuer folgte auf dem Fuß. Es versuchte, sich durch die Öffnung in der Tür zu zwängen, aber der Türrahmen blieb an der wuchtigen Gestalt hängen. Die Wände knirschten. Als der Kampftentakel sich weiterquetschte, riss der Rahmen endgültig aus seiner Verankerung. Der Außerirdische sah aus wie eine gerahmte, absurde Installation in der Bundeskunsthalle.

Andrea bemerkte, wie Sven im Laufen sein Handy zückte und ein Foto schoss. Der Typ hatte sie doch nicht mehr alle! Im nächsten Moment setzte dann doch sein Überlebensinstinkt ein und er nahm die Beine in die Hand. Giesela riss die Tür für ihn auf. Der Feuerlöscher schlug mit einem lauten Knall gegen den metallenen Türrahmen. Dann war Sven verschwunden. Andrea hoffte, dass er seine Stellung im Treppenhaus würde halten können.

Die Kampftentakel bäumten sich auf und wollten sich auf die wartenden Menschen stürzen. Sarah und der Wachmann feuerten Eis am Stiel auf die Angreifer. Wo die eiskalten Geschosse auf die ledrige Haut der Monster trafen, bildeten sich spröde dunkle Flecken, die nur langsam wieder heller wurden.

Bob hopste auf die offene Tür zum Treppenhaus zu, so schnell ihn seine Tentakel trugen. Andrea heftete sich an seine Fersen. Sie widerstand der Versuchung, sich umzudrehen. Hoffentlich waren die Giganten so träge, wie sie aussahen. »Hierher, ihr Armleuchter!«, brüllte sie keuchend. Ihre Stimme hallte von den Wänden des Treppenhauses wider, als sie sich durch den Türrahmen quetschte. Sie trat auf etwas Schlüpfriges, rutschte aus und fiel die nächste Treppenflucht hinunter. Ihr zerfetztes Cape wirbelte durch ihr Sichtfeld, verfing sich irgendwo und würgte sie, als sie versuchte, wieder auf die Beine zu kommen. Mit einer genervten Bewegung riss sie es sich vom Hals. Wenn das hier ausgestanden war, würde sie den Comic-Fritzen einen Beschwerdebrief schreiben, der sich gewaschen hatte!

Sfiande warf ihr einen nervösen Blick zu. »Bist du okay?«, quietschte sie.

»Lauf weiter!«, rief Andrea, »ich komme sofort nach!« Sie rappelte sich auf und nutzte die Fetzen ihres Capes, um sich den stinkenden Batzen Käse von der Schuhsohle zu wischen. Danach humpelte sie Richtung Kantine, so schnell sie konnte. Sie hatte Seitenstechen und konnte fühlen, wie die blauen Flecken sich unter ihrer Haut ausbreiteten. Und plötzlich war da ein Getöse hinter ihr, als die Kampftentakel sich durch die Tür quetschten und gegen das Geländer prallten. Der Feuerlöscher zischte, die Monster brüllten. Sie begann zu rennen.

Die Möbel in der Kantine hatten sie vor den Fenstern zu einem Wall aufgetürmt, der die Außerirdischen hoffentlich davon abhalten würde, Richtung Rhein das Weite zu suchen. Das Linoleum auf dem Fußboden war mit getrockneten Saucenspritzern und Brötchenkrümeln bedeckt. Andrea schlitterte durch den Eingang und sah Giesela neben der Tür in Deckung hocken, zu ihren Füßen mehrere Tüten mit Eis am Stiel und Flutschfingern, die bereits verdächtig schwitzten. Sie hatten nicht mehr viel Zeit. Zum Glück waren die Kampftentakel ihr dicht auf den Fersen.

Andrea rief Sfiande und Bob zu: »Auf eure Position!« Sie sah die beiden auf die Getränketheke hüpfen und rannte weiter Richtung Kühlraum. Das Eiswürfel-Bataillon war bereit. Keuchend taumelte sie durch die Schwingtür, die in den Küchenbereich führte, und lehnte sich gegen die Wand, um zu Atem zu kommen. Hoffentlich funktionierte ihr Plan.

Sobald die Kampftentakel in der Kantine waren, sollte der Wachmann den Lockdown wieder aktivieren. Dazu gehörte auch, dass Gitter vor sämtlichen Fensterfronten heruntergelassen wurden. Zusammen mit dem Stuhlwall vor den Panoramafenstern sollte das die Kampftentakel zwingen, sich Richtung Küche zu bewegen. Es sei denn …

»Wir haben ein Problem!«, rief Giesela aus der Kantine.

Andrea richtete sich auf und lugte durch die Tür.

Verdammt!

Die Kampftentakel waren so stark gewachsen, dass sie nicht mehr durch die Tür der Kantine passten. Brüllend und knurrend warfen sie sich gegen die Türöffnung, aber mehr als zwei Tentakel auf einmal bekamen sie nicht in die Kantine hinein.

Andrea fummelte nach ihrem Telefon und wählte Svens Nummer. »Wie sieht es aus?«, fragte sie, kaum dass die Verbindung stand.

»Hier wird es ziemlich eng - scheiße!« Etwas krachte, etwas anderes zischte. »Das eine Biest hat mich auf dem Kieker, und der Feuerlöscher gibt bald den Geist auf.« Sven klang immer weniger zuversichtlich.

»Haben sie den Käse gefressen?«

»Ich glaube nicht. Warte … nee, das Meiste liegt hier noch - autsch!«

Andrea lauschte mit angehaltenem Atem. Hoffentlich war alles okay da oben.

»Bin wieder da. Diese Scheiß-Stufen - wenigstens breche ich mir den Hals, ehe ich gefressen werde.«

»Sven …« Andrea spürte einen Kloß im Hals.

»Nicht jetzt. Sieh es so - mit uns zusammen ist es nie

langweilig, habe ich recht?« Und er legte auf.

Andrea drückte die Wahlwiederholung, aber Sven antwortete nicht. Sie blinzelte heftig und atmete einmal tief durch. Dann drückte sie die Tür zur Kantine auf, griff sich im Laufen etwas von dem ausgelegten Käse und winkte Giesela zu. »Wie gut kannst du zielen?«

Sie feuerten klebrige Käsescheiben auf die Tür, hinter der die Kampftentakel brüllten und wüteten. Die ersten Scheiben prallten an den Tentakeln ab. Einige blieben in den Falten zwischen den Tentakeln kleben und begannen, zu schmelzen. Das Aroma wurde immer intensiver.

Einer der Tentakel wurde zurückgezogen und der vordere Kampftentakel reckte seinen Schnabel durch die Tür.

Darauf hatte Andrea gewartet. Sie zielte und warf mit aller Kraft. In dem Moment, als der Außerirdische seinen Schnabel öffnete, um frustriert zu brüllen, traf die Käsescheibe seinen pinkfarbenen Schlund. Es folgte ein Geräusch, als habe eine dicke Opernsängerin sich verschluckt, dann ein vorsichtiges Schmatzen.

Das Tentakelwesen verschwand aus der Tür.

Andreas Handy klingelte.

»Sven?«

»Was habt ihr gemacht? Sie fressen den Käse!«

Andrea erlaubte sich ein schwaches Lächeln. »Sobald sie klein genug sind, treiben wir sie zusammen durch die Tür. Und wehe, du brichst dir jetzt noch das Genick!«

Es dauerte nicht lange, bis die Wirkung des Käses einsetzte. Doch die Kampftentakel verloren nichts von ihrem furchteinflößenden Effekt, als sie auf unter zwei

Meter zusammenschrumpften. Ihre Bewegungen wurden schneller, die Tentakel peitschten aufgeregt durch die Luft. Beim dritten Versuch schaffte einer von beiden es durch die Tür, dicht gefolgt von seinem Kollegen.

Giesela sprang auf und schlug die Tür hinter ihnen ins Schloss. Als die Biester herumfuhren, feuerte sie ihnen eine Salve halbgeschmolzener Eis-Snacks entgegen. Die Ungeheuer kreischten vor Wut schrill auf, drehten sich um und rasten auf Andrea zu.

Von der Getränketheke aus eröffneten Bob und Sfiande das Eiswürfel-Feuer. Beide waren in herumliegende Haushaltshandschuhe geschlüpft und rasten über die Anrichten wie das Eiskalte Händchen der Addams Family. Abwechselnd hüpften sie erst auf den Eiswürfelbereiter und drückten auf den roten Knopf, sodass die Eiswürfel aus der Maschine in eine Suppenkelle plumpsten. Dann sprangen sie hinunter auf den Stiel der Kelle und katapultierten ihre Geschosse so auf ihre Angreifer. Die Kelle veranstaltete ein klapperndes Konzert auf der Stahloberfläche der Anrichte. Die Eiswürfel beschrieben funkelnde Bogen durch die Luft und titschten glitzernd wie Diamanten über den Boden. Andrea trat auf einen, rutschte aus und ruderte heftig mit den Armen, um nicht das Gleichgewicht zu verlieren. Sie stolperte wieder durch die Tür zur Küche, die Kampftentakel dicht auf den Fersen. Ein Hechtsprung zur Seite brachte sie in Sicherheit, gerade als der erste Kampftentakel in die Edelstahl-Anrichte krachte.

Andrea kam auf die Füße und rannte geduckt weiter Richtung Kühlraum. Jetzt kam es drauf an. Sie blieb in der offenen Tür stehen und wedelte mit ihren Armen in der Luft. »Kommt her, ihr Gummimonster!« Sie wusste nicht, ob die Biester überhaupt wussten, was Gummi war. Hoffentlich begriffen sie wenigstens, dass sie gerade beleidigt wurden.

O ja, das taten sie. Der vordere Kampftentakel, der inzwischen nur noch die Größe eines Ponys hatte - nur noch? Sehr witzig, Andrea - kreischte empört und raste auf sie zu. Sein Kumpel war direkt hinter ihm, tentakelschwingend und sichtlich aufgebracht.

Im letzten Moment sprang Andrea beiseite, griff in der Bewegung nach der Klinke der schweren Isoliertür und warf sie hinter den Kampftentakeln zu.

Sie war zu schnell.

Der zweite Kampftentakel hatte die Schwelle noch nicht komplett passiert. Die Tür prallte von seinem Leib ab und schwang zurück. Sie traf Andrea an der Schulter.

Der Außerirdische hielt irritiert inne und drehte sich um. Dadurch machte er die Türschwelle frei.

Andrea sprang vor, warf sich gegen die Tür und knallte sie ins Schloss, ehe ihre Gegner entkommen konnten. Sie betätigte den Hebel an der Sicherheitsklinke, hörte das Schloss einrasten und sackte vor Erleichterung gegen das Metall. Sie hatte es geschafft!

Auf der anderen Seite der Tür gab es einen gewaltigen Knall. Das wütende Kreischen hatte einen eindeutig panischen Unterton.

Giesela, Bob und Sfiande erschienen in der Tür, als Andrea ihr Handy ans Ohr hielt. Sie bedeutete den anderen mit einer Handbewegung, kurz still zu sein. »Sven?

Wir haben es geschafft. Sie sind eingesperrt. Ihr könnt den Lockdown aufheben und runterkommen. Es gibt etwas zu feiern.«

Sfiande war auf die Anrichte gehüpft und spähte durch das vergitterte Fenster in den Kühlraum. »Die Armen sind schon ganz dunkel.«

»Es funktioniert!«, freute Andrea sich. »Die beiden wären wir endgültig los. Das wird diesen Monstern eine Lehre sein.«

»Monster?« Bob guckte pikiert. »Mit der Linken bin ich zur Schule gegangen!«

Verwirrt drehte Andrea sich um. »Das … das ist ein Weibchen?«

»Das ist das Einzige, das dich daran überrascht?« Bob hopste neben Sfiande und warf ebenfalls einen Blick in den Kühlraum. »Sie sehen unglücklich aus.«

»Natürlich, sie haben gerade eine Invasion vermasselt!« Andrea sah zu Giesela hinüber. Die hatte die Stirn in Denkerfalten gelegt und schüttelte nachdenklich den Kopf.

Die Tür vom Treppenhaus zur Kantine wurde aufgedrückt, und gleich darauf stand Sven in der Tür, ein Siegerlächeln im Gesicht. »Na, sind wir Superhelden oder was?« Sein Blick wanderte über die Minen der Anwesenden. »O nein. Was ist schiefgegangen?«

Sfiande drehte sich zu ihm um. »Das hier ist grausam.«

Sven verdrehte die Augen. »Ist das dein Ernst?« Er sah Andrea an. »Ist das ihr Ernst?«

Andrea nickte.

»Hippies.« Das klang weniger wie ein Schimpfwort und mehr wie ein resigniertes Statement.

Einen Moment lang sagte keiner ein Wort. Andrea sah alle nacheinander an, dann durch das vergitterte Fenster, dann zu Sven.

Sven seufzte. »Na gut. Was machen wir jetzt?«

Ende gut, alles gut

»Sie ist da! Sie ist da!« Aufgeregt stürzte Andrea durch den Flur in die Küche.

Sven sah nicht einmal von seinem Frühstücksei auf. »Du weißt seit Tagen, dass der Artikel heute veröffentlicht wird. Warum schreist du jetzt so?«

Andrea versetzte ihm einen Schlag mit der Zeitung. »Das ist mein erster richtiger Artikel, du Armleuchter!« Sie hielt ihm und Bob die aufgeschlagene Seite hin. »Hier, die haben sogar ein Pressefoto von euch benutzt!«

Über dem Artikel stand fett gedruckt: COMEDY-HYPE FÜHRT ZU MASSENHALLUZINATION BEI DER IKW. Darunter ein Bild von Sven mit Bob als »Bauchredner-Puppe« auf dem Schoß.

»Zeig mal her.« Sven nahm ihr die Zeitung aus der Hand und überflog den Artikel. »Da steht ja nicht einmal dein Name drunter.«

»Das ist ja auch eine richtige Nachricht!« Andrea hätte vor Freude tanzen können.

Bob war verwirrt. »Was steht da denn?«

Mit gewichtiger Miene las Sven vor: »*Am vergangenen Samstag sorgte ein Gasleck für Verwirrung im Gebäude der Internationalen Kulturwelle in Bonn. Die austretende Substanz, von Dr. Georg S. von der Universität Bonn als nicht gesundheitsgefährdend eingestuft, führte bei den Anwesenden zu vorübergehenden Verwirrtheitszuständen und Massenhalluzinationen. Die Zeugen berichteten übereinstimmend von gigantischen oktopusartigen Wesen, die aus den Toiletten gequollen seien. Aufgrund dieser Fehlwahrnehmung* - Fehlwahrnehmung, wirklich? - *brach eine Panik unter den Anwesenden aus, in deren Folge große Teile des Gebäudes verwüstet wurden. Unbekannte leerten mehrere Feuerlöscher in Foyer und Treppenhaus aus. Der exakte Schaden konnte noch nicht beziffert werden.*

Psychologe Dr. Hans W. macht den jüngsten Casting-Erfolg des zweitplatzierten Comedy-Duos ›Sven und die lustigen Tentakel des Todes‹ - das sind wir - *für die Art der Halluzination verantwortlich. ›Die Auftritte des jungen Mannes, die von einem breiten Publikum am Fernseher verfolgt wurden, haben offenbar einen tiefen Eindruck hinterlassen‹, erklärte er auf Anfrage. Dadurch seien tentakelbewehrte Außerirdische im Unterbewusstsein der Anwesenden präsent gewesen und hätten folglich zu der Panik geführt, die von Feuerwehr und Polizei schließlich erfolgreich eingedämmt werden konnte.«*

Sven grinste. »Wenn man das so liest, könnte man meinen, die Bonner Polizei habe endlich einmal etwas richtig gemacht. Sag, hast du dir die Experten ausgedacht oder sind die echt?«

Andrea schüttelte sich vor Empörung. »Was hältst du von mir? Journalisten-Ehre! Wusstest du, dass unser Spinner Georg als Chemiker im Auftrag der Uni für die Bonner Kläranlage arbeitet?«

»Da fühle ich mich gleich viel wohler«, antwortete Sven trocken, faltete die Zeitung zusammen und legte sie auf den Tisch.

Sofort schnappte Andrea sich das Papier, sprang auf und trug es hinüber in ihr Schlafzimmer. »Sei vorsichtig damit, ich will den Artikel einrahmen!«

»Du kannst dir noch ein Dutzend Zeitungen kaufen, ist dir das klar?«

»Gute Idee, und die schicke ich an meine Familie!«, rief Andrea von nebenan.

Sven steckte sich einen Rest Brötchen in den Mund. »Du hast sie doch nicht mehr alle!«

Bob hatte unterdessen seine Rolle Harzer Käse verputzt und unterhielt sich damit, mit seinen Saugnäpfen Krümel von der Tischplatte aufzulesen. »Fahren wir gleich los?«

»Immer mit der Ruhe, das Phantasialand läuft uns schon nicht weg«, antwortete Sven.

»Und wessen Verdienst ist das?«, fragte Andrea grinsend.

Sven versuchte, beleidigt auszusehen, aber er war definitiv zufrieden mit dem jüngsten Arrangement. »Du hättest uns wenigstens fragen können, ehe du die anschreibst und nach einer Stelle fragst. Was, wenn ich schon etwas vorgehabt hätte?« Er trug das Geschirr zur Anrichte und stapelte es in der Spüle.

Andrea, die in der Tür stand, runzelte die Stirn. »Kannst du das nicht in den Geschirrspüler stecken?«

»Da steht noch das saubere Geschirr von gestern Abend drin.«

Andrea biss sich auf die Zunge. Wenn Sven wirklich dauerhaft hier wohnen wollte - und danach sah es aus - würden sie sich einen Putzplan überlegen müssen. Tja, das war es dann wohl mit ihrer Bastelecke im Wohnzimmer. Bis er etwas Eigenes hatte, würden sie sich arrangieren müssen. Und er würde garantiert nicht dauerhaft in ihrem Bett schlafen. Aber für den Moment wechselte sie lieber das Thema. »Hast du noch einen Fachmann auf den Vertrag gucken lassen?«

»Über die Castingshow habe ich einen Anwalt kennengelernt, der sich gut mit Medienrecht auskennt. Der meinte, für einen Anfänger sei der Vertrag gar nicht mal so übel.« Sven steckte eine Hand in seine Hosentasche und zog einen zerknüllten Zettel hervor. »Hier, ich habe mir noch eine Liste mit Fragen und Anmerkungen gemacht. Das muss alles geklärt sein, ehe ich unterschreibe.«

Andrea nahm den Zettel und studierte die Punkte genau. Die klangen gar nicht mal so abwegig. Die Forderung nach einem Teller mit Harzer Käse in der Garderobe beispielsweise - es wäre schon auffällig, wenn Bob zwischen Auftritten signifikant die Größe ändern würde. Apropos Käse … »Hat Georg sich eigentlich noch gemeldet?«

»Wegen unseres Anteils?« Sven zuckte die Schultern. »Noch nicht, aber das wird nicht lange auf sich warten lassen.«

Andrea nickte. Die UFO-Sekte hatte es sich selbst als heilige Pflicht auferlegt, den Tentakelwesen durch ein neues Portal, das Bethari an einem geheimen Ort geschaffen hatte, regelmäßig mit großen Mengen stinkender Milchprodukte zu versorgen. Im Internet hatten sich natürlich gleich mehrere verschiedene, allesamt gleichermaßen absurde Versionen der jüngsten Ereignisse ausgebreitet. Andrea vermutete, dass Georg und seine Freunde daran nicht unbeteiligt waren. Aber es half auf jeden Fall der guten Sache. Georg hatte eine eigene Homepage für die »Jünger des interstellaren Tentakels« eingerichtet und war zuversichtlich, dass die Flut an Spenden über die üblichen Online-Bezahldienste nicht so schnell versiegen würde. Damit ließe sich der Käsebedarf in der anderen Dimension über lange Zeit finanzieren. Und für den anfänglich zu erwartenden Engpass hatten Andrea und Sven Hilfe zugesagt. Nachdem Svens Eltern von seiner neuen Karriere als Künstler erfahren hatten - und vor allem, nachdem sie gemerkt hatten, dass das nicht nur so eine flüchtige Seifenblase war wie sonst immer - hatten sie sich bereit erklärt, sein noch recht geringes zu erwartendes Einkommen durch gelegentliche Finanzspritzen aufzupolstern. Lange würde er sich darauf nicht ausruhen können, fand Andrea insgeheim, aber wer war sie schon, sich zu beklagen? Solange er seinen Teil der Miete zahlen konnte, sollte alles seine Ordnung haben. Und wenn er und Bob erst so richtig mit ihrer Karriere abgehoben hätten, sähe das sowieso anders aus.

Sie leerte ihre Kaffeetasse und stellte sie zu den anderen in die Spüle. Aufräumen konnte sie später immer noch. »Kommt schon, ich setze euch unterwegs ab.« Sie hatte für heute einen Auftrag für ein Interview mit einem Anhänger alternativer Archäologie in Köln, ehe sie sich mit Sandro ganz zivilisiert zum Abendessen traf. Da lag das Phantasialand beinahe auf dem Weg. Schließlich würde es noch eine Weile dauern, ehe Sven seinen Führerschein zurückbekam. Bis dahin konnte sie ein wenig Chauffeur für ihn spielen. Immerhin hatte er ihr geholfen, die Kampftentakel zu überlisten. Und ganz im Ernst, was konnte man von einem schwulen besten Freund mehr erwarten?

ENDE

Die Autorin

Tagsüber arbeitet Diandra Linnemann als Übersetzerin medizinischer Texte, um sich das Futter für ihre Katzen leisten zu können. Nachts erlebt sie auf dem Papier Abenteuer mit ihren Charakteren, kämpft gegen Monster und bringt sich in andere Schwierigkeiten. Sie mag Kaffee, Wälder und ihre neuen Laufschuhe.

Weitere Infos über Diandras literarisches Schaffen gibt es auf ihrem Blog *Diandrasgeschichtenquelle.org.*

›Andrea die Lüsterne und die lustigen Tentakel des Todes‹ ist ihr erstes Buch in Zusammenarbeit mit dem Chaospony Verlag.

Danke!

Dieses Buch ist aus einer Schnapsidee heraus entstanden – umso dankbarer bin ich allen Leuten, die dafür gesorgt haben, dass das Ergebnis in Euren Händen so umwerfend ist! Dazu gehören unter anderem, aber bestimmt nicht ausschließlich:

... das Team Chaospony: Sandra, die so mutig (oder leichtfertig, je nachdem) war, Bob und mir eine Chance zu geben; Julia, die uns ein hervorragendes Lektorat verpasst hat; und all die anderen fleißigen Köpfe des Verlags, die sich bestimmt noch öfter selbst übertreffen werden;

... Andrea, weil sie unserer gleichnamigen Heldin Patin gestanden hat;

... die Teilnehmer meines Schreibkurses bei Lea Kortes Romanschmiede, die viele der Szenen, die es in das endgültige Manuskript geschafft haben, mit viel Enthusiasmus und spitzer Feder kritisiert haben - und natürlich an Lea selbst, die sehr viel Sachverstand, Fingerspitzengefühl und Geduld bewiesen hat (ich freue mich schon darauf, all die anderen Geschichten zu lesen!);
... Salina, die mir geholfen hat, die schlimmsten Fehler

auszumerzen, ehe die Geschichte in die große weite Welt hinaus durfte;

... Richard und die Katzen, die am meisten darunter leiden, wenn ich mich stunden- und tageweise am Schreibtisch ankette, und die sich höchstens gelegentlich leise beschweren, wenn Teller und Näpfe zu lange leer bleiben.

Ihr seid die Besten! Und alle Fehler, Dummheiten und Ungereimtheiten, die sich jetzt noch in diesen Seiten befinden, gehen ganz allein auf meine Kappe.

Diandra Linnemann